KB261787

저범재판

1

전범재판 · 1

2005년 7월 20일 1판 1쇄 인쇄 / 2005년 7월 30일 1판 1쇄 발행

지은이 김용배 / 펴낸이 임은주 / 펴낸곳 도서출판 청동거울 / 출판등록 1998년 5월 14일 제13-532호
주소 (137-070) 서울 서초구 서초동 1359-4 동영빌딩 / 전화 02)584-9886~7
팩스 02)584-9882 / 전자우편 cheong21@freechal.com

값 8,000원

ISBN 89-5749-046-9
ISBN 89-5749-045-0(세트)

전범재판

김용배 장편소설

1

청동거울

차례

프롤로그 • 9

1. 살인 제의 • 23

2. 그들식의 전범재판 • 40

3. 종군위안부 • 54

4. 보들레르 • 74

5. 그 여자, 그 남자 • 93

6. 살인 조직 • 102

7. 범죄자들 • 114

8. 장미라는 이름의 여인 • 136

9. 밤과 여자 • 157

10. 그들만의 세계 • 172

11. 독도의 의미 • 185

12. 무늬만 신혼부부 • 205

13. 섹스와 죽음의 함수관계 • 220

14. 사람고기로 만든 스테이크 • 240

15. 원시인 • 259

16. 여자는 남자를 골치 아프게 해 • 270

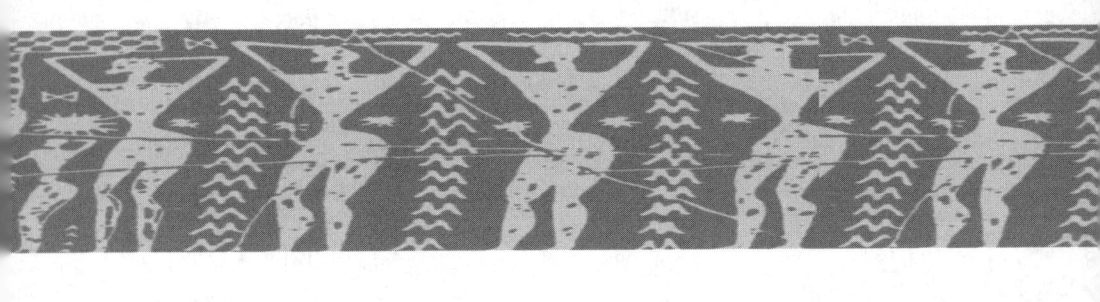

전·범·재·판

프롤로그

과거

발 디딜 틈이 없었다.

도대체 얼마나 많은 사람들이 승선(乘船)했을까? 우끼시마마루〔浮島丸〕 호(號)는 수천 명도 넘게 태워질 수 있다고 했다. 하지만 누구도 이 배에 얼마나 많은 사람이 타고 있는지에 대해 일일이 신경쓰지 않았다.

지금은 벅찬 감동과 부푼 희망을 간직하고 조국으로 돌아가는 길이다. 지금까지 경험했던 지옥에서의 생활은 승선과 동시에 끝이 났다.

조국.

꿈에서조차 그리워했던 고귀한 이름. 지금까지 겪어왔던, 진절머리 쳤던 지친 삶들은 언젠가는 조국이 따뜻하게 나를 품어 주리라 믿었기에 최악의 상황에서도 포기하지 않고 마음속에 간직해 왔었다.

조국.

고향의 아름다운 산천과 빨간 기운이 감도는 앞마당의 잘 다져진 황토 마당. 그곳에 소담하게 가꾼 텃밭의 이랑 사이로 삐죽삐죽하게 머리를 내민 잎 푸른 채소들. 그리고 그것들이 무한정으로 뿜어내는 풋풋한 산소의 향기.

지금은 넘실거리는 파도를 가르는 거대한 배에 출렁거리며 몸을 내맡기고 있지만 그들의 코는 벌써부터 따사롭고 아늑한 고향의 내음을 맡고 있었다. 머릿속에는 온통 자신들이 태어나 탯줄을 묻은 그곳 산천 생각으로 가득했다.

조국.

앞산 등성이 너머로 아침 태양이 떠오르면 그때부터 뻐꾸기는 구슬프게 울어댔었지. 그러면 뒷산에서 가득하게 퍼져오는 솔향을 맡으며 하루 일을 시작하곤 했었어. 텃밭을 갈아 엎고 상추를 심고 고추와 들깨, 옥수수, 검은콩과 메주콩을 심었었지.

물꼬를 따라 논둑길을 걸으며 웃자란 피를 뽑으며 너나 할 것 없이 해맑은 웃음을 얼굴에 새기곤 했었어. 쑥쑥 파아랗게 자라나는 벼를 바라보며, 이 세상에서 부러울 것이라곤 아무것도 없다는 생각에 마음만은 언제나 풍선처럼 커다랗게 부풀어 오르곤 했었지. 왜냐하면 내 새끼들도 논밭의 그것들처럼 쑥쑥 그렇게 자라고 있었으니까.

이글거리는 대낮의 태양조차도 차라리 정겹고 포근했었어. 풍요로운 그 빛을 받으며 까맣게 익어 가는 서로의 얼굴을 바라보며 희망 섞인 행복을 노래하곤 했었지.

먼산 아스라이 저녁 운무에 가려진 그곳에서부터 검붉은 땅거미가 번져오면 누구나 즐거이 하루 일을 매조지하곤 했었지. 황토에 절은 손과 발을 개울물에 씻곤 비둘기처럼 어둠을 등지며 오순도순 내 식구들이 모여 있는, 짚으로 엮어 얹은 내 집을 향해 몰려가곤 했었어.

갑판에 올라 검푸른 바다를 바라보는 사람들은 세찬 바닷바람을 맞으면서도 고향의 마을 앞을 휘돌아 흐르는 실개천을 타고 흐르는 시리도록 맑았던 물줄기를 떠올리며 어린 아이들처럼 마냥 천진스러운 미소를 수척해진 얼굴에 새기곤 했다.

사무치게 보고픈 내 부모와 내 형제들 내 자식들. 두고 온 아내와 친구들의 다정다감한 얼굴들. 순수하기만 한 한국인 특유의 그 누런 얼굴들. 어떤 이는 된장처럼 거무튀튀한 빛이 감돌고 있고 또 어떤 이는 태양빛에 잘 익힌 고추장처럼 빠알간 빛이 서려 있는 그런 얼굴들……. 누가 그려 놓는다고 해도 비슷비슷할 것 같은 한국인 특유의 그 얼굴들이 벙글벙글 웃으며 희미한 영상으로 다가와 그들의 눈 앞에서 어른거렸다.

— 돌아가면 그들을 만날 수 있다! 그들과 함께 하루 종일 웃을 수 있다!

오직 그런 생각들만 그득그득한 그들이었다.

임대 형식으로 빌린 우끼시마마루 호는 조금 전에 아오모리〔靑森〕 항을 출발하여 거세게 몰려오는 파도를 힘있게 쪼개며 앞으로, 앞으로 그들의 조국을 향해 나아갔다.

우끼시마마루 호가 아오모리 항을 출발한 지 얼마 안 되었을 때였다. 승선한 모든 사람들의 얼굴에는 심각한 우려의 빛이 서리기 시작했다.

　처음에는 몇몇 사람들의 얼굴에만 그런 빛이 감돌았다. 다시 십여 분이 지났을 때, 불안의 그림자가 무서운 전염병처럼 모든 사람들에게 확산되었다.

　그토록 그리던 내 조국, 내 고향, 내 집으로 돌아가는 길인데…… 먹구름처럼 어둡고 무겁게 가슴을 짓누르는 이 예측 못할 불안감은 도대체 무슨 이유 때문이란 말인가?

　분명한 이유가 있었다. 일본인을 믿지 말았어야 했다. 그들에게서 우끼시마마루 호를 임대 받지 말았어야 했다.

　오 년 전에 일본 북부에 있는 어느 석탄광산으로 끌려간 사람이다. 갑판 위에 장승처럼 버티고 서서 굵은 밧줄을 움켜잡고 있던 그가 세차게 머리를 흔들었다. 갑판을 향해 마주 불어오는 바람 때문이 아니었다. 이른 여름, 짧은 소나기가 지나가자 문득 고개를 내민 잎 파란 죽순처럼 커다란 공포심이 갑자기 가슴속에서 솟구쳤기 때문이다.

　김씨는 땀에 절은, 구멍이 숭숭 뚫린 넝마조각 같은 셔츠 아래 빛바랜 낡은 군복바지를 입고 있었지만 그것은 말만 바지였다. 무릎 부분은 모두 헤져, 굳은살이 두툼하게 박혀 있는 두 무릎이 소 발굽처럼 헤진 바지 밖으로 튀어나와 있었다.

　엉덩이도 몇 군데나 실밥이 뜯어져 매서운 바닷바람을 몸 안으로 고스란히 받아들였다. 추위를 느낄 만도 했지만 신기하게도 그런 기색은 조금도 나타내지 않았다.

　시선이 검푸른 바다를 가르는 뱃머리에 고정되었다. 그저 맥없이.

한동안이나 그런 시선을 유지했다.

흑인처럼 까맣게 탄 얼굴을 지니고 있는 그였다. 제멋대로 자란 덥수룩한 수염이 얼굴을 반 이상이나 덮고 있어 더욱더 검어 보였다. 그의 얼굴이 그토록 까맣게 타버린 것은 지하 석탄광산 막장 안에서 사용했던 광도 높은 백열등 때문이었다.

그는 조금 전부터 들뜬 기색이라거나 기쁨, 희망의 어떤 빛, 고향의 구수한 냄새. 그러한 조국의 모든 영상들을 모조리 잊어버렸다. 그런 것들은 커다란 날개를 달고 손으로 잡을 수 없는 공허한 공간 속으로 갑자기 스르르 사라져 버린 것이다.

김씨가 침묵하고 있는 것은 초연함을 가장하는 것이 아니었다. 그럴 이유라는 건 조금도 없었다.

도대체 왜 이럴까? 그토록 그리워하던 고국으로 돌아가고 있는데…… 조금 전까진 그렇게 들뜬 마음이었는데…… 지금도 커다랗게 소리내어 마구, 마구 웃어 제껴야 하는데……? 큼직한 불안 덩어리 하나가 가슴 깊은 곳으로 스며들어 사라질 줄 모르고 버티고 머물러 있으니…….

시선만은 여전했다. 가끔씩 날카로운 빛을 뿜어내며 뱃머리 근처에 오래도록 머물곤 했다. 간혹 수평선 너머의 이름 모를 항구들을 눈여겨보긴 했지만 낯선 마을로 날아온 참새처럼 의구심을 가득 품으며 연달아 고개를 갸웃거렸다.

김씨는 아직까지도 가슴을 압박하며 답답하게 짓누르는 불안의 실체가 어떤 것인지 정확하게 알지 못했다.

독수리처럼 날카로운 눈빛을 발산하고 있는 이씨는 친척 중 한 사람이 독립군 활동을 했다는 이유로 강제 연행되었던 사람이다.

당시, 그를 기다리고 있던 것은 두툼한 쇠창살이 닭장처럼 얽혀진 차가운 감옥이었다. 감옥 안에는 이씨처럼 친척들 중에 누군가가 독립군이었다는 이유로 인해 끌려온 수많은 조선인들이 갇혀 있었다.

이씨를 포함한 그들은 날마다 가혹한 고문을 받았다. 그들을 끌고 왔던 일본 순사들은 만주 어디론가 연기처럼 사라져 버린 친척들의 정확한 소재를 대라고 했다. 하지만 그들은 드넓은 만주 땅으로 사라진 친척들의 소재를 알지 못했다.

수감된 사람들은 순사들의 숨소리만 들어도 실신할 지경이 되었다. 급기야 그들은 거짓말을 했다. 날마다 앵무새처럼 달달 외운 대사만을 주워 삼켰다. 그러다 들통 나면 더 모진 고문을 받았다.

고문은 하루도 거르지 않고 계속되었다. 그들의 가느다란 숨줄기를 차례차례 조여 갔다. 조선인들의 시체가 쌓이기 시작했다. 시체는 후미진 어느 곳에 쓰레기처럼 파묻혔다.

끈질긴 명줄을 부여받고 태어난 사람들은 그래도 살아남았다. 이씨도 산 자의 무리 속에 포함되었다. 그들은 결국 군선(軍船)에 태워졌다. 군선은 그들을 일본으로 실어 날랐다.

당시 일본 본토에는 수많은 광산들이 한꺼번에 개발되었다. 전쟁 물자를 만들어내기 위한 철광산들이었다. 광산 인부들의 수는 항상 부족했다. 일본이 일으킨 전쟁은 광산 일을 할 수 있는 젊은이들의 목숨을 무자비하게 걷어 갔기 때문이다.

일본에 끌려온 이씨는 지옥에 내팽겨 쳐진 사생아가 되었다. 일본

열도 중에서 가장 외진 곳에 위치한 금속광산으로 끌려갔다. 그곳에서 3년 동안이나 지독한 중노동에 시달렸다. 태양에게조차도 철저하게 외면당한 채 두더쥐처럼 땅굴만 팠다.

이씨는 모든 최악의 상황들을 이를 악물며 버티어냈다. 그럴 수 있었던 이유는 조국, 언젠가 해방되면 돌아갈 고향을 마음속에 간직하고 있기 때문이었다.

다시 조국으로 돌아갈 수 있다는 희망의 힘은 위대했다. 그는 지옥에서조차도 목숨을 지켜낼 수 있었다. 그는 다시 떠오르는 찬란한 태양을 바라볼 수 있었다. 하지만 몰골은 온전한 인간의 것이 아니었다.

강제 연행되기 전에는 제법 통통한 얼굴과 투실투실한 체구, 탐스러운 귓불까지 간직했던 이씨였지만 지금은 수명을 거역하지 못하는 고목처럼 바짝 말라 있었다. 얼굴에서는 기름기를 찾을 수 없었고 가뭄을 만난 논처럼 갈라지고 푸석푸석했다.

뼛속에 머물러 있던 진액과 수액도 모조리 빠져나간 상태였으며 그 대신 썩은 고름만 가득 차 있었다. 산송장이었다. 언제부터였는지 심하게 팔을 떨고 다리까지 절었다. 입술에도 마비 증세가 왔고 안면 근육이 굳어 버려 표정까지 잃어버렸다.

그에 따른 후유증도 심각했다. 뇌는 언제나 심각한 혼돈을 일으켰는데 그것은 정신이상 증세였다. 혹독하기만 했던 세월은 그를 폐인으로 만들어 버린 것이다.

이씨는 주로 갑판 중간 부분에서 서성거렸다. 비틀거리며 간혹 몇마디씩 중얼거리곤 했지만 무슨 말을 하는 것인지 제대로 알아들을 수 없었다.

하릴없이 철제 난간을 발로 쾅쾅 차기도 했다. 갑판 위에는 그 외에도 많은 사람들이 몰려 있었지만 워낙 사나운 기세여서 아무도 그의 옆으로 접근하지 않았다.

그가 또 발작적으로 중얼거렸다.

"시발. 뭔가 잘못 되었어. 뭔가 잘못되었다구."

그 말만은 정확하게 내뱉었다. 그는 검푸른 물감을 뿌려 놓은 것 같은 회색빛 바다를 노려보며 계속해서 음질 나쁜 테이프처럼 반복해 중얼거렸다.

"정말 뭔가 잘못되었다구."

그가 갑자기 몸을 떨었다. 어떤 불길한 예감이 그의 뇌를 휘감은 것도 그때였다.

얇은 입술을 굳게 다물고 뱃전에서 부서지는 하얀 포말을 노려보고 서 있는 사람은 박씨였다.

그는 동그랗고 두꺼운 안경알을 코 위에 걸고 있었는데 잘못 쳐진 거미줄처럼 이리저리 금이 간 안경알이었다. 그 속에 감춰져 있는 가느다란 두 눈은 초점을 잃은 지 오래였다. 그는 제대로 보일지 의심이 가는 안경알을 코 위에 걸고 하얗게 깨어지는 포말들을 끝없이 주시했다.

총알인지 포탄 파편인지 아무튼 그런 쇳조각 하나가 머리에 박혀 있는 그였다. 그것은 만져 보면 금방 느낄 수 있을 정도로 커다랗고 뾰족하게 튀어나와 있었다. 진즉에 두개골을 가르고 꺼냈어야 했지만 전시의 군의관은 그런 수고를 하지 않았다. 조선에서 차출한 징용병이라는 이유 때문이었다.

그가 몸을 지탱하고 있는 철제 난간은 녹이 슬 대로 슬어 붉은빛과 검은빛을 한꺼번에 머금고 있어 당장이라도 부러져 나갈 듯 보였지만 그는, 그런 것 따위는 조금도 상관하지 않았다.

가끔씩 허탈한 한숨을 흘렸다. 주기적으로 그랬다. 그의 입술이 한 차례씩 열릴 때마다 저주의 말들이 쏟아졌다.

"쌍놈의 새끼들…… 모가지고 배때기고 모조리 쑤셔버려야 했는데……."

돌이켜보면 볼수록 처참하기 이를 데 없었던 지난 삶들이었다. 최전선으로 끌려다니며 수십 명이나 되는 미군을 사살하기도 했다. 하지만 지금의 표정은 당시의 기백 따윈 영점 일 밀리그램도 찾아볼 수 없었다. 그런 것들은 얼마 전에 끝난 피비린내 나는 전쟁터 속에 홀홀, 모조리 털어 버린 듯했다.

그의 주절거림이 계속되었다. 영혼도 지쳐 있나 보다. 낮고 무겁게 가라앉아 있는 허탈한 음성을 흘렸다.

"그놈들을 믿는 게 아니었는데……."

메마른 광야를 떠도는 낯선 유령의 음산한 주절거림 같기도 했다.

박씨가 고개를 무겁게 흔들었다. 그도 어느덧 이씨에게 감염된 듯했다. 이씨와 똑같은 말을 중얼거렸다.

"시발. 정말 뭔가 잘못되고 있다구."

불안을 몰고 온, 출처를 알 수 없는 검은 공포의 무게가 더해졌다. 그것은 납덩어리처럼 그의 가슴을 짓눌렀다. 숨이 턱턱 막혀 왔다.

지금의 불안감은 전쟁터의 그것보다 수십 배나 더 크고 진했다. 온몸
에는 털을 벗겨낸 닭의 살가죽처럼 뚜렷한 소름 자국이 만들어졌다.
"처음이야. 이런 엿 같은 기분은……."
박씨는 갑판 아래로 커다랗게 일렁거리는 파도를 바라보며 넋이
저만치 달아나 있는 바보 같은 표정을 지었다. 그는 우끼시마마루 호
에서 일어나고 있는 음모의 일각을 어렴풋이 깨달은 듯했다. 눈에서
는 천둥에 놀라 한 시간 동안이나 들판을 뛰어다니다 지쳐 버린 미친
개에게서나 찾을 수 있는, 그런 무서운 광기가 뿜어져 나왔다.

이층 선실에는 조선에서 끌려왔던 여인들이 타고 있었다.
그녀들은 '일왕(日王)이 자국군대(自國軍隊)에 선물했던 군수품(軍
需品)들'이었다. '일본 육군에게 내려진 일왕의 하사품'이기도 했다.
씻을 수 없는 치욕적인 삶을 지금까지 살아왔던, 최악의 지독한 무간
지옥의 고통을 처절하게 경험한 가련한 여인들이었다.
고향으로 돌아간들 되돌릴 수 없는 지난 몇 년간의 치떨리는 치욕
들을 저마다의 가슴속에 품고 있는 그녀들!
여인들의 숫자는 수백 명이나 되었다. 어쩌면 그보다 몇 배 이상으
로 많을지도 몰랐다. 아무도 그들의 숫자를 일일이 헤아린 적이 없어
다만 그 정도로 추산할 뿐이었다.
그녀들 중에는 지금은 열일곱 살이 되었지만 열두 살에 납치되어
강제로 종군위안부가 되었던 소녀도 있었다.
방직공장에 취업시켜 준다는 달콤한 꼬임에 넘어가 몸과 마음에
치유될 수 없는 상처를 입은 당시 열네 살짜리 소녀도 있었다. 들에

서 일을 하다, 혹은 집 안에 숨어 있다가 일본 경찰에게 발각되어 강제로 손목을 잡혀 차에 태워진 여인들도 있었다.

만주와 중국, 남양군도와 남아시아까지 끌려가 제국주의 군인들의 배설물을 온몸으로 받아내야 했던 그녀들이었다. 처참한 세월을 보내며 너나없이 똑같은 고통 속에 몸부림치며 죽은 것이나 다름없는 몸과 영혼이 되어 버린 그녀들이었다.

전쟁은 끝났다.

일본 왕은 항복을 선언했다. 그로서 일본제국이 창조한 세기적 피해자들인 그녀들은 말로서는 형언할 수 없는 뼈아픈 삶의 편린들로 가득 찬, 썩은 오물덩어리 같은 아픈 기억을 가슴에 간직하고 고국으로 향하게 되었다.

바람 머금은 파도가 몰려왔다. 파도는 우끼시마마루 호 뱃전에 부딪치며 우악스럽게 부숴졌다. 그곳에서 우르릉거리는 소리가 났다.

사납게 몰려오는 파도가 지난 세월의 아픔과 더럽혀진 몸과 영혼을 모조리 씻어갈 수만 있다면……!

그녀들은 멍한 눈으로 선실 밖으로 시선을 던졌다. 서로의 눈이 마주치는 것조차 부담스러워 서로의 시선을 피했다. 고국에 돌아간다면…… 영원히 마주치지 않을 눈빛이고 얼굴들이길 간절히 바라는 그녀들이었다.

— 그놈들은 종군위안부라 명명된 우리들이 모여 사는 곳을 공중변소라 불렀지. 똥 마려우면 찾아와 배설하는 것처럼 고환 속이 정액으로 가득 차면 찾아와 군표(軍票) 한 장을 내던지고 질(窒) 속을 마

구 휘젓고 더럽혔었지. 그리곤 휑하니 사라지곤 했어.

　누구를 원망할 힘조차 없었다.
　우끼시마마루 호의 선실에는 자신과 다름없이 몇 년을 지냈던 수많은 여인들과 점령자들에 의해 광산 같은 곳에서 골이 빠져나가도록 고생을 함께 했던 사람들. 강제 징용되었다가 해방과 함께 간신히 목숨을 붙인 채 고국으로 돌아가는 모든 것이 지쳐빠진 사람들뿐이었다.
　불안의 실체가 현실이 되어 나타난 것은 우끼시마마루 호가 마이쓰루〔舞鶴〕 항 앞을 지날 때였다.
　그것은 분명, 이상한 일이었다. 항로(航路)대로라면 뱃머리는 일본의 마이쓰루 항으로 향해선 안 되는 일이었다. 대한해협으로 향해야 했고 그 길로 부산으로 향해야 했다.

　음모가 있었다!

　음모는 꾸민 자들에 의해 정점을 향해 숨 가쁘게 줄달음질쳤다.
　음모자들이 내린 결론은 한 가지였다. '그동안 대 일본제국이 유용하게, 또 가장 적절하게 사용해 왔던 조선인 폐기물들이 조선으로 실려 가서는 안 된다는 것'이었다. 그것으로 일본제국의 위대한 명예가 실추되는 것이다.
　우끼시마마루 호의 선장 이시하라 구로야마〔石原黑山〕는 일본인 선원들에게 구명정을 내리라는 명령을 내렸다.

명령은 신속하게 이행되었다. 이시하라 구로야마와 일본인 기관장, 그리고 몇몇 일본인 선원들이 재빠르게 작은 구명정으로 옮겨 탔다. 그들은 재빨리 우끼시마마루 호를 등졌다. 그들은 수천 쌍의 눈동자를 등지고 마이쓰루 항을 향해 빠르게 사라졌다.

그들과 구명정의 모습이 수평선 위에서 아스라하게 사라질 즈음, 우끼시마마루 호 중간 부분에서 눈부신 섬광이 일어났다. 눈을 멀게 만들 정도로 새파란 빛이었다.

빛은 굉장한 열기를 동반했다. 수를 헤아릴 길이 없는 조선인들이 그 빛과 함께 온몸이 녹아 버렸다. 조금 떨어진 곳에 서 있던 사람들의 몸은 선 채로 익어 버렸다.

거대한 폭음이 연달아 터졌다. 폭음은 수십 개의 천둥이 한꺼번에 떨어지는 것보다 더 요란한 소리를 냈다. 가공할 화염의 회오리가 일어났다. 토네이도처럼 허공으로 끝없이 휘말려 올라가는 검붉은 빛줄기. 그것은 수십 줄기나 되었다. 수백 명이나 되는 조선인들이 낙엽이 휘말리듯 하늘로 말려 올라갔다.

우끼시마마루 호는 순식간에 거대한 불길에 휩싸였다. 불길 속에 갇힌 조선인들의 몸이 맹렬하게 타들어 갔다.

섬광과 폭음은 몇 차례 더 순차적으로 진동했다. 그럴 때마다 거대한 화마(火魔)가 시뻘건 검은 연기를 내뿜으며 하늘로 피어올랐다.

어떤 이는 폭발과 함께 산산이 부서진 몸이 되었다.

어떤 이는 온몸에 시뻘건 불이 붙은 채 타들어 갔다.

어떤 이는 배의 파편을 얻어맞으며 파편과 함께 바닷속으로 날아가 버렸다.

어떤 이는 시커먼 연기를 피해 갑판으로 뛰어오르다 갈라진 갑판을 헛디디며 시퍼런 바닷속으로 빨려 들어갔다.

넘실거리는 검푸른 바다는 승선했던 조선인들의 시체를 차례로 받아들였다. 수도 없이 받아들였다. '그동안 대 일본제국이 유용하게, 또 가장 적절하게 사용해 왔던 조선인 폐기물들이' 차례차례 바닷속으로 사라졌다.

우끼시마마루 호는 간헐적인 폭발을 계속했다. 급기야 우끼시마마루 호는 수백 조각으로 분리되며 붉은 불꽃으로 화해 마이쓰루 항구 앞에 깊숙하게 가라앉았다.

1. 살인 제의

현재

서울.

"지금부터 삶의 기쁨과 희망이 찬휘 씨를 기다리고 있을 거예요."

아득한 꿈길에서 들려오는 것 같은 여인의 아련한 음성. 그것으로 끝이었다. 휴대폰 저쪽에서 음성이 사라지며 달각하는 소리를 냈다.

늦봄이었다. 계절보다 먼저 장마가 찾아온 것 같았다. 궂은 날씨는 며칠째 이어지고 있었다.

집 밖, 아직 포장공사가 덜 끝난 골목길은 진창으로 변해 있을 것이고 군데군데 깔리기 시작한 보도블록 사이사이마다 파아란 잡초의 새싹들이 머리를 내밀며 한껏 제 자랑을 하고 있을 거였다. 방안 공기는 이불을 덥고 있지 않으면 금방이라도 감기가 걸릴 정도로 서늘했다.

　탁찬휘(卓燦輝)는 지난 밤 동안 자신의 몸에서 발산되었던 잔잔한 열기로 인해 아늑해진 침대를 벗어나지 못했다. 포근함이 거기에 머물러 있었다.

　팬티만 입고 있는 그의 몸을 덮고 있는 것은 어젯밤 잠들기 전에 덮었던 그 이불이었고 베개도 어젯밤에 머리 아래에 깔았던 그 베개였다. 몸을 육십 센티미터나 들어 올려 잠들게 했던 침대도 어제처럼 그 자리에 놓여 있었고 천장에 매달린 채 빛 잃은 써크라인도 어제 그 모습대로 동그랗게 천장에 매달려 있었다.

　달라진 것은 없었다. 있다면 잠들기 전에는 밤이었다는 것과 눈을 뜬 지금은 아침이라는 사실뿐이었다. 그의 앞에 펼쳐질 모든 상황들은 어제와 다름없이, 지나온 몇 달과도 똑같을 것이었는데 방금 휴대폰을 끊은 그 여인은 찬휘의 인생 자체가 완전히 달라질 것이라고 앵무새처럼 속살거렸다.

"지금부터 삶의 희망과 기쁨이 찬휘 씨를 기다리고 있을 거예요."

　꿈을 꾼 것은 아니었다. 냉엄한 현실이었고 희뿌옇게 밝아오고 있는, 누구도 거역할 수 없는 새벽 무렵의 일이었다.
　'기쁨……? 희망……? 웃기는 대사들뿐이로군.'
　최근 들어 탁찬휘에게 주어진 삶의 기쁨과 희망이라는 것은 밤새도록 시달리다 이제는 반짝이던 빛마저 잃어 가는 반딧불처럼 희미한 것들뿐이었다. 어제도 심심했었고 오늘도 심심할 예정이고 내일의 태양이 떠오른다고 해도 변함없이 심심 그 자체일 거였다. 일주일

후라고 해도, 한 달 후라고 해도 달라질 것이라곤 아무것도 없을 거였다.

그게 지난 몇 달간이나 이어진 그의 삶이었고 신물나는 '살이'들이었다. 그런데 웬 여시 같은 여자가 새벽부터 휴대폰 안에 불쑥 나타나 희망과 기쁨이 어떻다는 둥 헛소리를 해댔다.

찬휘는 이불 끝을 말아 쥔 다음, 머리 위로 끌어당겼다.

'여자란 원래 골 빈 족속들이 많으니까…….'

몇 년 전만 해도 찬휘는 세계적인 태권도 선수권자였다. 그 위치는 영광과 명예가 공존하는 높고 거대한 스포츠 황제의 금빛 의자였다.

아시안 게임에서 금메달을 땄을 당시만 해도 세상을 제 맘대로 부유하고 있는 희망이라는 존재는 오로지 자신을 위해서만 존재하는 것이라고 굳게 믿었던 그였다.

올림픽에서 금메달을 목에 걸었을 땐, 세상에 자신보다 더 행복한 사람이 없을 것이라고……. 혹시 꿈이 아닐까 하는 생각에 양 뺨이 부풀어 오르도록 꼬집어 댔던 그였다.

세계선수권 대회에서 당당하게 금메달을 따내 사상 최초로 그랜드 슬래머가 되었을 당시의 세상은 이미 눈부신 다이아몬드빛으로 모조리 물들어 있었다.

체육진흥공단에 차곡차곡 쌓여 있는 연금들이 오로지 자신만의 몫이라는 착각까지 했었다. 아무튼 모든 조건들은 만족할 만한 희망 덩어리가 되어 언제나 그의 곁에 머무르고 있었다.

아무튼 그의 체급에서는 찬휘와 맞설 만한 기량을 지닌 선수가 없었다. 천하무적이었으며 그만의 천하였다.

올림픽이 끝난 후 번쩍거리는 금메달을 목에 걸고 청와대에 초대되어 대통령과 악수를 나누었을 당시는 행복감이 최고조에 달했다. 십몇 년 간이나 오직 태권도만 수련해 온 자신의 선택이 매우 현명한 것이었다……라는 생각을 백 번도 더 했었다.

하지만 시간이라는 것은 모든 사람들에게 지독한 건망증을 안겨 주는 마물이었다. 불과 몇 년이 지난 지금은 스포츠 역사란과 회고란에 간간이 이름이 회자될 뿐 보통 사람들의 기억 속에는 '탁찬휘'라는 그의 이름 세 글자가 남아 있지 않게 되었다.

그가 금메달을 연거푸 목에 걸었던 시기는 특수한 목적을 지니고 창설된 군에 복무하던 시절이었다. 그로 인해 지면(紙面)들은 가장 위대했던 금메달 리스트의 옆 얼굴만 실었다. 그것도 흐릿하게 편집되어 세상에 내던져졌다.

텔레비전에서도 마찬가지였다. 얼굴이 교묘하게 가려진 채 스틸 형식으로 편집되어 시청자들을 우롱했다.

태권도 시합은 오토바이 헬멧을 쓰는 것처럼 헤드기어를 눌러 쓰고 벌이는 경기여서 그의 얼굴을 가리기에는 더없이 좋았기에 그런 모습들로만 편집되어 방영되었다.

금메달을 목에 걸고 자대(自隊)로 돌아오자 직속 상관 중에 한 사람이 반 위로와 반 진심으로 이렇게 말했었다.

"네 얼굴이 세상에 알려진다는 것은 군의 입장에선 유감스러운 일이지. 잘 알겠지만 너는 일반 군인이 아냐. 물론 너의 잘생긴 얼굴이 전파를 타지 못하는 것이 더 유감스러운 일이지만……."

그랬다. 찬휘는 보통 사람들이 상상할 수 없을 정도로 특수한 군인

신분이었다. 때문에 지면이나 언론을 탓할 순 없는 일이라고 쉽게 동조해 버렸다. 그건 거머쥐고 있던 영광들이 너무나 크고 거대했었기에 충분히 그럴 수도 있었다.

그것이 소멸되어 갈 때 갑작스러운 몰락이 찾아왔다.

그것은 사실, 자아도취의 결과물이었으며 자만심이 날라 준 매너리즘의 소산물이었다. 격앙된 기분으로 군복무를 했으며 연습도 게을리했던 것이다.

가슴의 포만감은 육체를 더없이 게으르게 만들었다. 다시 돌아온 세계선수권대회 예선전에서 그 점이 여실하게 증거가 되어 나타났다. 예선에서 맥없이 무너진 것이다. 그것도 도무지 가능성이 없는 놈이라고 여겨 왔던 후배에게 일회전 케이오로 엎어졌다.

올림픽 예선전에서도 그랬다. 이름도 들어 본 적 없는 어느 대학선수권자에게 대책 없이 얻어맞고 판정패했다.

아시안 게임 예선전에서의 결과는 더욱더 비참했다. 이를 악물며 선제공격을 퍼부어 상대를 떡으로 만들어 놓으려 했지만 오히려 떡이 되어 링 바닥에 길게 엎어진 건 바로 자신이었다.

그로써 세 번이나 연속적으로 주어진 재기의 기회는 다시 돌아오지 않을 파랑새가 되어 그에게서 훨훨, 멀리 날아가 버렸다.

그것으로 탁찬휘의 위대한 천하는 막을 내렸다. 이후로도 운동을 계속했지만 한번 날아가 버린 국가대표 자리는 쉽게 다가오지 않았다. 그때는 이미 패배에 길들여져 있었기 때문인지도 몰랐다.

시간은 물처럼 쉼 없이 흐르는 것이어서 만기 제대 날짜가 되자 탄생할 때처럼 홀로 세상에 내던져졌다.

마침 그 시기는 모든 대학원들이 원서만 제출하면 석사 졸업장에 이름을 쾅쾅 박아 건네준다며 이곳저곳에서 예비 석사들을 긁어모으는 시기였다. 찬휘는 모교 대학원에 원서를 제출했다.

거기까진 좋았다. 대학에서는 최초의 그랜드슬래머에게 장학금까지 지급해 줄 정도였으니까. 장학생으로 대학원을 다니다 졸업을 할 무렵, 찬휘는 모교에 그대로 머물고 싶었다.

모교는 스포츠학과에 지나칠 정도로 투자를 많이 하는 곳이어서 아시안 게임, 올림픽, 세계선수권대회의 금메달 리스트인 자신을 보물처럼 아끼고 졸업과 동시에 신주단지처럼 인정해 줄 것이라고 생각했다.

착각이었다.

세상은 비정하기만 했다. 그를 추천해 줄 수 있는 위치에 있는 그 사람은 두 번 생각하기조차 싫을 정도로 무식한 지식인이었다. 그 인간은 이십 년쯤이나 되돌려진 시계바늘 위에서 생활하는 사람으로 수리될 수 없는 보수적인 사고방식에 찌든 사람이었다. 고리타분함의 전형적인 모델과 같은 사람이어서 찬휘의 사상과는 영점 일 밀리그램도 상관이 없는, 앞선 정권이 비밀리에 운영했던 특수부대 요원이었다는 이유를 들어 최소한의 혜택도 베풀지 않았다.

결과는 뻔했다. 찬휘는 졸업 이후 몇 개월째 전화통만 바라보며 자신의 아파트에 처박혀 있게 되었다. 휴대폰이 울릴 때마다 발신자가 그 사람이기를 하늘에 빌고 또 빌었지만 그 사람은 끝내 휴대폰 안에 등장하지 않았다.

한동안 불어터진 수제비를 떠 먹는 것처럼 맥 풀리는 나날들이 이어졌다. 누가 그랬던가? 아무리 두레박질을 해도 탁해지지 않는 샘물을 포용한 내면의 뜰을 가진 사람은 홀로 있어도 외롭지 않고 사철 푸르른 아름다움을 간직할 수 있다고……!

엿 같은 소리였다. 그런 말들은 찬휘에게 있어 먼 나라 딴 사람들의 이야기였다. 무미건조한 시간들은 나른하고 피곤하기만 하여 결국은 주기적인 두통으로 이어졌다. 그로써 그의 하루하루는 희망이 없는 초이며 분이며 시간으로 존재했다.

찬휘는 모교의 그 고리타분함의 전형적인 사람을 용서할 수 없었다. 생각만 하면 이가 갈렸다.

'인간아. 뒷골목에서 만나면 뒤통수를 조심해야 한다.'

꿈에서는 그런 일이 비일비재하게 일어났다. 그는 언제나 찬휘에게 늘씬하게 얻어맞았다. 현실의 그 인간은 교묘하게 찬휘가 이용하는 골목길들을 비켜 지나갔다.

마지막 잎새만큼이나 외로운 시절이 하염없이 흘러갔다. 세상이 주는 최초의 쓴맛을 경험하게 된 찬휘의 가슴속은 언제나 막걸리처럼 탁하고 뿌연 빛이었다.

가슴에 깊숙하게 박힌 비수는 감당하기 어려운 혼란을 일으켰다. 자조와 한탄……. 결국 길고 지루한 맹목적인 휴가의 연속으로 이어졌으며 하루하루가 수용소에 갇힌 이반 데니소비치처럼 희망이 소멸된 나날로 이어졌다. 결국 정신도 피폐해졌다.

'매일 피 터지게 끔찍하고 잔인한 일들이 줄줄이 일어났으면 좋겠다…….'

텔레비전을 켤 때마다 그런 생각이 들었다.

　‘하루 열 시간을 자는 사람들은 나머지 열네 시간을 어디에 어떻게 쓰는 것일까?’

　째깍째깍…… 일 초라는 게 이렇게도 더디 흘러가는데…… 흩어진 초(秒)를 모아, 그것도 60번이나 주워 담아야 겨우 일 분이 흘러가고 또, 그토록 느려터진 모듬을 60번이나 쓸어 담아야 겨우 한 시간이 흘러가는데…… 도대체 인간들은 그 많은 시간들을 어디에 허비하는 것일까?

　요즘 들어 매일 생각해 보는 그만의 걱정거리였다.

　그래도 한 가지 다행스러운 점이 있다면 그동안 따낸 세 개의 금메달이 적지 않은 연금을 꼬박꼬박 안겨 준다는 거였다.

　그 덕에 요즘 많이 읽히고 있다는 종이 냄새 폴폴 나는 신간 책들도 부담 없이 마음껏 사 볼 수 있었다. 영화관에 들러 지난 주말에 개봉한 따끈따끈한 영화를 감상할 수도 있었으며 돌아오는 이슥한 길에 시원한 생맥주 몇 잔 정도로 텁텁해진 입 안과 식도 위벽 전체를 부담 없이 가글할 수 있었다.

　아무튼 기본적인 생활에는 별 문제가 없었지만 그것이 영어(囹圄)의 몸이라는 생각을 끝내 지울 수 없었다.

　게다가 요즘 들어서는 자신이 파 놓은 함정에 자신의 발목이 빠지는 것이라는…… 그러니까 매달 제격제격 입금되는 연금이 보이지 않는 울타리가 되어 평생 동안 자신을 돼지처럼 사육할 것이라는 생각까지 들었다.

　졸도할 것 같았다.

　‘훌훌 털어 버리고 여행이나 떠나야겠어.’

희붐한 안개 저편에서, 자작나무와 굴참나무가 무성한 숲 사이에서 희망 같은 거 몇 줄기가 오래 전부터 기다려 온 친구처럼 반갑게 맞이해 주겠지…….

몇 번을 다시 생각해 보아도 그 생각은 지난 몇 개월 동안 생각해 낸 모든 것들 중 최고로 영양가 있는 생각이었다. 그 일은 인생을 가장 멀리 날게 할 한 발 뒷걸음질이 될 거라는 자신만의 확대해석이 정론으로 굳어 갔다.

날이 밝는 대로 중고차 시장에 가서 사륜으로 구동되는 지프형 차를 살 마음을 먹었다.

지프형 차는 사륜으로 구동했을 때 놀라울 정도로 막강한 위력을 발휘한다. 아무튼 놈은 해발 천 미터도 더 되는 고지대라 할지라도 길만 있으면 코뿔소처럼 중단 없는 전진을 계속하는 놈이다.

군 복무시절, 작전이 걸리면 높고 험한 산을 나사못처럼 빙빙 돌아가며 뚫린, 경사가 거의 사십 도나 되는 임간(林間) 도로를 지프로 거침없이 몰아낸 경험이 있었다. 가속 페달을 밟기만 하면 놈은 뿌연 흙먼지를 두툼한 바퀴 뒤로 풀풀 날려대기도 했고 수북하게 쌓인 낙엽을 모진 타이어로 우악스럽게 짓밟아대며 몸을 산 위로 쑥쑥 시원스럽게 올려주었다.

그때의 전진적 상쾌한 속도감이란…… 지금도 잊을 수 없는 감동이 통쾌함으로 남아 가슴속에 고스란히 간직되어 있기에 그걸 살 생각을 한 것이다.

텐트와 낚시도구도 함께 살 생각을 했다.

'바퀴가 머무는 곳이면 아무 데나 텐트를 치자!'

그것이 까만 어젯밤, 잠들기 전에 내린 결정이었다.

찬휘는 평소 주변 관리가 후한 편이 아니었다. 함께 떠날 친구가 주변에 없다는 게 조금은 아쉬웠다. 원래가 그런 사람이어서 이성 관리 또한 제대로 해둘 리 없었다.

"오빠. 떠날 거야? 나 한가해."

여우처럼 생글거리며 그런 말을 해 줄 레이디가 있을 리 또한 만무했다.

'우라질. 지금까지 도대체 뭘 했는지…….'

남들은 컴퓨터 앞에서 채팅 사이트란 사이트는 죄다 뒤져 밤새도록 손가락으로 수다를 떨어대며 포도송이처럼 주렁주렁 여자를 엮어 댄다고도 했다.

"돌은 계집애들이야. 걔들도 어딘가 근지러워 밤새 거기에 매달리는 거야. 생각해 보라구. 코흘리개 애들도 아니고 정신 멀쩡한 계집애들이……. 아, 덧붙여 말하자면 착상 건전하고 얼굴 반반한 것들이라면 뭐가 부족해서 어떤 개자식인지도 모르는 늑대 같은 사내자식들과 더불어 히히호호 홀딱 밤을 까먹겠냐구."

가끔씩 전화질만 해대는 이윤호의 말이었다. 이윤호 놈은 만나보기가 대통령만큼이나 어렵다. 몸 담고 있는 은행을 하늘이 내려준 천직으로 여기는 놈인데 어느 날 상봉한 술자리에서 그런 말을 한 적이 있었다.

"걔들 헤퍼. 오만 정이 동시에 떨어지는 밥맛들이라구. 정팅이니 뭔팅이니 까불지 말라고 해. 걔들이 젤 좋아하는 건 번개야. 아래층이 레스토랑이고 위층이 모텔인 곳에서 단 둘이 만나길 간절히 소망

하는 애들이라구."

"경험담이지?"

"짜샤. 형님 말 끊지 말구 새겨들어 임마. 걔들…… 대부분 사고경험자들이야. 지루하고 고루한 까만 밤을 무슨 수를 써서라도 아무 생각 없이 훌쩍 날려야 되는…… 구구 절절하고 가련한 사연들을 밤하늘을 가로지른 은하수만큼이나 수도 없이 간직하고 있는 년들이란 말야."

윤호는 신이 났다. 더 듣고 싶은 마음이 없는 찬휘였지만 놈은 사방으로 침까지 튀겨가며 혼자 떠벌거렸다.

"방금 이별을 하고 새롭게 화장중이라거나 아니면 주체할 수 없는 성적 욕구불만을 손가락으로 풀기 위한 최선의 방편으로 채팅에 매달리는 거라니까."

"그래 시발. 니 말 무조건 진리다."

"그러니 헛생각 품지 마. 꼴리기만 하나니……."

"고막에 염증 생기겠다. 주둥이 채워라."

"진리는 언제나 귀에 쓰나니……."

"그래서 난 간출하게 언제나 솔로라는 거 아니냐."

떠나면 이삼 일간은 산정에 머물자. 설악산 주변이나 오대산 정상도 좋다. 지리산이고 태백산이고 꼭대기까지 도로가 뻥뻥 뚫려 있지 않은가.

거기에 떡 하니 텐트로 무허가 건축물을 세워 놓으면 미친놈 소릴 듣겠지만 그럴 필요는 없다. 지프형 차를 몰고 산 속으로 난 소로(小路)로 살짝 들어가면 어떤 곳이건 다 명당자리가 된다. 지프형 차는 바로 호텔이 된다. 좌석을 뒤로 눕혀 펴면 당장 더블베드가 되는 것이다.

'솔솔 풍겨오는 솔향기 맡으며 삼림욕 겸해 며칠이고 푹 퍼지면 되는 거 아니겠어?'

며칠은 물가에 머물자. 그땐 텐트를 치자. 저수지는 붕어를 사랑하는 인간들이 너무 많아 복잡하기 짝이 없을 테니 숨 가쁘도록 가파른 계곡에 오래오래 텐트를 치고 낚싯대를 담그자. 고기가 잡히든 말든 낚싯대를 담가놓고 솔솔 불어 오는 강바람을 맞으며 라면을 끓이고 소주병을 따 홀짝거리면 거기가 신선이 산다는 선계가 되는 거 아니겠는가?

사람의 일이라는 건 누가 알겠어? 어쩌다 운수 대통하면 천연기념물 동정녀들이 화사한 아침햇살을 받으며 뿌연 안개에 젖은 채 환상적인 자태로 전설처럼 떼로 몰려올지도 모르는 일 아니겠냐구.

그래. 떠나자. 지난 몇 개월 동안이나 갇혀 지냈던 12평짜리 감옥 생활을 모조리 청산해 버리는 거다.

찬휘는 다른 건 몰라도 버너는 반드시 석유를 넣고 펌프질을 하는 압축식 버너로 살 생각을 했다. 압축식 버너는 석유를 사고 알코올을 별도로 사야 하는 번거로움이 있긴 했지만 간편하게 사용할 수 있는 가스버너는 높은 산에서는 기압의 차이로 인해 무용지물이 된다.

군 시절 고지대에서 근무한 적이 있는 찬휘로서는 높이 오르면 오를수록 가스버너가 촛불만큼이나 희미한 열기밖에 발산하지 못한다는 것을 잘 알기에 그런 마음을 먹었다.

침낭, 쌀, 아이스쿨러, 코펠, 일회용 커피, 담배, 라면, 소주, 고추장, 나무젓가락과 일회용 숟가락……. 정신 챙겨 다시 한 번 빠진 것 없나 재점검. 오케이. 지프를 사는 즉시 뒤도 돌아보지 말고 떠나는 거다.

찬휘는 모처럼 달콤하고 황홀하게 잠이 들었다. 그게 새벽 무렵이었다. 그랬는데 머리맡에 놓아둔 휴대폰이 가뜩이나 아침잠이 많은 그의 선잠을 무참하게 짓밟아 버렸다.

여자였다. 성우를 해도 될 만큼 맑고 세련된 목소리를 지닌 여자.

"탁찬휘 씨입니까?"

"누구시죠?"

찬휘는 빠르게 머리를 굴려 알고 있는 몇 안 되는 여자들의 얼굴을 차례로 떠올려 보았다. 이토록 세련된 목소리를 가진 여자는 주변에 없다. 알고 있는 여자라고 해 봤자 아무리 손가락으로 꼽아봤자 엄마를 포함해 다섯 손가락도 채우지 못하지만.

음성이 저쪽에서 날아왔다.

"설다은이라고 합니다."

생경한 이름.

"그런데요?"

"저는 살인에 관계되는 일을 하는 사람입니다."

"무척 좋은 일을 하고 계십니다 그려."

"그 일은 탁찬휘 씨의 전문 분야가 아닐까 하는 생각에서 전화 드렸습니다."

"가려운 데 팍팍 긁어 주시는구려."

"살인은 탁찬휘 씨의 적성에 꼭 맞는 일이라고 생각하고 있습니다.

안 그렇습니까?"

이바구가 심심해 견딜 수 없어 하는 장난전화 아니면 돈 년의 처절한 몸부림일 거라는 생각. 그런데 음성이 이토록 세련되고 또박또박하다면…… 돈 년은 아닐 거였다. 장난전화일 것이다.

'나랑 놀고 싶다 이건가 본데……'

미끼를 문 붕어처럼 확 빠져들면서도 미친 년 소리가 저절로 튀어나오는 이중의 모순성과 그에 따른 애매무쌍한 갈등구조…….

하지만 무엇보다도 모처럼의 그 귀한 아침잠을 무참하게 깨워 놓은 이 년이 무지하게 괘씸했다. 마음 한구석에는 결코 싫지 않은 구석이 분명히 존재했음에도.

또다시 이어지는 잠시 동안의 갈등, 모순, 동물적 애착, 늑대의 본성.

'맞아. 이윤호의 말이 진리야. 헛생각 품으면 꼴리기만 한다는 말……'

과감하게 칼을 뽑았다. 이럴 땐 단 한 가지 논리만이 존재한다. 이쪽에서 한 술 더 떠 천둥에 놀란 미친 말처럼 천방지축 날뛰어 대며 나발을 불어대야 다시는 이 번호로 전화하지 않는다. 즉, 막 나가야 약발 즉효인 것이다.

'저쪽에서 발라당 뒤집어지는 소리가 들리도록…… 망가지자구.'

찬휘는 목소리를 음흉하게 냈다.

"여보쇼. 할 일이 별로 없으신 규수신가 본데…… 흐흐흐…… 정그렇다면 당장 만나 섹스질이나 진하게 한번 해 봅시다. 난 여자들의 간지러운 곳을 긁어 주는 일이 전문이야. 나 지금 아가씨의 야시꾸리

한 목소리를 들으니 마구 쏠리고 있어. 흐흐흐…… 내 고상한 의견
이 어때서?"

찬휘는 여인의 음성을 얼토당토하지 않게 야시꾸리하다고 설정해
버린 후 키들키들 웃어 주었다. 마치 색마처럼.

저편의 여자는 감정의 기복을 전혀 나타내지 않았다. 일정한 음색
과 음성으로 맞받아 쳐 왔다.

"좋지요. 나도 대단히 즐기는 편입니다. 섹스는 언제나 즐거운 일
이니까요. 그렇지만 사업 이야기부터 먼저 해 볼까요?"

어쭈? 제법 단수가 높은데?

"맘대로 해 보쇼. 들어줄 용의는 있으니까. 어, 근데 중부지방에 자
리잡고 있는 이 녀석은 왜 이다지 뻗쳐대나?"

"성능 좋다는 걸 일단 인정하겠습니다."

"당장 설다은 씨의 중부지방과 자매결연 맺고 싶은가 보네."

휴대폰 저쪽은 여전히 침착했다. 대뜸 본론을 들고 나왔다.

"저는 탁찬휘 씨의 사격술을 비싸게 사고 싶습니다."

"뭐를……?"

"그건 아주 간편한 살인방법이니까요."

화들짝…….

현역 시절 권총 사격은 물론이고 모든 사격술에서 최고 평가를 받
았던 찬휘였다. 그로 인해 가장 안전하게 모셔져야 할 정부의 최고위
요인(要人)을 경호하는 임무에 차출되어 일 년 가까이, 그러니까 제대
하는 날까지 그림자처럼 따라다니며 경호 임무를 맡은 적이 있었다.
물론 그 덕에 물 건너까지 두루두루 구경할 기회를 얻기도 했지만.

황당했다. 저 건너편의 상대는 찬휘를 알고 있는 것이다. 온통 비밀로 꽁꽁 뭉쳐 있는 특수한 군대 시절 일을. 도대체 어디까지 알고 있을까? 이번에는 찬휘가 뭐라 대답을 해야 했다.

'이 여잔 농담 따위는 씨알도 안 먹혀……'

이건 조금 전에 나타난 현상이었지만 정말로 중부지방에 자리잡고 있는 그 놈이 잠시 힘차게 머리를 쳐들기 시작했었다. 잠시 그랬다. 놈은 지금 시들시들 시들고 있었다. 찬휘의 사격술을 비싸게 사고 싶다는 말을 들은 직후부터였다.

'아깝네. 요긴하게 쓸 곳도 없지만……'

찬휘는 이쯤에서 농담으로 버무린 후 전화질을 끝낼 생각을 했다. 저쪽 상대에 비해 말발도 딸렸지만 장난전화일 거라는 생각이 남아 있어서였다. 그렇다고 무지막지 딱 끊어버리기에는 찬휘의 심장이 너무나 연약했다.

"난 몸값이 비싼 사람이오. 제시액이 게거품을 물 정도로 엄청나다면 댁의 사업에 동참할 용의가 있지."

즉시 저쪽 음성이 배달되었다. 신기하게도 조금도 감정의 변화를 나타내지 않는 음성이었다. 처음 전화를 받았을 땐 차분하고 매우 세련된 음성이라는 생각이 들었지만 그것이 너무 지나치다는 생각이 들자 이젠 밋밋한 기계음처럼 여겨졌다.

기계가 삐이 울렸다.

"탁찬휘 씨에 대한 절대평가는 내가 합니다."

찬휘는 저쪽에서 들리도록 커다랗게 하품 소리를 냈다.

"계속 놀아 보쇼."

저쪽에서 이쪽으로 계속하여 흘러드는 기계음.

"잠시 후 계좌를 확인해 보세요. 마음에 들 만한 금액이 입금되었으면 오늘 중으로 백만 원을 인출하세요. 그것으로 살인 제의를 수락한 것으로 여기겠어요. 흥미를 느끼지 않는다면 그대로 놔두세요. 다시 회수할 테니까요."

찬휘의 음성이 자신도 모르게 파르르 떨리며 위로 올라갔다.

"지금 뭐라고 했소?"

핸드폰에서는 여전히 냉정한 음성이 흘러나왔다.

"잘못 들었다고 생각하진 않습니다."

'장난이 아니잖아?'

계좌로 현찰을 입금하는 것은 통장번호만 알고 있다면 얼마든지 가능한 일이지만 일단 입금된 돈을 자유자재로 뽑아갈 수 있을 정도라면 특별한 조직을 갖춘 자들만이 할 수 있는 일이다.

휴대폰은 끊어지기 일보직전이었다. 기계가 무미건조하게 울렸다.

"최근 심심한 나날을 보내고 있었을 겁니다. 그렇지만 승낙을 하면 지금부터 삶의 기쁨과 희망이 찬휘 씨를 기다리고 있을 거예요."

2. 그들식의 전범재판

태양이 먼산을 향해 기우뚱거렸다. 태양은 기울기를 멈추지 않고 서녘으로 질주를 계속했다. 그쪽이 벌겋게 달아올랐다. 곧 밤이 찾아올 것이다.

바나나나무 이파리들은 망가진 파란 우산 몇 개를 겹쳐 놓은 것처럼 보였다. 바다에서 불어 오는 바람이 그랬나 보다. 잎들은 정신착란을 일으킨 자가 아무 생각 없이 찢어 놓은 것처럼 갈라져 있었다.

그것들이 바닥을 향해 어지럽게 늘어져 있는 작은 산은 군데군데 야자나무가 자라고는 있지만 전체가 온통 바나나나무 숲이었다.

그 산의 중턱. 채형빈(蔡亨斌)은 바나나나무 그늘 아래에서 점점 더 길게 늘어지고 있는 검은 그림자를 바라보며 들고 있던 검은색 007가방을 열었다.

007가방 내부는 마치 계란을 얹어 놓는 판처럼 올록볼록한 요철(凹凸)구조였다. 선반에 물건이 빼곡하게 얹혀 있듯, 가방 속을 가득 채우고 있는 것은 몇 개로 분리되어 있는 라이플의 부속품들이었다.

싸늘하게 보이는 총신과 기름칠이 잘 되어 반들반들한 윤기가 흐르는 단풍나무로 만들어진 개머리판. 면실유 냄새가 풀풀 나는 방아쇠 뭉치와 검은색 야간용 자외선 스코프(조준경). 라이플용 총알 다섯 개.

형빈은 짙은 검은빛이 감도는 총신을 꺼냈다. 무더운 날씨에 오염되지 않은 싸늘함이 거기에서 느껴졌다.

세 개로 분리되어 있는 짧은 총신을 모아 연결 부분들을 맞추자 철컥! 하는 소리가 나며 긴 총신 하나가 완성되었다. 그것은 적당한 무게감을 안겨 주었다. 이어 방아쇠 뭉치를 꺼내 끼어 넣자 미세한 금속음이 진동하며 한몸이 되었다.

형빈은 몇 개의 철제 부속을 더 조립하고 개머리판을 뒤에 붙였다. 그로서 불과 일 분이 안 되어 그의 손 안에서는 오 연발 라이플이 마술사가 한 것처럼 완성되었다. 형빈의 손가락이 다섯 개의 총알을 라이플 안으로 스며들게 했다.

잠시 후 다시 한 번 철컥! 하는 소리가 났을 때는 라이플 위에 스코프가 부착되었다.

형빈의 입술이 약간 벌려졌다. 잘 달구어 진 프라이팬의 안쪽 면만큼이나 뜨겁고 메마른 음성이 조그맣게 흘러나왔다.

"이 정도면 코끼리도 사냥할 수 있겠군."

형빈의 다소 창백하게 느껴지는 얼굴 전체에서 만족한 미소가 은은하게 번져 나갔다.

"재판 준비는 끝났다."

보통 사람보다 여실하게 큰 체구를 지닌 형빈은 평범한 여행자 차림에 검은색 선글라스를 끼고 있었다. 양 어깨가 딱 벌어져 있었으며 손가락 마디마다 굳은살이 박혀 있어 그것으로 격투기 종류의 격렬한 운동을 상당 기간 동안 연마한 사람이라는 것을 짐작케 했다. 큰 체격에 비해 허리와 두 다리가 유난히 가늘게 보이는 점 또한 운동으로 단련한 몸이라는 점을 충분히 대변해 주었다.

형빈은 바나나나무 둥치에 라이플을 세워 놓고 팔베개를 하고 길게 누웠다. 누운 채로 담배를 물고 불을 붙였다. 담배는 삼 분 만에 연기로 화해 소멸되었다.

누워 있었지만 약간 숨이 가빠왔다. 조금 전, 오 킬로미터나 떨어진 곳에서부터 택시에서 내려 이곳까지 걸어왔었다. 그것은 어떠한 흔적을 남기지 않기 위해서였다.

이곳까지 택시를 타고 오거나 렌트를 해 차를 몰고 오면 쓸데없는 주위의 의혹만 초래할 것이라는 것이 그의 사고방식이었다. 그것은 목숨을 담보하여 살인을 하고 현찰을 챙기는 자에게는 필수적인 조심성이었다.

형빈은 또다시 담배를 물었다. 양 손으로 일회용 라이터를 감싸듯이 하여 불을 붙였다. 그것이 빨갛게 타오르도록 빨아들이고…… 겨울철에 뱉어지는 입김처럼 하얗게 내뱉고…… 연달아 세 개의 담배를 연기로 날려 버렸다.

수평선 너머로 물감을 풀어 놓은 듯 더 진한 붉은 노을이 형성되었다. 형빈은 그것이 아름다운 것이 아니라 곧 보게 될 피의 진한 빛깔이라고 생각했다.

연상 작용이 일어난 것일까? 어디선가 피 냄새가 풀풀 풍겨오는 것 같았다.

형빈은 눈을 돌려 산 뒤편을 바라보았다. 그곳은 녹색빛을 띤 완만한 구릉 지대였다. 군데군데 선연한 녹색 풀빛이 아롱지는 곳이 있었다. 더러는 퇴색된 금빛 물결도 바람결에 출렁거렸다. 쓰러진 바나나 나무가 썩으며 그런 빛을 냈다.

몇 그루의 야자나무도 쓰러져 누런 잎 속에 파묻혀 있었다. 그 구릉 너머에는 제법 높다란 언덕이 있었고 평지처럼 평평했다. 그 중앙은 커다란 웅덩이처럼 푹 파여 있었다. 예전에 폭격당한 자리임이 분명해 보였다.

"당시엔 많은 시체들이 사지를 벌리고 누워 있었겠지."

고개를 저었다. 그건 자신과는 아무런 상관이 없는 일이다. 벌써 반세기 전의 일이었고 그것을 증명이라도 하듯 중턱은 평지화되었을 뿐이다. 그렇지만 그런 생각이라도 하지 않으면 시간이 너무 더디 흘렀기에 애써 그쪽으로 상념을 유도했다.

그 무렵부터 급격하게 밤의 기운이 번지기 시작했다.

열대지역이었지만 밤에 불어 오는 바람이지만 시원함을 느낄 수 있었다. 형빈의 미간 사이로 흘러내린 땀방울들이 바나나잎 아래로 흘러들기 시작한 소슬바람에 의해 모조리 증발되었다.

형빈은 갑자기 추위를 느끼며 부르르 몸을 떨었다. 갑자기 찬물을 뒤집어쓴 기분이 그때 들었다. 자신의 임무가 어떤 것인지 갑자기 떠올랐기 때문이다.

'전범재판……!'

형빈은 소리 없이 웃었다.

열대지역에서 추위를 느끼다니……. 지금은 몸에서 열이 펄펄 끓어야 할 시점인데……. 다시 생각해 보아도 이상한 일이었지만 그건 살인을 눈앞에 두고 느끼곤 하던 이유를 알 수 없는 전율과 같은 감흥임이 분명했다.

얼마 정도의 시간이 다시 흘렀다. 머리 위로 JAL여객기 한 대가 요란한 폭음을 동반하며 날아갔다. 형빈은 몸을 일으켰다. 그의 시야에 박혀 있던 JAL이 순식간에 사라졌다.

문득, 시선이 머문 곳은 바다였다. 그때 갑자기 파도소리가 들려왔다. 조금 전까지만 해도 전혀 들려오지 않던 파도소리였다. 형빈은 살인과정에 대해 면밀하게 검토하며 오직 그 일에만 몰두하고 있었기에 지금까지 파도소리가 고막 속으로 파고들지 못했던 것이다.

바다는 짙은 청색을 띠고 있었다. 절벽 아래를 부딪치며 부숴지는 은색 포말은 바라보는 눈을 어지럽게 했다. 고개를 돌렸다. 시선이 머문 곳은 팔뚝 위에 채워져 있는 시계였다. 그것을 바라보는 두 눈동자가 긴장하기 시작했다.

"이십 분 전……."

형빈은 최면을 거는 사람처럼 또박또박한 음성으로 말했다. 이어 라이플을 들고 도로가 훤하게 내려다보이는 산등성이로 걸어갔다. 제멋대로 자란 풀들이 발 아래에서 비명을 지르며 쓰러졌다.

형빈이 머문 곳은 바나나나무와 야자나무가 뒤범벅이 되어 무성한 숲을 이룬 곳이었다. 커다란 바나나나무와 야자나무의 길고 탐스러운 잎들이 익어 가는 노을의 검붉은 빛을 완전히 가려 버렸다. 잎들은 형빈의 몸까지도 완전히 덮어 버렸다.

형빈은 어둠 속에 멈추어 서며 다시 담배를 꺼내 물었다. 연기와 함께 담배가 천천히 소멸되었다.

산 아래로 도로가 길게 뻗어 있는 것이 보였다. 도로는 오십 미터쯤 되는 절벽 아래에 훤하게 드러나 있었다. 두 개의 S자를 맞물려 놓은 것 같은 구불구불한 도로였다. 그것은 해안선을 따라 길게 이어져 있었다.

형빈은 바나나나무를 등지고 서서 길게 심호흡을 했다. 다섯 번이나 반복했다.

다시 몇 분의 시간이 흘러갔다. 비로소 형빈의 얼굴에는 초조한 기색이 나타났다. 그것을 감추기 위해서일까. 가늘게 경련하는 손가락으로 또다시 담배 한 개비를 꺼내 바짝바짝 타들어 가는 얇은 입술을 이용해 지그시 필터를 깨물었다.

일회용 라이터를 켜자 얼굴을 뒤덮고 있던 음영이 물러갔다. 연기가 눈으로 들어갔는지 형빈은 선글라스를 벗었다.

전체적인 얼굴은 긴 말상의 형빈이었다. 앞이마가 조금 벗겨져 있었는데 그곳에서 흘러내리는 땀방울들이 눈을 향해 굴러갔다. 눈은 가느다란 실눈이었지만 매우 예리하게 반짝거렸다.

콧날은 한국인으로 여기기에 의아할 정도로 크고 오뚝하게 솟아 있었으며 입술은 매우 얇았다. 때문에 얼굴이 전체적으로 매우 창백하다는 느낌을 주었다. 지금은 주체하기 어려운 어떤 긴장감에 휩싸여 있어 더욱더 그랬다. 나이는 채 삼십이 안 되어 보였지만 약간 벗겨진 머리를 하고 있어 그보다는 최소한 몇 살은 더 들어 보이게 했다.

담배 끝이 빨갛게 타들어 가자 두 손가락을 이용해 입술에 물려 있던 담배를 빼냈다.

"후……."

안개처럼 새하얗게 뿜어지는 연기. 그의 얼굴이 가려졌다. 반짝거리는 눈빛으로 또 시계를 보았다.

"십 분…… 남았다."

시간이 흐를수록 신경이 더 날카로워졌다. 이마에 그어져 있는 파란 핏줄이 불끈 솟아 나왔다.

'충분하게 땀을 식혔는데도 겨우 십 분밖에 흐르지 않았다니…….'

이마로 새파랗게 돋아난 핏줄이 그런 말을 내뱉었다.

형빈은 두 모금의 담배를 연달아 빤 후 반밖에 타지 않은 담배를 바닥에 처박았다. 모진 발동작으로 그것을 비벼 껐다.

철썩거리는 파도소리가 계속하여 들려왔다. 점점 더 짙은 어둠이 깔렸다. 완전히 어두워지지 않았지만 헤드라이트를 켠 차량 하나가 무서운 속도로 도로를 질주해 왔다.

형빈은 고개를 저었다. 저 차량은 아니라는 뜻이었다. 그 뒤를 따라 오토바이 한 대가 시커먼 매연을 내뿜으며 미친 듯이 뒤따라왔다.

사이판은 섬 전체에 몇 개의 신호등만 있다. 그런 이유로 인해 이곳처럼 외진 도로에서는 차량들과 오토바이들이 아우토반인 양 달렸다. 그들은 오직 달리기 위해 이 도로를 택한다.

형빈은 규칙적으로 시계를 보았다. 그가 기다리고 있는 스포츠 오픈카인 BMW는 아직도 몇 분이나 더 지나야만 아래에 있는 도로를 통과할 것이다. 그렇게 확신할 수 있는 근거는 십 분 전에 JAL이 머리 위로 날아갔기 때문이다.

10분 전의 JAL은 사이판 공항에 착륙했을 것이다. 그리고 5분 전에는 형빈이 기다리는 사람은 있으나마나한 공항 검색대를 빠져 나와 미리 대기시켜 두었던 BMW에 몸을 실었을 것이다. 그리고 5분 후에는 눈앞의 도로를 지나쳐 마나가하 섬을 향해 질주할 것이다.

정보는 확실했다. 이 작은 섬에서는 시간이 어긋나는 일 따위를 염려할 필요는 없다. BMW는 5분 후엔 반드시 이곳을 통과해야 한다. 왜냐면 이 길뿐이니까.

"5분!"

시간은 충분했지만 형빈은 준비하기 시작했다. 적당한 크기의 바위를 찾아 라이플 총신 중간 부분을 그 위에 얹었다. 라이플을 바위에 고정시키면 흔들림이 방지된다. 자연히 명중률도 높아진다.

도로를 향해 총구를 겨누며 방아쇠를 당기는 동작을 취해 보았다. 일종의 예행연습이었다. 시원한 바람 몇 줄기가 연달아 불어와 다시 번들번들해진 얼굴의 땀방울들을 훔쳐갔다.

정지되어 있는 것 같은 짧은 시간들이 채각거리며 토막토막 흘러갔다. 수평선을 따라 길게 펼쳐졌던 검붉은 노을은 완전히 먹빛으로 물들었다. 그새 날씨가 흐려졌나 보다.

그런 동작을 반복하고 있는 동안 3분이 지났다. 어둠이 짙어졌으므로 산 아래의 도로는 검은색의 뱀이 형태를 드러내고 길게 엎드려 있는 것처럼 보였다.

다시 1분이 지나가고 또 1분이 흘렀다.

사방은 고요했다. 간혹 바나나 잎 사이로 바람이 흐르며 잎들이 서로 엉키는 소리를 냈다.

"1분 남았다."

어둠 속에서 형빈의 눈동자만 올빼미의 그것처럼 빛났다.

초조한 기다림의 연속이었다. 형빈의 얼굴 근육이 경직되기 시작했다. 뒷목 부분도 뻐근해졌다. 형빈은 고개를 몇 번 흔든 다음 길게 숨을 모아 단전까지 들이켰다.

후우…….

그런 동작을 연속적으로 세 번 반복하자 어느 정도 초조감에서 해방될 수 있었다. 아주 더디게 30초가 흘러갔다.

한 대의 자동차가 도깨비불처럼 앞을 훤하게 밝힌 채 질주해 왔다. 머플러에서 쏟아지는 굉음이 주변의 정적을 조각냈다.

그 순간 형빈의 두 눈에서 번쩍거리는 광채가 발산되었다. 입술도 파르르 떨었다. 긴장으로 인한 것이리라. 형빈의 얼굴이 갑자기 부풀어 오르며 금방이라도 폭발할 것 같았다.

"……!"

모든 신경을 두 눈에 집중시켰던 형빈이 길게 숨을 물아쉬며 고개를 흔들었다. 질주해 오는 차량은 도요다 왜건이었다. 고조되었던 형빈의 긴장이 서서히 풀어졌다. 얼굴이 더 창백하게 보였다.

어둠이 더 짙게 몰려왔다. 구름이 낮게 내려앉아 막 빛나기 시작하는 별들의 빛을 모조리 가려 버렸다.

형빈이 기다리고 있는 BMW는 예정된 시간을 초과하고 있었다.

형빈은 적외선 쌍안경을 꺼냈다. 그것은 안경처럼 눈 위에 걸칠 수 있는 최소형의 제품이었다. 그것이 형빈의 선글라스 위에 덧씌워졌다. 짙은 어둠이 깔린 주변 도로와 바다, 절벽이 형광색으로 빛나며 그의 눈 속으로 들어왔다.

문득, 군 시절이 떠올랐다.

'당시의 쌍안경은 귀찮기만 한 물건이었지…….'

최전방에서 근무할 시절의 겨울은 모든 것을 얼어붙게 했었다. 방한 외투 사이로 솔솔 스며드는 차가운 바람…… 두꺼운 벙어리장갑을 낀 채로 서투른 조작밖에 할 수 없었던 두툼하고 묵직했던 당시의 쌍안경…… 달빛 아래 하얗게 내뱉어지는 호흡에 의해 렌즈는 수시로 뿌연 김이 서렸었다. 그 렌즈를 뭉툭한 장갑 손가락으로 이리저리 닦아내며 철책 저 너머를 주시하곤 했던 그 시절의 가물거리는 기억들.

'원시인들이었지…….'

그때였다. 형빈이 설치한 노루목을 향해 헤드라이트를 밝히고 달려오는 차량 한 대가 있었다. 오픈형 스포츠카였다. 형빈의 머리카락이 올올이 곤두섰다.

'왔군.'

최소형의 쌍안경이 운전석으로 향했다.

BMW의 핸들을 잡은 사람은 열 번 이상이나 사진을 보며 확인의 확인을 거듭했던 바로 그 일본인이었다. 이미 머리가 허옇게 세어 버린 허리가 바짝 꼬부라진 늙은이. 노인의 두 눈에는 두툼한 안경알 두 개가 걸려 있다.

형빈은 혀를 찼다.

'사냥하지 않아도 1년을 넘기지 못할 것 같군.'

형빈에게 내려진 명령은 늙은 일본인을 영원히 돌아올 수 없는 길로 안내하라는 것이다. 명령은 반드시 형빈에 의해 집행되어야 했다. 그 일은 라이플의 방아쇠를 당겨 상대 머리에 훤한 바람구멍을 내놓기만 하면 된다.

라이플을 이용한 살인은 형빈과 같은 '선수'에겐 더없이 간편했다. 상대의 생사는 겨우 손가락 한 번 까닥이는 것으로 결정이 난다. 백정처럼 수없이 칼질을 해야 하는 그런 살인에 비하면 선 채로 물 한 잔 들이키는 일만큼이나 쉬운 일이다.

BMW는 형빈이 노루목으로 삼은 지점을 향해 점점 더 빠르게 달려왔다.

그런데…….

"우라질……!"

형빈은 방아쇠에 오른손 두 번째 손가락을 얹고 있었지만 잠시 망설여야 했다.

"조수석에 여자가 타고 있어!"

옅은 커피색 피부를 지닌 폴리네시안 계 여자였다. 원주민이리라. 하얀 치아가 가지런한 미인형의 여자였다. 자외선 쌍안경 안에 비친 그녀의 치아는 백색의 진주알만큼이나 영롱한 빛을 발산하고 있었다. 그녀는 무엇이 그다지도 좋은지 늙은 일본인의 얼굴을 바라보며 연방 벙글벙글 웃어댔다.

가는 허리에 비해 엄청나게 큰 가슴과 엉덩이를 지닌 여인. 스물 대여섯쯤 되어 보였다. 흰색 계열의 비키니를 입고 목욕 타올 같은 가운을 걸치고 있다.

그녀의 등 뒤에서 길게 기른 검은 머리카락이 연 꼬리처럼 나풀거렸다. 그녀가 얼굴을 들어 늙은 일본인을 사랑스럽게 올려본 후 노인의 어깨에 옆얼굴 전체를 파묻었다.

늙은 일본인의 오른손이 여인의 한쪽 가슴을 슬며시 잡았다. 달려오던 속도가 약간 떨어졌다. 늙은 일본인의 손은 곧바로 여인의 사타구니 근처로 향했다. 여자가 움찔거렸다. 늙은 일본인이 여인의 얼굴을 바라보며 실없이 웃었다.

여인은 늙은 일본인의 현지 정부(情婦)가 틀림없었다. 그런 이유로 인해 늙은 일본인은 사이판을 즐겨 찾는 것이리라.

"망할……!"

탄식처럼 형빈이 중얼거렸다.

여인이 조수석에 엉덩이를 깔고 있다는 것은 예상 밖의 일이었다. 그가 받은 명령은 머리가 하얗게 세어 버린 늙은 일본인 하나의 목숨을 날려 버리는 일이다. 하지만 방아쇠를 당기면 두 영혼이 한꺼번에 날아간다. 이곳 원주민은 미국 국적을 지니고 있다. 원주민까지 죽으면 사건이 확대된다.

1초간의 망설임. 또 1초 동안의 갈등…….

더 이상 형빈에게 주어진 시간은 없었다. BMW는 휑…… 눈앞에서 날아가 버릴 것이다.

단호해야 했다.

'기회는 두 번 주어지지 않는다!'

그 생각이 뇌리를 스쳤을 때, 결정은 그것으로 끝이었다. 지금의 상황이 어떠한 것이든 살인명령은 미뤄질 수 없었다.

형빈은 개머리판을 어깨에 대며 메마른 입술을 잘근잘근 씹었다. 그런 그의 모습은 어딘지 모르게 서글퍼 보이는, 지극히 인간적인 모습이었다.

라이플 총신 위에 달린 스코프가 늙은 일본인의 머리를 따라 움직였다. 암적색의 빛이 늙은 일본인의 파뿌리 같은 회색빛 머리카락에서 흘러 나왔다. 자외선이 주는 또 다른 빛이었다. 그것이 스코프를 꽉 채웠다.

조준 눈금인 열십자(+)가 늙은이의 관자놀이에 정확하게 고정되었다.

그것만으로 사냥이 적중하는 것으로 판단하면 대단한 오산이다. 우선적으로 계산해야 될 것은 폭풍처럼 질주해 오는 BMW의 속도와 그곳까지의 거리였다. 그걸 무시하면 실패자가 된다.

형빈이 이곳을 사냥터로 삼은 이유는 바로 이곳이 굴곡이 가장 심한 곳이어서 어떤 차든 속도를 떨어뜨려야 하기 때문이다. 그래도 차량들은 시속 육십 킬로미터 이상으로 질주했으므로 관자놀이를 꿰뚫어 놓으려면 이마 앞부분 1밀리미터쯤 앞을 겨누어야 한다.

사소한 차이 같지만 그런 계산을 정확하게 하지 않으면 총알은 BMW 트렁크 부분에 박히고 만다.

BMW의 바퀴가 아스팔트 위를 맹렬하게 굴러가며 지독한 소음소리를 냈다. 주변이 너무 고요했기에 바퀴 소리는 탱크 몇 대가 지나가는 것처럼 요란했다. 차체가 바람을 가르는 소리도 점점 더 크게 들려왔다.

그렇지만 정작 형빈은 죽음과 같은 고요한 정적만 느꼈다. 지금 그의 우주라는 공간은 단순한 몇 가지만 존재했다. 무섭게 이글거리는 살기에 찬 눈동자와 숨을 멎게 만드는 긴장감. 약간은 이색적인 자신감과 냉정한 기대감…… 그리고 팽배한 살기…… 그런 것들만이 복합적으로 존재할 뿐이다.

타아앙……!

한 발의 총성이 어두워진 사이판의 허공을 요란하게 찢어 놓았다. 그것은 긴 메아리를 이루며 산등성이를 타고 오르다 소멸되었다.

형빈은 총신을 타고 짜르르하게 흐르는 기분 좋은 전율을 느꼈다. 그것은 성공에 익숙한 일상적이고 평범한 감각이었다.

"아디오스 아미고……!"

형빈은 소리 없이 웃고 있었지만 일말의 불안감도 동시에 서려 있었다. 총성은 연달아 울릴 것 같았지만 이후부터는 답답할 정도로 암울한 정적이 이어졌다.

프로펫셔날은 비록 다섯 개의 총알을 준비했다고 하더라도 한 개의 총알로 목적을 달성하면 두 개 이상의 총알을 허비하지 않는다. 그런 이유에서 총성은 더 이상 울리지 않았다.

3. 종군위안부

서울

"너무 많군."

찬휘는 마른 혀로 입술을 핥았다. 언제부터였는지 입술에는 새하얀 균열이 세로로 일어나고 있었다.

커다란 동작으로 고개를 저었다. 현금지급기 모니터 '잔액'란에 선명하게 박혀 있는 아라비아 숫자는 세 개의 금메달을 딴 공로로 지급되는 상금을 일시불로 받는 것보다도 훨씬 더 많았다. 그것으로 설다은의 전화가 장난이 아니라는 점이 증명되었다.

'현찰을 뭉텅이로 쏟아 부어 가며 장난칠 골빈 여자는 없다.'

아침 무렵에는 설다은의 말을 곧이곧대로 믿기 어려웠고 또 홈뱅킹을 이용해 계좌를 확인하는 것도 바보 같은 일이라는 생각에 대낮인 지금까지도 입금 내역 확인을 하지 않은 찬휘였다.

사실, 아침 전화 통화 내용 따위는 벌써 까맣게 잊고 즐거운 상상만 하고 있었던 그였다.

떠난다…… 어디론가 훌쩍…… 바람이 부는 대로…… 바퀴가 굴러가는 대로…… 그래서 지프형 차를 사고 준비물 일체를 구입하여 바람처럼 좌우지간 어디론가 사라진다는…… 막연하지만 나름대로 즐거운 그런 상상들…… 그러기 위해선 자신의 통장에서 상당한 액수의 돈을 인출해야 했다.

'졸도하겠군.'

설다은이라는 여자는 현찰이 너무 많아 처리에 골머리를 앓고 있는 사람인 것 같았다. 모조리 인출해 내면 커다란 보따리로 몇 보따리나 되리라.

묘한 전율이 그의 머리를 타고 등줄기로, 그리고 엉덩이 아래를 타고 종아리까지 흘러내렸다. 찬휘는 모든 사고와 행동이 정지된 바보처럼 잠시 동안 그 자리에 멍청하게 서 있게 되었다.

'장난이 아냐……. 장난이 아냐.'

그 말을 열 번도 더 넘게 곱씹었다.

현금지급기 앞에 마냥 뿌리를 내리고 서 있을 순 없었다. 어딘가에 숨겨져 있을 망할 놈의 카메라가 멍청하게 서 있는 찬휘를 요리조리 찍어대고 있을 것이다.

문득 찬휘의 고막 안에서 그녀의 음성이 생생하게 재생되었다.

— 지금부터 삶의 기쁨과 희망이 찬휘 씨를 기다리고 있을 거예요.

'에드발룬처럼 부풀어 오른 통장의 숫자가 기쁨이고 희망이라는 건가?'

망설여졌다. 잠시 동안이었지만 너무 많은 현찰이 안겨 주는 뿌리칠 수 없는 유혹은 이성의 냉철한 가르침을 훨씬 앞질러 저만치 질주했다. 머리를 흔들었다.

그러자 갑자기, 이것이 바로 '살인 청부금'이라는 것이로구나라는 생각. 이번에는 냉철한 자기 판단이 멍청한 뜬구름들을 무정하게 걷어냈다.

하지만 또다시 뭉개구름처럼 피어오르는 유혹의 뜨거운 불씨. 그로 인해 고조되는 갈등.

'살인이 나의 심심함을 위로해 주는 것이고 그것으로 인해 나의 삶이 기쁨과 희망으로 이어진단 말인가?'

그 순간 설다은의 음성이 또다시 생생한 태풍처럼 밀어닥쳤다. 무료하기만 한 자신의 삶에 기쁨과 희망을 준다는…… 튀는 판에 레코딩 되어 있는 말도 안 되는 강력한 외침이 고막 안에서 웅얼거렸다.

짧은 시간 동안이지만 수많은 생각들이 목적을 잃은 돛단배처럼 무한한 바다 위에서 이리저리 출렁거렸다. 찬휘는 돛을 잃고 물결에 따라 표류하기 시작했다. 생각은 뿌리를 뻗고 가지를 쳤다.

처음에는 부정적인 견해였다.

'이건……. 제멋대로 굴러가다 한 곳에 머문 주사위 숫자에 까마득하게 남은 내 운명을 통째로 맡기는 것이다.'

이어지는 긍정적인 측면.

'솔직히 말하자면 목숨이 왔다갔다할 만큼 위험해도 좋으니 존재

56

의 가치를 깨닫게 될 만한 획기적이고 모험적인 일이라도 생겼으면 좋겠다는 생각을 하곤 했었지.'

타잔이 되어도 좋고 람보가 되어도 좋으니 당분간이라도 살아있음을 실감할 수 있는 돈키호테가 되었으면 하는 상상 속에 빠지곤 했던 그였었다.

그랬는데, 새빨간 거짓말처럼 황당한 경우가 갑자기 그를 찾아온 것이다. 이제는 파도처럼 일정한 간격을 두고 밀려드는 갈등을 피할 수 없게 되었다.

자신의 장점을 꼽으라면 믿기 어려울 정도로 빠른 상황 대처 능력과 과감한 판단력이라고 자부해 왔던 그였다. 실제로도 그런 사람이 찬휘였다. 그건 자신이 이 땅에서 가장 중요한 요인들을 경호하며 터득하게 된 자기계발 같은 것이었으며 그것은 또 선천적인 그의 몫이기도 했다.

이번만큼은 섣불리 대쪽을 가르듯 이것이다라는 결론을 내리기 어려웠다. 몇 갈래의 커다란 줄기의 갈등이 계속해서 이어졌다.

'너무 많은 현찰의 유혹은 부담을 가중시킨다……'

소유에 대한 직선적인 집착은 얕은 개울가에 서게 만든다. 참으로 경박해진다. 인간이 더러워진다. 그런 생각들……

'난 그런 놈 아냐. 절대로. 무조건 돈에 팔리는 놈이 아냐……'

그런데 참으로 빌어먹을 놈의 경우였다. 찬휘는 원래부터 타고난 모험가였으며 호기심이 주는 막연한 탐구를 거역하지 못하고 오히려 동경하는 별난 성격의 소유자였다. 지금은 집착처럼 상상해 오던 돈키호테의 무모한 모험의 길이 알리바바와 사십 인의 도적에서 나오는 커다란 돌문처럼 때맞춰 활짝 열려 있는 것이다.

'지금까지 지내온 것보다 더 나빠질 상황이 또 있을까?'

거기까지 생각했을 때였다.

"이용하실 게 아닌가요?"

뒤에 서 있는 여인이 찬휘의 옆얼굴을 빤히 노려보며 신경질적으로 말했다. 고함이기도 했다.

저울에 올려놓으면 찬휘보다 최소한 이십 킬로그램쯤은 더 나갈만한 무게를 자랑하는 우람한 체구의 중년부인이었다. 그때서야 찬휘는 현금지급기 앞에 결코 짧지 않은 시간 동안 우두커니 서 있었음을 깨달았다.

"아…… 네……."

나른하기 짝이 없는 걸음걸이로 한 걸음 더 현금지급기 앞에 바짝 다가섰다. 그래도 역시 어쩔 수 없는 잠시간의 망설임. 하지만 찬휘는 용감무쌍하게 현금지급기 안으로 직불카드를 밀어 넣었다.

손가락이 부르르 떨렸다. 그러나 '현금인출'을 누른 다음 '일'이라는 숫자를 누르고, '백만'이라는 숫자를 누른 다음 '원'이라는 글자를 눌렀다.

뒤에 서 있는 중년부인은 지난 밤에 실수로 칼슘 정제 대신 이스트 정제 한 알을 삼키고 잠들었는지도 몰라…… 그런 생각을 하며.

비밀 번호를 차례로 누르자 현금지급기가 타라락! 백만 원을 세었다.

은행에서 나왔다. 걸음이 갈지자로 흩어졌다. 왜일까? 강하게 복부를 걸어 채인 것처럼 두 다리에 힘이 쭉 빠지는 것은?

주머니 속에 든 백만 원이라는 현찰 두께에 자꾸만 신경쓰였다. 그 것으로 자신의 운명이 결정되었다는 생각이 들자 문득 후회 비슷한 회한이 가슴속에서 회오리쳤다.

예정대로라면 순전히 자신의 통장에 저축되어 있는 천만 원쯤을 찾아 지프형 차를 사기 위해 대리점을 찾아야 했다. 그리곤 '떠나기 위한 많은 준비'를 하기 위해 이 마트나 농협 하나로 클럽으로 가 빽 빽하게 메모해 두었던 것들을 모조리 사야 했다.

백만 원을 찾음으로 그 일은 완전히 생략되었다. 명백한 취소였다. 지금은 훌훌 털어 버리고 떠난다는 것 자체가 짐이 되었다. 지금과 같은 복잡한 심정으로 무슨 행복한 여행을 할 수 있단 말인가?

자신의 아파트로 돌아가는 길이었지만 걸음이 자꾸 꼬였다.

그걸 의식하며 간신히 아파트로 되돌아온 찬휘는 습관적으로 편지 함을 확인했다. 모교에서 혹시 '통지'를 보내 주지는 않았을까 하는 생각에서였다. 자신을 채용한다면 통지가 아니라 휴대폰이 먼저 울 렸을 것이지만. 꼭 그 일 때문이 아니어도 편지함을 확인하는 것은 어느새 그의 버릇이 되어 있었다.

편지함에 무엇인가 있었다. 누런 봉투 안에 든 무엇인가가. 그것은 모교에서 날아온 것이 아니었다.

늘 그렇지만 또 실망.

보낸 사람의 주소는 기재되어 있지 않았다. 보낸 사람의 이름만 조 그맣게 적혀 있었다.

─ 설다은

놀라운 일이었다. 방금 은행에서 백만 원을 찾아 나오는 길이다. 그런데 벌써 그녀가 보내온 우편물이 도착해 있는 것이다.

봉투에 붙어 있는 소인을 보았다. 어제 날짜로, 등기로 부친 것이었다. 찬휘 대신 경비가 받아 거기에 꽂아 둔 것이리라. 허탈한 웃음이 그의 입가에 머물다 사라졌다.

'센스 만발이로군.'

그 여자는 오늘, 찬휘가 백만 원을 인출할 것이라고 예상하고 있었던 것이다.

찬휘는 우편함 앞에 서서 봉투를 뜯었다. 책 한 권이 들어 있었다.

센다 가꼬오〔千田夏光〕라는 일본인 작가가 쓴 『종군위안부』라는 책이었다. 일본어판이었다. 부제(副題)로 '여자정신대 8만 명의 고발'이라고 적혀 있었다.

언제나 변함없이 그 자리를 지키고 있는 침대가 그를 기다리고 있었다. 찬휘는 벌렁 누웠다.

등이 곧게 펴지는 편안함……. 그것은 잠시뿐이었다. 곧 찬휘의 머릿속이 와글거리기 시작했다.

센다 가꼬오의 『종군위안부』를 읽었다. 반드시 읽어야 할 필요는 없다고 생각했지만 그냥 심심해서 읽었다. 그런데 골치 아프게 일본어판이라니……. 찬휘의 일본어 실력은 웬만한 편이었지만 우리 글처럼 술술 읽는 건 무리였다. 일한사전을 동원해야 했다.

고등학교 때 제2외국어로 일본어를 선택했던 찬휘였다. 그건 수박 겉핥기식에도 못 미치는 젖먹이 언어 습득 수준에 불과했다. 대학 시절, 그러니까 입대하기 전까지 방학을 이용하여 두 학기나 일본어 학원에 다닌 적이 있었다. 그때는 고급 과정까지 다녔다. 프리 토크에는 문제가 있을 것이지만 책을 들여다보고 간간이 사전을 찾아가며 내용을 파악하는 정도는 별 문제가 되진 않는다.

찬휘가 일본어를 본격적으로 배운 것은 대학 시절에 사범으로 있었던 태권도장에서 일본인 소녀를 제자로 가르치면서부터였다.

제자는 이시이 후미코〔石井文子〕라는 통통한 체구를 지닌 소녀였다. 그녀는 유난히 동그랗고 새까만 눈동자를 지니고 있었는데 늘 그런 눈으로 찬휘를 빤히 올려다보곤 했었다. 그 모습이 너무 귀엽다는 생각이 들어 다른 한국 소녀들보다도 더 지대한 관심을 갖고 가르쳤었다.

후미코의 당시 나이는 열일곱 살이었다. 그녀의 아버지는 일본대사관 직원이었으므로 그녀의 가족들도 모두 한국에서 생활했다.

후미코는 태권도장의 열 명이나 되는 사범들 중에서도 특히 찬휘를 잘 따랐다. 그건 도장 내에서 일본어를 알아들을 수 있는 유일한 사람이었기 때문이었다. 아니, 그 이상의 무엇이 그들에게 존재했기 때문인지도 몰랐다. 그 나이 또래의 소녀들이 신기루처럼 느끼고 있는 어렴풋한 그리움 같은 것과 대학 2학년에 들어선 찬휘 또래가 느끼게 되는 설익은 사랑의 감정 같은 거 말이다.

정말로 그랬는지도 몰랐다. 간혹 후미코는 찬휘가 사범 일을 모두 끝내고 도장 문을 나설 때까지 기다리기도 했었다.

어떤 때는 서툰 한국어와 일본어를 섞어 가며 근처에 있는 '롯데리아 혹은 코코스에서 기다리고 있겠다든지, 이번 일요일에 일본 대사관 공연장에서 가부끼 공연이 있으니 함께 보러 가자'는 등의 메모를 찬휘의 손에 쥐어 주기도 했었다. 그것은 사범 생활을 시작한 첫 번째 방학 때 일이었다.

돌이켜 생각해 보면 대학시절 방학은 너무 길었다. 찬휘처럼 스포츠 관련학과의 학생들에겐 한여름 내내 또는 한겨울 내내 방학이라는 것은 비싼 수업료 생각이 솔솔 고개를 쳐들 만큼 길고 긴 나날들이었다.

찬휘는 매일 반복되는 운동과 단련으로 일과를 보내야 하는 스포츠 관련학과 학생이다. 긴 방학은 아무래도 정신력에서 해이해지기 쉽고 단련에도 게을러질 수밖에 없다. '쉼'이 많을수록 자기 연단에 방해가 된다. 그런 이유에서 찬휘는 방학 중에도 도장 사범 일을 하며 몸 만들기를 계속했던 것이다.

그러던 중에 후미코가 관원으로 들어왔다. 두 사람 나이 차이는 불과 세 살밖에 차이가 나지 않았다. 후미코는 도장 안에서는 꼬박꼬박 사범님이라고 불렀지만 밖에서는 오빠라고 불렀다.

찬휘는 간혹 후미꼬에게 이렇게 묻곤 했었다. 많은 운동 종목이 있는데 왜 일본 사람으로서 하필 한국의 국기인 태권도를 배우느냐고.

후미코는 늘 '그냥'이라는 대답을 하곤 했지만 사실은 몸매 가꾸기에는 태권도보다 더 좋은 운동은 없을 것이라는 것이 그녀의 생각이었다. 그 나이 또래의 소녀들이 으레 그렇듯 그런 질문에는 쉽게 자신의 생각을 말하지 않았던 후미코였다. 그녀는 모든 면에서 약간 오동통한 소녀였던 것이다.

만남은 계속되었다.

수련이 끝날 때면 후미코가 생글거리는 미소를 섞어 까만 눈동자로 찬휘를 빤히 바라보며 밖에서 기다리고 있겠다는 말을 하기도 했고 어떤 때는 어디어디서 기다리고 있겠다는 메모를 손에 쥐어 주곤 했다.

후미코의 하얀 미소와 까만 눈동자는 찬휘로 하여금 거부나 거절이라는 단어를 잊게 만들었다.

그들의 만남에서는 늘 덜 익은 사과를 깨무는 것처럼 풋풋한 냄새가 났다. 데이트는 성인들의 그것이 아니었다. 소꿉장난 수준으로 유치했다. 한 달에 몇 번 정도 드문드문 만나는 이유도 있었겠지만 아무튼 두 사람은 젖비린내가 날 정도로 순수하고 천진난만한 만남을 이어갔다.

2년 동안의 만남에서 발전한 최고의 상황은 아주 추운 날 서로의 손을 삭삭 소리가 나도록 비빈 후 서로의 얼굴에 손을 한 번 대어 본 것이 전부였다. 내 손 따뜻해졌지? 그렇게 물으며.

그래서인지 모르겠지만 찬휘는 대학 생활을 하는 동안 그 흔한 미팅 한 번 뚝 소리 나게 해 보지 못했다. 괜히 그러고 싶어 그랬다. 그땐 이미 바보가 되어 있었는지도 모를 일이었고 후미코의 포로가 되어 있었는지도 몰랐다.

찬휘의 미팅 참여 거부가 계속되자 과 친구들은 아예 미팅에서 제외시켜 버렸다.

"넌 일찌감치 어느 부잣집 데릴사위로 들어간 게 분명해."

미팅 나간다며, 강의실 안에서 꺼칠하게 자라난 턱 밑의 수염을 일회용 면도기로 벅벅 긁어대며 과 친구 이윤호는 늘 그렇게 말하곤 했었다.

다음날, 이윤호는 찬휘를 불러 컴퓨터 앞에 앉혔다. 그의 손에 의해 마우스가 움직일 때마다 여학생의 얼굴들이 모니터에 떠올랐다.

"애한테 너 얘기했어. 애한테도……. 관심 만발이더라."

찬휘는 늘 고개를 젓곤 했다.

"새끼가 아직도 내 눈높이를 모르네."

그럴 때마다 이윤호는 코풀 듯 코웃음을 쳤다.

"이건 소크라테스 선생이 너 같은 중생을 위해 남긴 유언이지만 너 정말 꼬라지 파악 좀 해라. 이 새끼야. 애가 한 미모 하는 것은 물론이고 케이대 4년 풀 장학생이야. 근래에 걸린 최대어란 말야. 아울러 미모와 지성의 대변자이기도 하고……."

"장학금으로 몽땅 나 술 사 준다면 만날 용의가 있지."

"최소한 네 코 한쪽은 비틀어지게 해 줄 걸?"

"그거 너 다 마셔."

"박 깨는 소리하고 있네."

늘 그런 식이었다.

찬휘가 삼 학년 무렵엔 후미코는 한국어를 많이 배우게 되었다. 하지만 찬휘의 일본어 실력은 별반 나아진 게 없었다.

찬휘는 가끔 자신도 믿을 수 없을 정도로 진취적인 생각을 할 때가 있었다. 그 무렵에 후미코가 주변에 있을 때 일본어를 배운다면 쉽게 배울 수 있을 거라는 기특한 생각을 한 것이다. 그럴 땐 행동도 잽쌌다. 덜컥 일본어 학원에 등록을 했다. 그의 일본어 실력은 날마다 늘어갔다.

2학기째, 그러니까 고급반에 다닐 무렵이었다. 후미코가 찬휘 곁에서 떠나게 되었다. 그녀는 그때 고등학교 졸업반이었기에 그녀의 아버지는 동경에 있는 어떤 대학에 입학시키기로 한 것이다. 그건 후미코의 한국 생활이 며칠 남지 않았음을 의미했다.

후미코와의 만남도 마지막이 되던 날 찬휘는 처음으로 키스라는 걸 했다. 용인 에버랜드에서였다. 그날은 온몸에서 저절로 열이 펄펄 끓는 젊은 아베크족들 외에는 아무도 찾지 않는 아주 추운 날이었다.

어느 건물 돌담 옆이었다. 그날은 분위기조차도 두 사람의 키스를 재촉하는 그런 날이었다. 그날따라 소담한 함박눈은 왜 그렇게도 많이 내리는지…… 잠시 그대로 서 있으면 누구나 할 것 없이 눈사람으로 변했다.

찬휘와 후미코는 누가 먼저랄 것도 없이 포옹을 했다.

찬휘는 오리털 파카를 입고 있었고 후미코는 스웨터를 입고 오리털이 들어 있는 점퍼를 입고 있었다. 서로는 두툼두툼 했다. 서로를 안는 다는 것은 최대치로 두 팔을 늘려야만 가능했다.

특히 후미코가 그랬다. 털실로 짠, 엄지손가락이 강조된 벙어리장갑을 끼고 있었는데 두 팔을 동그랗게 말아 오리털 파카 안에 갇힌 찬휘 전체를 품에 넣기 위해 안간힘을 썼다.

찬휘를 올려다보는 그녀의 까만 눈동자가 안쓰럽게 흔들렸다. 도톰한 입술이 달달 소리를 내며 떨고 있었다. 두 사람은 오랫동안 서로를 안은 채 눈만 마주 보았다. 그 눈들은 무엇인가를 분명 갈구하고 있었다. 정말 그랬다.

함박눈은 멈출 기미가 조금도 없어 보였다. 두 사람은 물론이고 에버랜드 전체를 폭삭 파묻어 놓을 기세였다. 아니 한국을 통째로 파묻어 놓을 기세였다. 그때 내린 눈은 기상관측 이후 오십 년 만에 처음이라던가? 뭐라던가? 주위에서 펑펑 소리가 들리는 것 같았다.

멀리 보이는 놀이기구들이 파묻히고 있었다. 기구들을 꼭꼭 숨겨 놓은 건물들의 키도 자꾸만 작아졌다.

두 사람은 붙어 있는 두 개의 눈사람이 되었다. 까만 머리가 어느새 하얀 머리로 변해 있었다. 어깨는 풋볼 선수처럼 불룩하게 흰 눈에 덮였다.

찬휘가 후미코의 입술을 찾았다. 찬휘의 가슴은 오토바이의 엔진처럼 쿵쾅거렸다. 자신의 가슴을 통해, 후미코의 심장이 커다란 뻐꾸기 시계의 시계추만큼이나 양 옆으로 요동치고 있다는 것을 알게 되었다.

후미코는 순순히 찬휘의 입술을 받아들였다. 처음 몇 분 동안 서로의 입술만 빨았다. 양 볼 근처까지도. 그것은 냉동고에서 꽁꽁 얼은 채 녹여 줄 사람을 기다리고 있는 아이스 바만큼이나 차가웠다. 서로의 희미하고 따뜻한 입김이 그것들을 조금씩 녹여 갔다.

그녀의 벌어진 치아 안으로 찬휘의 혀가 방문했다. 그녀는 망설이지 않았다. 첫키스였지만 오래된 연인처럼 찬휘를 받아들였다. 그녀의 입 속도 차가웠다. 깊숙한 안쪽도 그리 따뜻하지 않았다.

그녀가 혀를 움직였다. 찬휘도 혀를 움직였다. 두 혀가 얽혔다. 침이 섞였다. 두 사람이 섞이는 것 같았다.

그렇게 일 분쯤 지났다. 후미코가 찬휘의 손을 잡아 가슴 위에 살며시 올려놓았다. 찬휘는 그녀의 오리털 점퍼, 그리고 그 안 스웨터 깊숙한 곳에 숨겨져 팔딱거리고 있는 그녀의 가슴이 상상 이상으로 묵직하다는 것을 그때 처음 알았다.

그것이 그녀와 간직했던 기억의 모든 것이었다. 바보였다. 네가 좋다는 말……. 그 말 한마디쯤은 해 주었어야 했다.

시공을 초월하여 그때의 감정으로 되돌아간다면, 그래서 후미코와 똑같은 장소에 있게 된다면, 네가 나중에 내 마누라가 될지 안 될지 그건 모르겠지만, 아무튼 지금은 네가 좋아. 정말이야. 네가 정말 좋다구. 그렇게 한마디쯤은 해 주었을 것이다.

그랬는데, 절대로 추위 때문이 아니었는데 당시의 찬휘의 입은 꽁꽁 얼어붙어 있었다. 입으로 내뱉어야 할 말까지도 꽁꽁 얼어붙어 있었다.

왜 정말로 아무 생각이 안 났었는지…… 왜 멍청하게도 머릿속까지 꽁꽁 얼어붙어 있었는지…… 네가 좋다는 말이 왜 입으로 튀어나오지 않았었는지…… 지금까지도 이해가 되지 않는 일이었다.

사실, 그땐 좀 무식했어도 상관없을 거였다. 그녀의 스웨터 안까지 손을 쑥 집어넣고 브래지어 안의 묵직한 그걸 움켜쥐며 유치찬란하지만 이건 내꺼야라고 말했어도 그녀는 하얗게 웃었을 거였다. 그녀는 분명 어떠한 저지의 행동도 취하지 않았을 거였으며 어쩌면 찬휘의 손 위에 그녀의 손을 얹고 더 세게 꾹 눌렀을지도 모를 일이었다. 아마…… 오래도록 그랬을 거였다.

눈은 그러고도 펑펑, 소리를 내며 한참이나 더 내렸다. 후미코가 오돌오돌 떨었다. 그게 추위 때문이었는지 아니면 긴장 때문이었는지…… 지금까지도 알 수 없는 일이지만 그녀는 분명 그랬다.

　당시의 찬휘는 후미코가 추위 때문이라고 판단했었다. 그녀의 입 안에서 혀를 빼내며 다시 한 번 세차게 끌어안았다. 후미코가 조그맣게 콧소리를 냈다.

　그런 자신이 우스웠나 보다. 후미코는 입을 크게 벌리고 웃었다. 그녀의 얼굴은 반드시 떨어지고야 말 기세로 간신히 매달려 있는 연시처럼 새빨개졌다. 그것도 찬휘는 추위 때문이라고 생각했다.

　그녀의 손을 잡고 매장으로 갔다. 어묵과 우동을 시켰다. 그때는 손이 너무 곱아 나무젓가락을 사용할 수 없었다. 뜨거운 그릇을 양손으로 잡아 국물부터 후룩거리며 마셨다. 그것들을 먹으며 찬휘는 자꾸만 후미코와의 키스할 때의 생각만 했다. 그건 후미코도 마찬가지였을 것이다.

　서울로 돌아오는 고속버스 안에서 후미코는 찬휘에게 안기다시피 하여 잠을 잤다. 젖을 빠는 아기처럼 입을 오물거리며. 그녀가 찬휘의 가슴에 머리를 완전히 묻고 있었다. 그녀의 머리에선 샴푸와 린스가 복합적으로 어우러져 발산하는 향긋한 냄새가 났다.

　찬휘는 그녀의 감긴 두 눈 사이의 속눈썹이 유난히 검고 길다는 생각을 하며 살며시 그녀의 손을 잡았다. 반짝하고 속눈썹을 들어 올렸던 그녀가 다시 눈을 감았다.

　버스가 휘청거리며 고속도로를 달렸다. 히터가 최대치의 열기를 뿜어냈으므로 오리털 파카 안에 감금되어 있는 찬휘의 겨드랑이에서 끈적거리는 액체가 배어 나왔다.

　버스 안은 에버랜드와 완전히 다른 적도 부근이었다. 숨이 턱턱 막힐 정도로 후끈거렸으며 코 안의 모든 액체가 가뭄을 만난 논처럼 바짝 바짝 말랐다.

후미코가 약간 머리를 들더니 찬휘의 손을 잡아 에버랜드에서처럼 자신의 가슴 위에 살며시 올려놓았다. 즉시 두 개의 불룩한 감각이 찬휘의 손으로 전달되었다.

그날은 워낙 눈이 많이 내려 저속도로가 되었다. 버스는 한 시간에 겨우 몇 킬로미터만 전진했다. 그리 늦지 않은 시간에 에버랜드에서 나왔지만 밖은 완전히 어두워졌다.

후미코가 오리털 점퍼의 지퍼를 반쯤 내렸다. 그건 더위를 느낀 단순한 행동처럼 보였지만 그로써 털스웨터를 불룩하게 밀어낸 그녀의 가슴 위로 찬휘의 손이 쉽게 다가갈 수 있었다.

찬휘의 손 하나가 털스웨터 위로 얹혀졌다. 손은 그녀의 한쪽 가슴을 완전히 덮었다. 아니, 어쩌면 한 손으로 한쪽 가슴을 완전히 덮기엔 모자란 점이 있었다. 그건 상관없었다. 어차피 그걸 확인해 볼 수도 없는 일이었다. 그녀의 가슴은 손아귀에 잡힌 어린 참새 새끼처럼 팔딱거렸다.

그런 시간이 오래도록 이어졌다. 고속버스는 여전히 굼벵이 걸음을 했다. 서울에 도착했을 때에는 밤 열 시가 훨씬 넘었다.

찬휘는 그녀를 집 앞까지 바래다 주었다. 그녀의 집 앞 골목에 이르자 찬휘는 다시 그녀를 꼬옥 안았다. 그러자 후미코가 더 세게 찬휘를 안았다. 거기서 잠시 키스를 했다. 후미코가 적극적으로 찬휘를 받아들였다.

잠시뿐이었다. 누군가가 발자국 소리를 내며 골목길을 들어섰다. 두 사람은 후다닥 떨어졌다. 후미코가 손을 흔들며 자기 집을 향해 뛰어갔다. 부저를 누르며 또 찬휘에게 손을 흔들었다. 대문이 열리자 그녀는 그 속으로 빨려 들어갔다.

다음날이었다. 아침 일찍 그녀가 전화를 했다. 모레 떠날 예정이었는데 오늘 갑자기 떠난다는 것이었다. 그 이유가 어쩌어쩌한 것이라고 설명해 주었는데 귀에는 하나도 들어오지 않았다.

"오빠. 공항에 나오지마. 그 시간…… 오빠 수련시간이잖아."

"박 사범에게 맡기고 나갈게."

"아냐 오빠. 응……. 아빠와 함께 가는 거라서…… 오빠 얘기 못 했거든. 가서 편지할게. 방학 땐 오빠 보러 올거구……."

전화는 그렇게 끊어졌다. 그리고 그녀는 떠났다.

편지가 오고갔다. 처음에는 하루가 멀다 하고 오고갔다. 일 년쯤 지나자 조금은 뜸하게 오고갔지만 그것도 오래 지속되진 못했다. 찬휘는 군대에 가게 되었고 '아주 특수한 부대'에 배치되었다. 그 부대는 국내 서신도 검열을 받아야 하는 그런 부대였다. 외국에서 온 편지는 무조건 소각되었다.

센다 가꼬오의 『종군위안부』를 대충 대충 읽었다.

글자가 제대로 눈에 들어오지 않았다. 요즘처럼 혼돈의 깊은 구렁텅이 속에 빠져 있는 머리로 정독을 한다는 건 애초부터 무리였다. 그렇지만 머릿속으로 밀물처럼 밀려드는 몇 구절만은 낙인이 찍히듯 강하게 남게 되었다.

— 전쟁은 끝났지만 전쟁으로 인해 끌려가 짓밟힌 뒤 무려 반세기

동안이나 잊혀진 채 버려진 사람들이 있다. 정신대(挺身隊)라는 이름으로 끌려가 '종군위안부'로 짐승처럼 살아야 했던 조선의 여인들이다.

— 일본이 자행했던 정신대 만행이 속속 밝혀지면서 뒤늦게 여론이 들끓고 있지만 그동안 누구도 이런 사실에 관심을 두지 않았다. 구사일생으로 살아 조선에 돌아온 여인들은 지금까지 그늘진, 어둠의 저쪽에서 살아야만 했다. 식민지 여성으로 태어났다는 죄 아닌 죄로 말미암아 일본 군인들에 의해 성적(性的) 노리개로 전락했던 그녀들은 조선 민족 수난사의 희생양이며, 따라서 그녀들의 아픔은 조선 민족 전체의 아픔이며 커다란 상처다.

센다 가꼬오는 마이니찌[每日] 신문사에서 근무한 적이 있는 사람이었다. 그의 글들이 그 사실을 증명했다.

— 내가 위안부들에게 흥미를 갖게 된 것은 1964년 마이니찌 신문사가 사진집 '일본의 전력(日本 戰歷)'을 발행했을 때였다.
이 사진집은 '마이니찌 클럽'의 별책으로 편집되었는데 15년간의 전쟁을 통해 마이니찌 신문 특파원이 촬영한 2만 수천 매에 이르는 사진의 선별부터 편집까지를 맡게 되면서였다. 그런 작업을 하던 중에 수십 매의 이상한 여성 사진을 발견했다. 병사들과 함께 행군하는 조선 여인들이었다. 트렁크를 머리 위에 얹고 행군하는 것으로 보아 틀림없는 조선 여인들이었다.

─ 필름에 위안부라는 설명은 없었다. 그러나 이 여성들의 정체를
쫓다가 비로소 그녀들이 위안부라는 사실을 알게 되었다. 이후, 기회
가 닿는 대로 위안부들의 실태를 알아보려 했지만 웬일인지 전쟁 체
험자들은 구체적인 사실에 대해 말을 얼버무렸다.

음울했다.

날씨도 그랬지만 마음도 그랬다. 정말 그랬다. 창에 비친 하늘은
지독하게 어둡고 무겁게 가라앉아 있어 곧 한바탕 퍼부어질 것 같았
다. 차라리 한바탕 쏟아졌으면……. 하늘이 저토록 무거운 기운을
품고 있으려면 얼마나 힘이 들 것이란 말인가.

잠을 자기에는 너무 이른 시간이었지만 딱히 할 일이 없는 찬휘였
다. 설다은이 보내 준 책을 계속해서 읽었다. 부제처럼 '여자정신대
8만 명의 고발'에 대한 내용으로 일관된 책이었다.

읽어 가며 느끼게 된 첫 번째 감정은 참기 어려운 이유 있는 분노
였다. 찬휘의 몸 속을 흐르고 있는 피는 호전적 기질을 남들보다 몇
배는 더 포함하고 있는 것 같았다. 증오심이 무럭무럭 장마철 호박
자라듯 커 나갔다.

'설다은이라는 여자는 왜 이 책을 나에게 보낸 것일까?'

이유가 있을 거였다. 그 이유는 그녀를 만나기 전까지는 풀리지 않
을 것이다.

혹시……!

번쩍. 갑자기 그의 머리를 마른번개가 호되게 때렸다.

감이 잡혔다. 책을 꽉 움켜잡았다. 하지만 확실해지기 전까지는 단

정지을 필요는 없었다. 아주 가까운 시일 내에 설다은이 털어놓을 것
이다.

4. 보들레르

채형빈은 아시아나 여객기 의자에 깊숙하게 묻혀 있었다.

거대한 힘이 그를 허공으로 떠올렸다. 이제는 네 시간여가 지나면 인천국제공항 밖으로 토해질 것이다. 형빈은 둥글둥글한 뭉게구름 덩어리들이 눈앞에 어른거리자 눈을 감아 버렸다.

망막 안에서 조금 전 자신이 연출했던 스펙터클한 장면들이 영사기에 의해 투영되는 스크린 위처럼 돌아갔다. 그가 주연을 맡았던 장면들은 어떤 영화의 액션보다도 더 생생하고 역동적인 것들이었다.

숨 가쁜 호흡을 자제하며 오른손 두 번째 손가락이 방아쇠를 당기자 굉음이 터졌다. 산등성이를 타고 총성의 메아리가 긴 여운을 남기며 사라졌다.

BMW를 운전하던 늙은 일본인의 하얀 머리가 망치에 맞은 맥주병처럼 맥없이 터지며 허연 뼈 조각과 뇌 부스러기들이 사방으로 날아갔다. 몸 안 어디에서 그토록 빨리 몰려왔는지 새빨간 핏줄기가 사라진 머리 부분에서 분수처럼 솟구쳤다. 그게 어두워진 허공을 더 검붉게 물들였다. BMW의 앞 유리도 검붉은 덧칠이 되었다.

그 순간 형빈은 폴리네시안 여인의 경악에 찬 눈동자를 보았다. 그녀의 눈은 짙은 암갈색의 눈이었다. 그 눈은 탁구공만큼이나 크게 부릅떠졌다. 그녀의 입은 헝겊이 찢어지는 것 같은 외마디 비명을 토해 냈다. 그런 모든 것들이 적외선 스코프를 통해 형빈의 눈동자 안으로 생생하게 전달되었다.

늙은 일본인이 몰던 스포츠형 오픈카인 BMW가 방향을 잃었다. 잠시 동안 지그재그로 달렸다. 폴리네시안 여인은 입을 딱 벌린 채 눈을 감아 버렸다. 그녀는 양 손으로 머리카락을 잡아 쥐어뜯었다.

머리가 통째로 날아가 버린 늙은 일본인의 상체가 핸들 앞으로 푹 엎어졌다. 그로써 핸들이 고정되었다. 그때부터 BMW는 직선을 그으며 앞으로 내달렸다.

늙은 일본인은 죽음을 맞는 순간 자신도 알지 못하는 어떤 힘에 의해 브레이크를 밟은 듯했다. 끼이이 하는 마찰 소리가 요란하게 울려 퍼졌다. 아스팔트 위로 짙은 스키드 마크(타이어 자국)가 선명하게 찍혀졌다.

폴리네시안 여인이 얼굴에서 두 손을 떼었다. 핏기가 싹 가신 새파래진 얼굴이 드러났다. 두 눈은 얼굴 밖으로 튀어나올 만큼 커다랗게 부풀어 올랐는데 검은 눈동자는 거의 사라져 있었고 흰자위만 하얗게 드러났다.

여인은 어깨를 출렁거리며 몸 전체로 경련을 일으켰다. 뭐라고 소리치고 있었지만 워낙 먼 거리였기에 형빈의 귀에는 들리지 않았다. 어쩌면 파도소리가 비명소리를 모조리 삼켜 버렸는지도 모른다.

BMW는 달리던 탄력을 주체하지 못했다. 바다를 향해 돌진하며 보호철망을 들이받았다. 스파크 현상이 일어나며 철망에서 새파란 불꽃이 튀었다. BMW는 전진운동을 계속했다. 보호철망이 눅신하게 녹아 버린 엿가락처럼 휘어졌다.

BMW는 그것을 넘어 절벽 아래로 곤두박질쳤다. 그리고 검푸른 바다를 향해 다이빙 선수처럼 뛰어내렸다.

일 초……. 이 초……. 삼 초…….

형빈이 정확하게 십 초까지 세었을 때 BMW는 세계에서 가장 깊은 바다 중의 하나인 사이판 앞바다에 커다란 물보라를 일으키며 요란한 잠수를 시작했다. 무수한 기포가 그곳에서 뿜어져 나왔다.

형빈은 산을 내려왔다. BMW가 바다로 사라진 곳으로 다가갔다. 그때까지도 바닷물이 요동쳤다. 형빈은 오 연발 라이플과 함께 검은색의 007가방을 그 바다에 던져 버렸다. 바다는 그것들까지 말없이 받아들였고 그로써 유일한 증거물들이 수장되었다.

형빈은 손수건을 꺼내 이마에 흘렀던 식은땀을 거둬들였다.

잠시 후, 형빈은 사이판 공항에 도착했다. 여권과 한국에서 삼 일 전에 받았던 아시아나 항공탑승권을 손에 든 채였다. 형빈은 한국에서 온 여행자들과 함께 긴 줄 끝에 섰다. 그는 단체여행객을 가장하고 그들과 함께 입국했던 것이다. 지금은 그들에 묻혀 탑승구로 빠져나갔다.

형빈은 다른 여행객들과 똑같이 하나마나한 검색을 받고 아시아나 여객기로 향했다. 푹신한 여객기 의자가 그를 기다리고 있었다.

'완벽했다.'

처음부터 끝까지 모든 계획은 최고급 자동차 기어처럼 완벽하게 맞물려 돌아갔다. 갑자기 여객기 고장이 일어나지 않는 한 마지막 순간까지 차질이 있을 수 없었다. 아시아나 여객기가 형빈을 태우고 사이판 공항을 이륙했다.

창밖을 보았다. 여객기의 날개가 기류를 부서트리고 있었다. 차가운 수증기 알갱이들이 부서지고 있는 것이지만 기내에서는 드라이아이스가 뜨거운 물에 녹으며 뿜어내는 김처럼 보였다.

지금쯤 사이판 경찰은 사고 접수를 했을 것이다. 멍청한 경찰들은 두툼하게 살이 오른 커다란 엉덩이를 이리저리 흔들어대며 쓸데없이 허둥대고 있을 것이 뻔했다. 왜 이런 사고가 일어났는지, 서로를 바라보며 커다란 눈을 감았다 떴다 하며 파리를 잡은 두꺼비눈이 되어 껌벅거리고 있을 거였다. 공항 봉쇄라거나 항공기 운행을 중지시킬 생각 따위는 하지도 않을 것이었다. 해봤자 형빈을 태운 아시아나는 이미 태평양 상공을 날고 있을 것이지만.

사이판 경찰들은 미국 본토에서 파견된 경찰들이다. 그들은 사건이 복잡해지는 것을 원치 않을 것이고 언제나 발생할 수 있는 단순한 교통사고로 간단하게 처리하는 것이 건강한 두뇌활동에 아주 좋다는 것을 오래 전에 터득한 자들일 것이다.

사실도 그랬다. 사고 현장에는 여섯 명의 경찰들이 세 대나 되는 패트롤카를 몰고 도착해 있었다.

번쩍거리는 경광등 빛을 온몸으로 받으며 세 명의 경찰은 바다로 향한 부숴진 철제난간을 바라보며 입이 찢어져라 하품만 해댔다.

나머지 세 명의 경찰들은 추락한 차량을 바닷속에서 그물질 해 봐야만 사고 원인을 판단할 수 있을 거라고 주절대며 한 손을 허리에 얹은 채 모락모락 담배연기만 피워 올렸다.

에프비아이나 씨아이에이에서 선발된 정예 요원들이 도착했다고 해도 그러고 있기는 마찬가지일 것이다. 사건의 열쇠가 되는 BMW가 깊숙하게 가라앉아 있으니 그걸 꺼내기 전에는 어떠한 단서도 포착해낼 수 없는 것이다. 더구나 지금은 한밤중이었다. 사고의 원인과 경위를 조사하기 위해서는 날이 밝아야만 가능할 것이다.

그때쯤이면 형빈은 한국에서 자신의 안락한 침대에 누워 달콤한 잠에 빠져 있을 것이다. 그로써 사이판에서 그의 흔적 따위가 조금도 남아 있을 리 없었다.

형빈을 태운 아시아나는 허공을 꿰뚫고 계속하여 북을 향해 긴 궤적을 그렸다. 조금 전 안내방송에서는 안전한 안전벨트를 반드시 매야 한다며 친절하게도 한국어 방송으로 '안전! 안전!'을 충고했다.

안전벨트에 갇힌 형빈은 눈을 뜬 후, 손수건을 꺼내 이마에서 말라버린 마지막 땀 한 방울까지 정성스럽게 닦아냈다. 창 밖에서는 여전히 안개처럼 구름 조각들이 흩어지고 있었다.

이윽고 아시아나가 정상 고도를 유지했다.

뭉글뭉글한 구름들이 눈이 내린 것처럼 여객기 아래로 포근하게 깔려 있었다. 달빛이 골고루 퍼지고 있어 꿈길처럼 황홀한 분위기가 연출되었다. 고풍스러운 판타지 영화의 한 장면을 보는 것 같기도 했다.

 똑같은 장면이 지루하게 반복되자 스르르 잠이 몰려왔다. 방아쇠를 당기기 전까지 오랫동안 긴장했음이 분명했다. 갑자기 물 먹은 솜처럼 몸이 축 늘어졌다. 이럴 땐 몸이 행하는 대로 따르는 것이 가장 현명한 방법이다.

 아시아나는 시간이 차면 형빈을 인천공항 밖으로 친절하게 밀어내줄 것이기에.

 그 여자와 그 남자가 만났다.

 운명적이었다. 그들의 만남은 비누 냄새 가득한 화장실 안에서였다. 그래서 더 운명적이었다. 그런 운명을 연출하게 된 장본인 중에 한 사람인 설다은이라는 이름을 지닌 그녀는 조금 전까지 메일을 검색하던 중이었다.

 허리를 편안하게 해주는 것은 물론이고 디스크 환자에게도 탁월한 효과가 있다는 달콤한 선전으로 획기적인 판매고를 올린, 허리 받침이 두 쪽으로 갈라진 의자에 앉아 책상 위에 놓여진 모니터를 뚫어지게 주시하던 중이었다.

 그녀의 긴 머리카락이 등 뒤에서 좌우로 흩어지며 모니터를 반 이상이나 가렸지만 두 눈동자는 불빛을 받아 반짝거리는 보석처럼 영롱한 빛을 발산해냈다.

 둥근 어깨가 책상 위로 한참이나 솟아올라 있는 것으로 미루어 그녀의 키는 꽤나 큰 듯했다. 그건 사실이었다. 그녀의 몸은 전체적으로 크고 길었다. 특히 두 다리는 기형에 가까울 정도로 길었다.

의자 등받이에 가려진 가느다란 허리와 책상 앞으로 노출된 배에는 군살이라는 것을 조금도 찾을 수 없었다. 믿을 수 없는 일이지만 젖가슴은 명당에 떡 하니 자리잡은 한 쌍의 잘 가꾸어진 무덤처럼 풍성하게 튀어나와 있었다. 마우스를 움직일 때마다 탐스러운 두 가슴이 은색 티셔츠 안에서 물결처럼 무겁게 출렁거렸다.

허리는 매우 가는 편이었지만 커다란 유방과 전체적으로 '체구가 큰 여자'라는 이미지로 인해 대단한 글래머로 보였다. 그 점도 사실이었다. 청바지를 입은 그녀의 엉덩이를 본다면 누구나 당장 바느질한 선이 터지지나 않을까 하는 염려를 하곤 했으니까. 때문에 그녀는 청바지 입는 것을 매우 꺼렸다.

얼굴은 동그스름했다. 눈은 인형의 눈처럼 크진 않았지만 조금도 칼질을 하지 않은 사람치곤 대단히 큰 눈이었다. 속눈썹은 한번 감았다 뜰 때마다 눈두덩 전체를 청소하고도 남을 만큼 길고 검었다. 입은 크지도 작지도 않은 적당한 크기였다. 입술은 선연한 분홍빛의 육감적인 기운이 스며 있었다.

그런 것들이 절전형 형광등에 반사되며 고혹적인 아름다움을 연출해냈다. 그녀는 속눈썹을 자주 움직여 눈을 깜박거리며 모니터에 새겨진 메일을 부지런히 쫓아다녔다.

꽤나 고루하게 배달되어온 메일은 그녀의 아이디로 온 것이 아니었다. 아침이면 우유 한 잔과 구운 토스트 두 조각, 달걀 프라이 하나씩을 간편하게 나눠 먹는 그녀의 룸메이트이자 섹스 파트너에게 보내진 것이었다.

그녀가 궁금하게 여기는 것은 그 메일의 내용이었다. 룸메이트는 메일을 받아보자마자 휭, 하니 아파트를 떠났는데 그게 삼 일 전의 일이었다.

'도대체 무슨 내용이었을까?'

그래서 그녀가 컴퓨터를 켠 것이었지만 내용은 골이 지끈거리도록 궁상맞은 것들이었다. 그녀의 룸메이트이자 섹스 파트너를 안개처럼 사라지게 만든 메일의 내용은 다음과 같았다.

그토록 아름다운 이 아침에
우리가 본 물건이 생각나는가, 귀여운 그대여,
오솔길 구비 구비 조약 돌(1) 섞인
강 벌(2) 위에 더러운 썩은 짐승 시체가,

음탕한 계집처럼 공중에
가랑이를 벌리고, 지글지글 타며 독액 흘리며,
데면데면하고 뻔뻔스럽게
발산물로 꽉 찬 배때기 열어제치고 있었지.

태양은 그 썩은 것 위에
알맞게 익히려는 듯 내리쪼이며,
그것이 한데 맺어 지닌 일체를
골백배로 불려 대자연에게 돌려주려는 듯,

하늘은 그 희한한 잔해를

꽃이 피어오르듯이 굽어보고 있었지.

하도 악취 진동하여

너는 풀밭에 실신하여 쓰러질 듯했지.

그 썩는 배 위에 파리떼 웅웅거려,

거기서 검은(3) 구더기떼 쏟아져 나오며

그 산(4) 누더기를 따라

텁텁한 점액처럼 흘러내리더구나.

— 보들레르

「썩은 짐승 시체」라는 시의 전반부였다.

남들이 본다면 단순히 보들레르의 시를 메일로 보낸 것이라고 생각하겠지만 사실은 상부에서 룸메이트에게 내려진 살인명령문이었다. 그 증거로 룸메이트는 케케묵은 구시대 주정뱅이의 골치 아픈 주절거림을 받자마자 잠적해 버렸다. 그러니까 시 속에 들어 있는 암호를 풀어내고 삼 일 전에 아파트를 나간 후 지금까지 돌아오지 않고 있는 것이다.

'보들레르에 대해서는 더 생각을 말자. 그런 복잡한 인간을 떠올리면 또 골치가 지끈지끈 아파 오니까.'

그녀는 체질적으로 글이 주는 이미지들을 싫어했다. 어떤 글이든 그 망할 놈의 글들이라는 것은 언제나 그녀를 하품나게 만들었다. 특히 보들레르의 시는 생각만 해도 진절머리가 났다. 아무튼 보들레르

82

는 읽는 사람의 처지는 조금도 배려하지 않는 사람이었다. 성경이나 불경의 글귀처럼.

한 가지 장점이 있다면 대번에 잠들게 만드는 대단한 특효가 있긴 했지만 그것도 침대에 누워 있을 때만 특효처방이다.

다은은 군데군데 단어 끝에 (1), (2), (3), (4)를 기입해 놓은 건 당연히 살인지령문 중 핵심 포인트일 거라고 생각했다.

'시에 대해서는 신경쓸 필요가 없지…….'

시 전체가 전부 암호라는 생각을 했더라면 그녀는 벌써 컴퓨터를 끄고 침대에 누웠을 것이다. 시를 해석하라고 했어도 침대에 눕긴 마찬가지였을 것이다. 그녀에게 있어 그런 일들은 언제나 넌덜머리나는 일이었다.

다은은 암호라고 생각되는 요점만 추려 보았다. 순전히 심심해서 그랬다. 그 일은 매우 쉬운 일이었다. 특정 단어 옆에 표시된 숫자를 일렬로 나열하면 되었다.

돌(1), 벌(2), 검은(3), 산(4)…….

무슨 의미일까? 일단 추려 놓긴 했지만 또 끙끙거려야 했다. 잠시가 안 되어 그녀는 세차게 고개를 흔들었다.

항복.

역시, 골 썩이는 일은 그녀의 취향이 아니었다.

그때였다. 그녀의 골을, 지금까지 지근지근 아프기만 했던 골을 거대한 진공압축기로 빨아들이는 것 같은 희한하고 충격적인 사건이 발생했다. 화장실 안에서였다.

쏴아아…….

물소리였다. 샤워기가 힘을 다해 증기와 온수, 냉수를 한꺼번에 쏟아내는 소리였다.

그녀는 그 소리로 인해 궁금증이 중단당한 것을 오히려 환영했다. 그로써 그녀가 알고 싶어하던 의문 덩어리들이 훨훨 날아가 버렸다. 그녀는 컴퓨터를 꺼버렸다.

왔다. 그가 돌아온 것이다. 설마, 지하철 역사 같은 곳에서 홈 리스처럼 삼 일 동안이나 자고 온 건 아닐 텐데…… 자신의 방에 훤하게 불이 켜져 있는 것을 알면서도 거들떠보지 않고 오자마자 샤워라니……!

아파트 키는 서로 하나씩 가지고 있다. 룸메이트는 들어온다는 위세로 굳이 딩동 거리지 않았다. 늘 그랬다. 그가 돌아왔을 때 서로 마주치면 간단히 눈인사를 나누었다. 그러다 몇 마디 형식적인 말을 나누다 술 생각이 나면 마주 앉아 한없이 마셔댔고 달아오르면 끝없는 섹스를 즐겼다.

하지만 누군가 한 사람이 잠들어 있거나 외출중이면 그런 일들이 과감하게 생략되었다. 자신의 방으로 찾아 들어가 머리를 누이고 아무 생각이 없는 사람들처럼 편안히 잠을 잤다. 그 남자와 그 여자는 그런 사람들이었다.

다은은 방 불을 끄고 방 안에서 나왔다. 화장실 안에서 들려오는 샤워 소리를 들으며 거실을 가로질러 안방으로 갔다. 붙박이 장롱을 열어 남자용 팬티 하나와 러닝셔츠 그리고 커다란 수건을 찾아 다시 화장실 앞으로 갔다.

'이 남자는 도대체 삼 일 동안 어디에 쳐 박혀 있었던 것일까?'

당연히 지령에 따라 암호를 해석한 다음 살인을 완수하고 돌아왔을 것이지만 궁금증이 남는 것은 어쩔 수 없었다.

그녀는 그런 걸 룸메이트에게 캐물을 권리가 없다. 반대로 그녀가 석 달 열흘간이나 아파트를 비운다고 해도 룸메이트는 그녀에게 어디 갔다 왔느냐고 묻지 않는다.

그들은 서로의 권리를 최대치로 행사하는 사람들이었다. 자신에게는 물론 상대에게도 무한대로 자유로운 사람들이었다. 구속이라는 것은 그들에겐 철저하게 불필요한 단어였다.

섹스에 있어서도 마찬가지였다. 룸메이트가 딴 여자를 데려와서 자든 말든 그건 그가 알아서 할 일이었다. 제법 큼직한 평수를 자랑하는 이 아파트는 방이 네 개였다. 룸메이트가 한 다스나 되는 여자를 데려온다 해도 다은에게 피해를 주지 않는 한 아무 방에서나 데리고 온 여자와 자면 되었다. 광란의 밤을 벌이든 말든 어쨌든 그건 그 남자의 사생활이었다.

반대로 다은이 남자를 한 꾸러미 데려와 자든 말든 어쨌든 그들이 함께 쓰는 침대만 사용하지 않으면 룸메이트는 관여할 수 없다. 그 남자에게는 그럴 권리가 없는 것이다.

그들의 섹스 교환은 처음부터 이 세상에 차고 넘치는 흔하디흔한 사랑이라는 끄나풀로 이어진 것이 아닌, 자신들에게 주어진 '작업'에 의해 함께 살게 된 사람들이다. 당연히 한 번 거절하면 그 길로 찢어질 가능성이 있다.

한 가지 불문율은 있었다. 그것은, 어쨌든 한지붕 안에 사는 것이니 만큼 서로가 서로를 요구할 땐 피차 거절하지 말자는 것이었다.

창 밖에는 폭우가 쏟아지고 있었다.

베란다 너머의 가로등이 안개에 휩싸인 듯 희미하게 보였다. 폭우가 가로등을 마구 두들겨 팼다. 그걸 까마득하게 몰랐던 그녀였다.

'비를 맞은 거였어. 그래서 오자마자 샤워를 하는 것이고……'

지금은 자정이 훨씬 넘었을 거라는 생각이 들었지만 그런 건 상관없었다. 그가 와 있는 것이다. 처절할 정도로…… 지독한 섹스를…… 거리낌 없이…… 미친 듯 닳아 없어질 정도로 주고받는 그가 와 있는 것이다.

다은은 장 속에서 찾아낸 남자의 속옷과 타올 한 장을 화장실 문 밖에 내려놓았다.

그녀는 화장실 앞에서 옷을 벗었다. 은색 티셔츠가 그녀의 가슴에서 팔뚝을 타고 벗어났다. 유방을 가리고 있던 검은색 브래지어가 허리 아래로 흘러내렸다. 단단한 고무풍선을 커다랗게 부풀려 놓은 것처럼 탄력 있는 유방이 펑 소리를 내며 튀어나왔다. 유방은 그녀의 가느다란 허리와 함께 그녀가 자랑할 수 있는 몸매 중에서 단연 최고의 것이었다.

그녀의 몸에 붙어 있는 것은 허벅지 위에 얹혀 있는 반바지와 그 안에 들어 있는 팬티가 전부였지만 그녀는 망설임 없이 한꺼번에 벗어 내렸다. 그로써 그녀는 태어날 때처럼 환한 알몸이 되었다.

그녀가 화장실 문을 열었다. 뿌연 수증기가 먼저 몰려왔다. 그녀의 음성이 샤워기에서 쏟아지는 물소리와 혼합되어 울려 퍼졌다.

"언제 왔어?"

저 안에서 뜨거운 물줄기를 맞으며 증기에 휩싸인 그가 등을 보인 채 고개만 슬쩍 돌려 다은을 바라보았다. 그가 하얀 이로 웃었다. 그리곤 고개를 끄덕였다.

"컴 온."

짙은 수증기로 인해 남자의 윤곽은 흐릿했다.

컴 온……? 룸메이트의 음성이 아니었다.

그 순간 다은은 얼어붙었다. 후끈한 수증기의 열기가 우르르 몰려왔음에도 그녀의 몸은 싸늘하게 식어 갔다.

'이 음성은……!'

새벽에 수화기를 통해 들었던 그 남자의 음성이었다. 탁찬휘라는 이름을 지닌 그 남자.

찬휘의 눈동자가 수증기의 엷은 장막을 관통하여 다은의 벗은 몸을 위아래로 훑었다. 비너스의 조각상 같은 여인의 벗은 몸이 그의 눈동자 안에 박혔다.

다은은 공허한 눈이 되어, 멍청하게 찬휘를 바라보았다. 찬휘는 눈을 이리저리 돌리며 빙글거렸다.

"다음부터 살인제의를 하려거든 공중전화로 하슈. 휴대폰은 금방 추적되니까."

띵! 하는 소리가 다은의 머릿속에서 울려 퍼졌다. 그녀는 육식공룡이 초식공룡을 발견한 것처럼 천천히 고개를 두 번 가로저었다.

두 사람의 시선이 쨍 하는 소리가 날 정도로 허공 속에서 마주 부딪쳤다. 다은은 남자의 눈이 의외로 선하다는 생각을 했다.

'키 큰 남자다…… 그 남자처럼…….'

찬휘의 몸은 온통 비누칠 범벅이 되어 있었다. 양 어깨는 청동빛을 발하는 청동상처럼 딱 벌어져 있었으며 그 아래로 이어진 근육들은 육체미 선수처럼 단단해 보였다. 순전히 운동으로 인해 만들어진 근육덩어리였다.

군데군데 거품이 지워진 틈으로 보이는 배에도 그 흔한 살점이라는 것이 완전히 소멸되어 있었다. 피부도 아주 단단해 보였다. 허리는 석고로 만든 고대인의 상을 보는 것처럼 늘씬하고 튼튼했다.

다은의 섹스 파트너와 달리 찬휘의 가슴에는 털이 나 있지 않았다. 그렇지만 두 다리는 아래를 향해 미끈하게 뻗어 있었고 중간 중간마다 울퉁불퉁한 근육이 뭉쳐 있어 최고의 야성미를 느끼게 해 주었다.

찬휘의 몸은 온통 비누거품에 덮여 있었지만 시간이 지날수록 샤워기 물줄기에 의해 뱀이 허물을 벗는 것처럼 지워졌다.

다은이 희미하게 웃었다.

"배짱 하나는 끝내 주는군요."

"그게 재산입니다."

"어처구니없어요."

그렇게 내뱉은 다음에서야 다은은 자신의 실수를 인정했다. '살인 제의를 하려거든 공중전화를 이용하라는' 찬휘의 말은 확실히 가시 돋친 말이었다.

남의 아파트 안에서 누구의 허락도 받지 않고 벌거벗은 채 샤워를 즐기는 남자는 아주 특수한 부대를 전역한 사람이었다. 정부의 최고위 요인들을 한동안 경호했던 무서운 경력이 있는 사나이이기도 했다. 휴대폰을 추적해 주소를 알아내는 방법쯤은 자신만의 루트를 통해 식은 죽 먹는 것처럼 쉬운 일이었을 것이다.

그런 사람의 손은 아파트 열쇠보다 최소한 열 배 이상이나 정교할 것이지만 쏟아지는 폭우는 능력 밖의 일이었을 것이다.

"물에 빠진 생쥐처럼 꼬질꼬질한 모습으로 내 앞에 나타나긴 싫었던 모양이군요."

다은이 자신의 거뭇거뭇한 거웃이 수북하게 돋아 있는 부끄러운 곳을 한 손으로 가리며 배시시한 웃음을 지었다.

찬휘의 시선이 다은의 손등에 고정되었다. 어쩌면 허벅지 주변을 샅샅이 훑고 있는지도 몰랐다. 찬휘도 웃음기를 머금었다.

"첫만남이니까. 그 정도의 예의는 지켜야죠."

다은은 조금 전에 들은 '컴 온'이라는 말을 떠올리며 재빠르게 말했다.

"침입자 아저씨. 중부지방의 그 녀석은 아직도 늠름한 상태인가요?"

그녀의 시선은 벌써부터 남자의 성기에 고정되어 있었다.

그 여자와 그 남자는 정말로 적나라하게 만난 거였다.

여자와 남자는 핏덩어리 상태로 자궁에서 세상으로 던져진 것이 아니었다. 모든 성 기능이 완벽하고 가장 왕성함을 자랑하는 성인으로서 만남이었다. 그렇지만 요상한 만남이었다. 태어났을 때처럼 아무것도 걸치지 않고 만났으니까.

여자는 보통 여자가 아니었다. 꺄악. 소리를 지르고 튀어나갈 여자가 절대로 아니었다. 아침 통화 때 섹스를 즐기는 편이라고 말했던 여자였으며, 놀란 와중에서도 중부지방의 그놈이 아직도 늠름한 상태냐고 물을 수 있는 간 큰 여자였다. 농담도 아니었다. 실제 생활에서도 그런 말을 하고도 남을 여자였다.

그녀는 평범으로 버무려진 삶을 살아온 여자가 아니었다. 까발려 털어놓을 수 없는 어떤 이유로 인해 이미 많은 남자를 알고 있었으며 남자를 황홀하게 만들 줄 아는 능력을 지닌 여자였다. 성이 제공하는 최고의 만족감을 즐길 줄 아는 여자이기도 했다.

아무튼 성욕이 일어나면 섹스 파트너에게 자연스럽게 섹스를 요구하는 여자였으며 생각이 없으면 뒤도 돌아보지 않는 여자였다. 목적을 위해서라면 남자에게 성을 주며 살인을 제의할 수 있는 여자로 재탄생된 아주 특별한 여자였다.

남자는 아침에 중부지방의 그놈이 마구 쏠리고 있다고 말했지만 그건 장난으로 해 본 말이었다. 하지만 지금의 그놈은 언제라도 가리지 않고 출동해 전방위로 활동할 수 있는 소방차의 고무호수처럼 우람하고 왕성해 보였으며 당장이라도 목표물을 향한 힘찬 발사에 아무 문제가 없어 보였다.

샤워기가 남자의 머리와 얼굴, 등과 가슴을 향해 뜨거운 물을 계속 쏟아부었다. 그것은 대나무를 갈라놓은 것처럼 잘게 쪼개지며 수증기화되어 욕실 안을 가득 채웠다.

남자는 처음, 눈사람처럼 하얗게 비누거품 속에 묻혀 있었지만 지금은 더없이 훌륭한 조각품이 되어 그녀의 눈을 경탄스럽게 만들었다.

솔직하게 말하자면 남자는 약간 당황하고 있었다. 중부지방의 그 녀석이 아직도 늠름하냐며 질펀하게 다가오는 여자…… 사실, 찬휘에게는 예상 밖의 일이었다. 그 한마디에 생리일에 물건을 훔치다 들킨 소녀처럼 조그맣게 위축되기 시작했다. 전화로야 어차피 상대가 보이지 않으니까 될 소리 안 될 소리 마음대로 지껄일 수 있겠지만 막상 마주하고도 야스러운 농지거리를 던져 올 줄은 상상도 못 했던 것이다.

남자는 어차피 상황이 이렇게까지 진행되었다면 바보처럼 쭈뼛거리며 그냥 물러나서는 안 된다는 생각을 했다. 첫만남부터 고개를 팍 숙인다는 것은 심각할 정도로 체면과 자존심이 심하게 구겨지는 일이다.

방법은 하나뿐이었다. 확실하게 똥배짱을 보여줄 필요가 있었으며 확실하게 확인시켜 줄 필요가 있었다. 그 점을 생각하고 여자에게 대차게 대했다.

남자는 확대되어 있는 성기를 가리지 않았다.

"이젠 댁의 시력이 문제요."

여자가 깔깔거렸다.

"찬양해요."

찬휘는 샤워기를 이용해 물 청소차처럼 겨드랑이에 붙어 있는 비누거품을 완전히 제거했다. 부서진 물방울들이 가슴과 배꼽을 행해 튀었다. 그러다 아래로 줄기를 이루며 흘러내렸다.

찬휘의 성기는 스물 몇 해나 되는 세월 동안 어떠한 방해도 받지 않고 씩씩하게 성장한 놈답게 우람한 몸짓을 과시했다. 그녀의 집중된 시선 때문이었을까? 나바론의 대포처럼 하늘을 향해 뻗치고 있었다.

그녀가 공연히 고개를 흔들었다. 그로써 그냥 맥없이 서서 보는 것보다 훨씬 자연스러운 동작이 되었다. 긴 머리카락이 그녀의 등 위에서 출렁거리며 춤추다가 풍성함을 자랑하는 유방 앞까지 몰려와 꿈틀거렸다.

그녀가 남자를 향해 미소지었다.

"참고하죠."

5. 그 여자, 그 남자

여자는 몸으로 남자를 받아들이고 싶은 생각이 없었다.

너무 갑작스러운 만남이어서 그런지도 모를 일이었고 남자의 변칙적인 출현으로 인해 그녀의 성욕이 손길을 탄 미모사 잎처럼 움츠러든 것인지도 몰랐다.

여자와 달리 남자는 섹스 경험이 손꼽을 정도로 빈약한 사람이었다. 찬휘도 군대를 경험한 사람으로서 섹스 경험이 전혀 없다고 말할 순 없는 일이다. 그런 말은 이익을 남기지 않고 본전에 판다는 장사꾼의 외침과 같다.

남자는 단체의 낙오자가 되는 것을 본능적으로 싫어한다. 그때부터 왕따 신세가 되기 때문이다. 그런 이유로 인해 남자는 몇 번인가 어색하게 여자를 품어 본 경험이 있었다. 순전히 술김에 내친 길을 걸었던 섹스였다.

그런 찬휘라는 남자는 아무래도 제임스 본드 같은 플레이보이가 될 싹이 안 보이는 사람이었다. 지금만 해도 그랬다. 용감하게 앞을 과시하긴 했지만 사실은 뒤가 딸렸다. 말발도 딸렸다. '컴 온'까지는 좋았지만 그 다음이 문제였다. 순전히 꿇리기 싫어 지금까지 입으로 때워 왔지만 사실은 눈앞이 캄캄했다. 진짜 본드 걸이 알몸으로 서 있다고 해도 말짱 헛일일 것 같았다.

다른 일이라면 자신이 있었다. 눈 깜박할 사이에 피스톨을 뽑아 정확하게 상대 심장을 관통시키는 재주라거나 나이프를 던져 오 미터나 떨어진 사과를 더도 덜도 아니게, 달아 보아도 어느 한쪽으로 기울지 않고 정확하게 반으로 쪼개 놓는 따위의 일은 찬휘만의 독보적인 재주였다.

그렇지만 미천하고 알량함이 주는 빈약하기 이를 데 없는 섹스 경험으로 인해 그의 몸은 안타깝게도 약간의 경련마저 일으키고 있었다.

'지금부터 내가 해야 할 말은 무엇이며 해야 할 행동은 어떤 것일까?'

아무 생각이 나지 않았다. 눈앞도 가물거렸다.

여자는 남자의 머릿속이 라면 냄비처럼 와글와글 들끓고 있음을 알아차렸다. 눈을 보고 알았다. 천성적으로 눈치 하나는 타고난 이 여자는 남자가 순전히 똥배짱 하나뿐이라는 걸 알아차렸다. 그녀 앞에 태초의 몸으로 버티고 서 있는 남자는 다름 아닌 순진덩어리라는 사실도 이때 알아차렸다.

여자가 또 소리 없이 웃었다. 여자는 남자를 향해 당당하게 걸어갔다. 아무것도 걸치지 않고 완전하게 벗은 여자가.

쏴아아…….

샤워기는 쉬지 않고 뜨거운 물줄기를 쏟아냈다. 후끈거리는 수증기가 무한대로 뿜어져 나왔다.

남자는 조금 전, 시리도록 차가운 비를 몽땅 맞고 왔음이 분명했다. 그리하여 지금은 뜨거운 물줄기를 즐기는 것이리라.

남자를 향해 다가가는 그녀의 검고 긴 머리카락이 습기를 머금고 어깨 위에서 출렁거렸다. 다은이 멈추자 머리카락의 출렁거림도 멈췄다. 묵직한 무게로 흔들리던 커다란 유방의 출렁거림도 멈췄다.

여자의 가늘고 긴 허리와 펑퍼짐한 엉덩이에서 팽팽한 긴장감이 나타났다. 그것은 매우 짧은 순간에 일어난 일시적인 현상이었다. 여자는 어느새 모든 점에서 평정을 유지했다.

여자는 복합적인 의미에서 이 남자를 위축시킬 필요가 없다는 생각을 했다. 그녀는 찬휘의 가슴속에서 대포 소리처럼 울리는 박동소리를 들으며 부드러운 손을 내밀었다. 악수를 하자는 게 아니었다. 이런 순간에 그런 예상 밖의 몰상식한 제의를 할 그녀가 아니었다.

그녀의 손이 아래로 향하며 또 하나의 남자를 부드럽게 감싸 잡았다. 남자는 화들짝 놀랐지만 잠시뿐이었다. 여자가 싱긋 고른 치아 몇 개를 보이며 웃어 주자 남자는 그냥 죽치고 서 있게 되었다.

여자는 남자의 몸이 움찔거리는 것도, 손아귀 안에 잡힌 큼직한 성기가 메기처럼 꿈틀거리는 것도 예민한 레이더처럼 낱낱이 파악해 냈다. 약간 숨을 죽였던 손 안의 그놈이 갑자기 마구 머리를 쳐드는 것도 느꼈다. 남자가 가볍게 내뱉는 신음소리도 들었다.

다은은 몸을 숙였다. 거기 또 다른 남자가 눈 바로 앞에 있었다. 그녀의 입술이 다가갔다.

남자의 몸이 활처럼 뒤로 휘어졌다가 원위치가 되었다. 남자는 적
당한 뜨거움을 느꼈다. 뜨거움만 느낀 것이 아니었다. 부드러움도 느
꼈다. 그것은 강력했다.

찬휘는 말뚝처럼 서서 그녀의 어깨 아래에서 풍만한 두 유방이 잘
익은 하얀 복숭아처럼 탐스럽게 아래위로 흔들리는 것을 보았다. 그
것이 규칙적으로 움직였다.

젖무덤 사이의 깊은 계곡은 깊고 아름다웠다. 그것이 파도처럼 연
이어 출렁거렸다.

사람들은 여자의 탐스러운 유방을 왜 하필이면 젖무덤이라고 표현
하는 것일까? 저렇듯 환상적인 면만을 한곳에 모아 간직하고 있는
아름다운 가슴 골짜기를 왜 하필이면 을씨년스럽기 짝이 없게 시리
젖무덤이라 표현하는 것일까? 정말 모를 일이었다.

남자가 눈을 감았다. 남자 바로 앞에 쪼그려 앉은 여자의 머리가,
입술이, 혀가 계속 움직였다. 지금의 상태는 오래 지속될 것 같지 않
았다. 그녀와 보조를 맞추기 위해선 많은 훈련이 필요할 듯했다.

군 시절에는 놀라운 살인술을 수십 가지나 익힌 남자였지만, 유감
스럽게도 여자를 죽일 수 있는 훈련은 단 한 번도 받은 적이 없었다.
그게 처음으로 후회되는 지금이었다.

밖에는 여전히 비가 내리고 있었다.

인천국제공항에도 비가 내리고 있었다.

폭우는 아니었다. 처음엔 세찬 빗줄기였지만 어느새 점점 가늘어

졌다. 지금은 가랑비로 변했다.

새카만 어둠에 묻혀 있는 서쪽 하늘에서 굉음이 터졌다.

곧이어 금색 칠을 한 아시아나 한 대가 번쩍거리는 붉은 불빛을 깜박이며 가라앉기 시작했다. 거대한 동체가 활주로를 찾고 있었다. 사이판에서 출발한 아시아나였다.

아시아나가 착륙을 시도했다. 커다란 바퀴가 활주로에 닿았을 때 약간 휘청거리는 모습을 보였다. 자동차가 급브레이크를 밟았을 때 나는 타이어 마찰음이 진동했다. 그건 잠시뿐이었다. 아시아나의 두툼한 바퀴는 모든 충격을 완화한 다음, 긴 활주로를 따라 청사를 향해 질주했다.

아시아나가 멈추어 섰을 때 수많은 사람들이 토해졌다. 그 사람들 중에 채형빈도 섞여 있었다.

형빈은 수많은 관광객들 사이에 묻혀 공항 로비를 빠져 나왔다. 그의 얼굴에는 참으로 훌륭한 관광을 즐겼다는…… 그런 의미의 미소가 새겨져 있었다.

공항 로비 밖으로 걸어 나온 형빈은 길게 늘어서 있는 모범택시 중에 두 대를 그냥 지나쳐 한 대를 골라 탔다. 형빈은 자신의 아파트와 아무런 상관이 없는 서울 시청으로 가자고 했다.

모범택시 기사는 오십 살쯤 되어 보이는 사람이었다. 형빈이 이 모범택시를 택한 것은 운전석에 앉은 기사의 연륜이 주는 우수하고 노련한 운전 실력이 있을 거라고 판단했기 때문이다.

첫 번째 기사는 너무 늙었고 두 번째 기사는 너무 젊은 사람이었다. 그게 마음에 들지 않아 그냥 지나쳤다.

"급합니다. 될 수 있는 한 최고의 속도를 내주십시오."

형빈은 모범택시에 오르자마자 그렇게 말했다. 기사는 한 술 더 떴다.

"그건 나도 원하는 바입니다. 날 새기 전에 한탕 더 뛰어야 하니까요."

모범택시가 앞으로 튀어나갔다. 모범택시는 모범적인 운전을 하지 않았다. 규정된 속도를 훨씬 넘은 속도로 어둠을 갈랐다.

지금은 새벽을 향해 치닫는 시간이었다. 차량 소통이 뜸한 시간이었으므로 앞으로 한 시간 정도면 형빈이 원하는 장소에 내려질 것이다.

가랑비는 어느새 안개비로 변해 소멸되고 있었다.

기사는 눈치 채지 못할 것이지만 형빈은 지금까지 열 번이나 룸 미러와 사이드 미러를 통해 뒤를 살폈다. 바짝 뒤따라오는 차량은 없었다. 그러리라고 여기고 있던 형빈이었지만 그래도 주위를 게을리하지 않았다.

채형빈은 대단히 현명한 사람이다. 어떤 일에든 착상이 예리하여 혹시 모를 위험 가능성에 대해 최소한 열 가지 이상의 대비책을 미리 강구해 두는 사람이었다. 매사를 소름 돋을 정도로 날카롭게 생각했고 행동 또한 신중하기 짝이 없었다.

'사람의 일이라는 것은 언제나 예측 불가능한 것……'

주의력과 조심성은 그의 타고난 천성이기도 했다. 그것만이 그의 목숨을 오래도록 유지시켜 줄 수 있는 유일하고 든든한 밧줄인 것이다.

　사실, 이번 살인은 약간 마음에 걸리는 구석이 있긴 했다. 형빈이 사용했던 총기는 일꾼 한 사람이 일 년 전에 사이판에 잠입하여 기름을 잔뜩 묻혀 파묻어 두었던 것이었으므로 출처가 드러날 리 없었다. 그 총기는 결국 바다 깊숙한 곳으로 가라앉았다. 그걸 찾아낸다는 것은 사막에서 바늘 찾기만큼이나 어려울 것이다. 거기까지는 완벽했다.

　문제는 사이판 방문이었다. 죽어야 할 자가 사이판에 자주 나타나기에 형빈도 거기까지 날아간 것이지만 그런 작은 섬에서는 런던 지하철이나 동경 지하철처럼 복잡한 곳에서 발생하는 살인처럼 완벽하게 모든 흔적을 지워버릴 순 없다.

　밤에 일어난 사고였으므로 오늘은 그럭저럭 넘어갈 것이다. 본격적인 조사는 날이 밝아야 시작될 것이다. 당연히 살인이 일어나기 며칠 전에 입국한 사람들과 살인 이후 출국한 사람들 모두를 수사선상에 올려놓고 조사할 것이다.

　형빈은 실명으로 된 대한민국 여권을 가지고 사이판을 다녀왔다. 관광 목적이었지만 어느 정도의 시간이 경과되면 현지 경찰은 색안경을 끼고 형빈을 노려볼 것이 분명했다. 그 점이 형빈이 우려하고 있는 큼직한 불안 요소였다.

　'윗선에선 왜 그런 생각을 하지 않았던 것일까?'

　그 일로 인해 형빈이 미행하는 자가 있는지에 대해 온 신경을 집중하는 것은 아니었다. 벌써 그쪽 경찰이 냄새를 맡고 형빈을 미행할 리 만무했다. 매사의 조심은 그의 생활이었기에 몸에 밴 행동이 지금 나타나고 있는 것이다.

　모범택시의 와이퍼가 간헐적으로 움직였다. 앞으로 길게 직선을 긋는 헤드라이트가 짙은 안개를 꿰뚫었다. 비는 멈추어 있었지만 안개는 계속하여 흩날렸다.

　형빈을 태운 모범택시가 공항전용도로를 벗어나 강변북로를 질주하다 시내로 들어섰다. 광화문을 지나자마자 시청 근처 무교동으로 향하는 복잡한 골목 중 한 곳에 멈춰 섰다.

　이곳은 시간과 상관없이 몇몇 술집들은 언제나 문전성시를 이룬다. 형빈은 요금을 지불하자마자 한 술집으로 그림자처럼 사라졌다. 물론 그때도 뒤따라오는 자가 있는지 살피는 것을 게을리하지 않았다.

　그 술집에서 오래 머물지 않을 생각이었다. 간단하게 맥주 두 병 정도를 마시며 자신이 들어선 이후에 들어서는 손님이 있는지에 대해 신경을 집중했다.

　형빈은 자신이 들어선 이후에 들어서는 손님이 있다면 인상착의를 잘 기억해 둔 후에 다른 술집으로 옮길 생각을 했다. 그리곤 다른 술집에 들러 다시 맥주 두 병을 시킨 후 천천히 마시며 뒤따라 들어서는 손님들을 찬찬히 훑을 것이다.

　이전 술집에서 본 자가 그 술집에도 모습을 나타내면 그 자는 형빈을 미행하는 놈이 된다. 그땐 그 자를 유인해 죽여야 한다. 연속 살인이 되겠지만 그것이 자신의 목에 밧줄이 걸리는 것보다 훨씬 현명한 일이다.

　"맥주 두 병."

　형빈은 웨이터를 향해 그렇게 말한 후 담배를 꺼내 물었다. 그의

눈동자는 어느 한 곳에 고정된 것처럼 보였지만 벌써부터 술집 안의
손님들을 찬찬히 훑어 가고 있었다.

6. 살인 조직

"보내드린 책 읽어 봤어요?"

다은은 소파에 앉아 사과를 깎았다. 그녀의 아파트 거실이었다.

이때는 새벽을 향해 부지런하게 치닫고 있는 시간이었다. 그녀는 원래 입었던 은색 티셔츠를 다시 입고 있었는데 티셔츠 안에서 까만 브래지어가 찬휘의 눈길을 깊숙하게 빨아들였다.

그녀의 짧은 반바지 아래로 뽀얀 허벅지가 선정적인 모습으로 튀어나와 있었다. 그 아래로 미끈하고 가는 긴 다리는 방금 물에서 건져낸 것이었으므로 막 잡힌 은색의 비늘을 지닌 생선처럼 싱싱하기 그지없었다. 머리카락은 아직 마르지 않은 물기로 인해 유난히 짙고 반짝거리는 빛을 발산해냈다.

찬휘의 눈이 그녀의 분홍빛 감도는 입을 향해 고정되었다. 그녀의 입술은 약간 벌어져 있었다. 찬휘는 그 입술을 평생 잊지 못할 것이다.

찬휘가 고개를 끄덕였다.

"대충……."

다은이 깎은 사과를 반으로 쪼갰고 그걸 또 반으로 쪼갰다.

"그 책을 읽으며 누굴 죽이고 싶은 생각이 들지 않았나요?"

찬휘가 고개를 끄덕였다.

"살인 욕구를 느낀 건 분명한 사실이었소."

그녀가 배시시 웃었다. 그럴 거라는 듯.

"우리는 그런 욕구를 정의라고 부른답니다."

궤변처럼 들렸다.

"우리라뇨? 다은 씨 개인의 일이 아니었소?"

그녀는 대답 대신 고개를 저었다. 머리카락에 남아 있던 물기가 작은 방울이 되어 찬휘의 얼굴로 튀었다. 다은은 작은 포크를 이용하여 조각낸 사과를 찍어 찬휘에게 주었다.

다은이 잠시 아무 말도 하지 않았으므로 찬휘는 씹는 일에만 열중했다. 두 번째 사과 조각을 찍은 포크가 찬휘에게 전해졌다. 그녀가 조용하게 말했다.

"어떤 분께서 늘 이런 말씀을 하셨어요. 이 세상에는 죽어서는 안 되는 사람이 있는가 하면 죽어야 마땅한 사람들도 반드시 있다고요."

할머니 같은 말이었다.

"지당하군요."

"언젠가는 누구나 다 죽겠지만 어떤 사람은 제 명에 죽어선 절대로 안 된다는 말씀도 하셨어요."

"그 말도 지당하군."

그녀가 깔깔거리며 웃었다. 허리가 약간 뒤로 젖혀지며 그 대신 불룩한 가슴이 앞으로 튀어나왔다. 그렇게 웃는 것은 버릇인 듯했다.

그다지 심한 것은 아니었지만 그녀의 입술은 약간 부어 있었다. 입 안도 약간 얼얼함을 느끼고 있었다. 입 안에는 약간 비릿한 냄새가 남아 있었다. 그 냄새는 맞은편 남자의 하얀 냄새였다. 초여름 산등성이에 하얗게 피어나는 밤꽃과 아카시아 향이 어우러진 것 같은 냄새.

"사람을 죽이려면 반드시 죽일 사람이 필요해요. 그게 우리 논리예요."

"……."

찬휘는 대답하지 않았다. 대답할 필요도 없었다. 그녀의 말은 열 살짜리 어린아이의 유치한 논리였다. 다은의 말이 이어졌다.

"결론은 단 한 가지예요. 반드시 죽어야 될 자가 있으므로 반드시 죽여 줄 사람이 필요하다는 것이지요."

찬휘가 믹서처럼 과일 조각을 입에 넣고 우물거렸다.

"그래서 내가 복권처럼 당첨되었다는 거요?"

"나는 아주 신중한 선택을 했어요. 무려 일 년 동안이나……."

찬휘는 '죽 나의 뒤를 캐고 있었군'이라는 말을 하려다 그만두었다. 다은은 깍은 사과를 접시에 가지런하게 늘어놓은 후 이번에는 배를 깎기 시작했다.

"미리 말해 두지만 우린 강요할 생각은 없어요. 선택은 오로지 찬휘 씨의 몫이에요."

"이제 와서 또다시 선택의 자유를 주는 이유는 뭐요?"

"계좌에서 백만 원을 인출하라는 것은 일종의 테스트였어요. 우린 알고 있죠. 대부분의 사람들은 그런 상황이 되면 일단 백만 원을 인출하고 보죠. 순전히 호기심으로…….."

"갖고 놀았군."

"호기심과 실제 상황 사이에는 엄청난 차이가 있죠. 아, 그런 건 찬휘 씨 같은 분은 너무나 잘 알고 있으리라고 생각해요. 백만 원을 인출하라고 한 건 우리의 만남을 위한 첫 징검다리였다고 생각하세요. 아무튼 우리는 그 일로 해서 만나게 되었잖아요."

"그러면 지금 다은 씨의 살인 제의를 거절해도 된다는 뜻이오?"

다은은 망설이지 않고 고개를 끄덕거렸다.

"이 일은 목숨을 담보로 하는 일이에요. 강요에 의한 선택이 될 수 없으리라고 생각해요."

다은은 쉽게 말했지만 지독한 비수가 그 속에 감춰져 있었다. 그녀는 분명 아직까지 찬휘에게 선택의 길이 남아 있다고 말했지만 그것은 말뿐이었다. 지금의 찬휘에게 남은 선택은 한 가지뿐이다. 찬휘가 승낙하면 그것으로 되었다. 비밀조직원의 한 사람으로 받아들이는 것이다.

찬휘가 거절하면 다은은 웃으며 돌려보내겠지만 찬휘는 그 시간부터 뒤통수를 조심해야 한다. 빙산의 일각이긴 하지만 다은은 벌써 조직의 핵심적인 일을 털어놓았다. 죽어야 될 자가 살아 있으므로 살인을 완벽하게 해 줄 사람이 필요하다는 사실을…… 이미 뱉어 놓은 후였다.

이제 와서 피차간에 아무 일도 없었던 것으로 하자고 해도, 지금까지의 일은 입단속이 필요하다며 모든 일을 비밀로 붙이자고 해도, 언젠가는 찬휘의 입을 통해 살인 조직이 존재한다는 사실이 세상에 알려지게 된다. 사람의 입이란 죽지 않으면 언젠가는 반드시 열리는 법이다.

그녀가 속한 조직이 그렇게 허술할 리 없었다. 조직에서는 당장 한 가지 일을 거행할 것이다. 조직은 '죽은 자는 말이 없다'라는 진리를 신봉하고 있으므로 가장 빠른 시간 내에 찬휘의 입을 완벽하게 봉할 것이다. 다은이 속한 조직은 세상에 알려져선 절대로 안 되는 조직이기에 그 일은 반드시 실행될 것이었다.

그런 사실을 알고 있는 다은이 미소를 지은 것이지만 찬휘는 거기까지는 생각하지 못하고 있었다. 찬휘가 그녀의 얼굴을 바라보며 말했다.

"몇 가지 알아야 할 게 있소. 우선 죽어야 될 자가 누군지 알려 줄 수 있소?"

다은이 단호하게 고개를 저으며 말했다.

"미리 말해 둘 게 있어요."

"하쇼."

"내가 찬휘 씨에게 알려 줄 수 있는 것은 우리는 오직 살인으로 정의를 대신한다는 것뿐이에요. 죽어야 할 자는 인간 쓰레기들 중에 쓰레기들이니까. 만약에……."

그녀가 잠시 숨을 골랐다. 눈빛이 대단히 신중해졌다.

"만약에…… 팔만 명도 더 되는 조선의 처녀들을 잡아들여 일본

육군의 종군위안부로 사용하라고 명령한 자가 지금도 버젓이 살아
있다고 생각해 보세요.”

그 일이었군…….

찬휘는 다은이 한 말이 힌트라고 생각했다. 다은이 보내 준 책을
보고 그 점을 충분히 짐작했었다. 그랬으므로 처음부터 어느 정도 그
힌트에 동조하려 했던 찬휘였다.

찬휘가 큼직하게 고개를 끄덕이자 다은이 결론을 말했다.

“찬휘 씨가 죽여야 될 자는…… 찬휘 씨가 우리와 뜻을 같이 한다
는 확답을 했을 때 알려 줍니다.”

찬휘는 자신도 모르게 고개를 끄덕였다.

“그 점…… 인정해야겠군.”

다은이 찬휘를 빤히 바라보며 말했다.

“사실을 말하자면 그 외의 일은 나도 몰라요. 내가 맡은 임무는 단
두 가지뿐이니까요. 첫 번째는 적임자를 찾아내어 조직의 일원이 되
게 하는 것이고 두 번째는 찬휘 씨에게 명령을 내릴 또 다른 조직원
을 소개하는 일이에요.”

“간단하면서도 복잡하군요.”

비로소 다은이 미소를 만들었다.

“간단하면서도 어려운 일이지요.”

“그건 그렇다고 칩시다. 만일 내가 그런 일을 한다면 언젠가는 나
의 생명도 위태로워질 것 아니오? 그쪽에서는 조직원들의 안전에 대
해 어느 정도 보장하고 있소?”

다은이 소리 없이 웃었다.

"안전은 순전히 자신의 몫이죠."

"냉혹하군요."

"조직원들 사이에서 오고 가는 기본적인 신뢰나 믿음 따위도 철저하게 부정한답니다."

네 목숨은 네가 알아서 지키라는 말이었다.

"사람들도 아니군요."

"의리도 요구하지 않아요. 그건 친구의 실패를 기원하며 표면적으로는 격려의 눈짓을 보내는 위선의 한 부분이니까요."

"개 같군요."

"그런 정신이어야만 인간으로서 인간을 단죄할 수 있죠."

"군대 말로 하자면…… 좆 같군요."

말은 그랬지만 찬휘의 가슴속 깊은 곳에서는 아지랑이 같은 호기심이 스멀거리고 있었다.

어쨌든 조직의 지독한 인간적인 부정적 요소와 철저한 사고방식은 최소한 찬휘를 더 이상 심심하게 만들지 않을 것만은 분명했다. 요즘같이 하품 나는 일만 가득한 그에게 새로운 오아시스가 될 것도 같았다. 물꼬일 듯도 했다. 웅덩이에 갇힌 붕어에게 새롭게 공급되는 산소가 풍부한 감미로운 물줄기.

찬휘의 생각이 본격적으로 한 곳을 향해 치닫기 시작했다. 지금은 진짜 돈키호테가 될 수 있는 최초의 기회이자 마지막 기회였다.

꼬집어 말하진 않았지만 다은은 충분한 힌트를 두 가지나 주었다.

― 팔만 명도 더 되는 조선의 처녀들을 잡아들여 일본 육군의 종군

위안부로 사용하라고 명령한 자가 지금도 버젓이 살아 있다고 생각
해 보세요.

— 반드시 죽어야 될 자가 있으므로 반드시 죽여야 할 자가 필요하
다는 것……!

찬휘는 일어설 때가 되었다고 생각했다. 다은의 말대로라면 그녀
에게서는 이제 더 이상 알아낼 것이 없었다.

찬휘는 현직 살인중개상 다은이라는 여자에 대해 내심 혀를 내두
르며 일어서려 했다. 어째서 이토록 아름다운 여자가 살인에 성실한
살인 우선주의자가 될 수 있었을까? 어째서 염세적 살인예찬자라고
단정지어도 조금도 모자람이 없는 그런 여자가 되었단 말인가? 피맺
히도록 가슴 아픈 어떤 멍울이 가슴속 깊은 곳에 떡 하니 자리하고
있기라도 하단 말인가?

찬휘는 일어서려 했지만 다은의 말이 이어지자 엉덩이를 떼지 않
았다.

"말씀드린 대로 찬휘 씨에 대한 나의 임무는 끝났어요. 곧 누군가
찬휘 씨에게 접근할 거예요."

"미인이었으면 좋겠군."

그때였다. 현관문에서 달그락거리는 소리가 났다. 열쇠를 이용해
아파트 문을 여는 소리였다. 그 소리를 듣고 다은이 입을 다물었다.

조금 전의 일이지만 찬휘는 현관문을 따고 들어선 다음 원래대로
문을 잠가 놓았다. 그런데 누군가가 이 야심한 밤에 문을 열고 있는
것이다.

다은 외에 아파트 열쇠를 지니고 있는 사람은 단 한 사람뿐이다. 다은의 섹스 파트너였다. 왈칵거리는 소리가 나며 문이 열렸다.

한 사나이가 들어섰다. 약간 벗겨진 머리가 아니더라도 찬휘보다 몇 살은 더 들어 보이는 사나이였다. 사나이는 먼 곳에 여행을 다녀오는 사람처럼 보였다. 분명 그런 차림새였다.

사나이는 현관에서 거실 소파에 다은과 나란히 앉아 있는 찬휘를 보았지만 눈을 돌려 무시해 버렸다. 사나이는 현관 앞에 털퍽 엉덩이를 붙이더니 발목까지 감싸고 있는 운동화를 벗었다.

사나이가 거실을 향해 들어왔다. 사나이의 몸에서 풍기는 냉랭한 기운이 실내 공기를 타고 거실 전체에 퍼졌다. 사나이는 살인적 위엄 같은 놀라운 기도를 몸 전체에서 뿜어냈다. 사나이는 그런 눈으로 다시 한 번 찬휘와 다은을 바라보았지만 아무 말도 하지 않았다.

이 사나이는 인천공항에 내린 후 시청으로 온 이후에 두 번이나 술집을 옮겨 다니며 미행하는 자가 없다고 확신한 후 비로소 집으로 향했던 사람이었다. 채형빈이었다.

다은은 표정의 변화를 나타내지 않았다. 그런 상태에서 깎아 놓은 배를 포크로 찍어 입으로 가져갔다.

찬휘는 잠시 어색한 침묵에 감염되었다. 자신도 모르게 슬며시 일어났다.

채형빈은 찬휘를 본척 만척하더니 거실을 가로질러 자신의 방으로 들어가 버렸다. 쾅 소리가 나며 그의 방문이 닫혔다.

매우 불손하고 폐쇄적인 행동이었다. 채형빈은 그렇게 함으로 찬휘를 철저하게 무시해 버렸다.

찬휘는 황당했다. 조금 전, 형빈이 거실로 들어서자 충분히 예의를 갖춰 일어났었다. 다시 이런 엿 같은 경우가 발생한다면 그땐 주관적인 처리를 하겠지만 처음으로 당하는 뜻밖의 경우여서 이러지도 못하고 저러지도 못하고 찔끔 지린 사람처럼 어정쩡하나마 최소한의 예의를 보이며 서 있기만 했다. 하지만 형빈이 자신을 완전히 무시해 버리고 방으로 들어가 버리자 다시 소파에 주저앉았다.

설다은과 함께 사는 남자가 있으리라곤 상상도 못 했던 찬휘였다. 그 사실을 사전에 알았더라면 몰래 문을 따고 들어오진 않았을 것이다. 훌훌 벗어 던지고 뻔뻔스럽게 샤워를 하지도 않았을 것이다. 애초부터 이 밤중에 달려오지도 않았을 것이다. 당연히 이 시간까지 남아 있지도 않았을 것이다.

다은이 찬휘를 바라보며 재미있다는 듯 손으로 입을 가리고 웃었다. 이럴 때는 수줍음을 많이 타는 귀여운 소녀와 같은 모습이었다.

다은이 채형빈이 들어간 방을 턱으로 가리키며 말했다.

"섹스 파트너예요."

다은으로서는 너무나도 간단한 말이었고 찬휘로서는 너무나도 뜻밖의 말이었다.

"갖출 건 다 갖추고 사는군요."

"혼자 사는 것보다 훨씬 재미있으니까요."

"좋은 거 배웠네."

그렇게 말하는 찬휘의 표정이 좀 어벙했나 보다. 다은이 새끼손가락 하나를 들어 올리며 사실임을 강조했다. 아무튼 다은은 거짓말을 하지 않은 것이다. 그녀가 부연 설명을 했다.

"우리는 처절하게 즐기죠."

"……."

"찬휘 씨. 자고 가도 돼요. 저 사람은 하루쯤 날 빼앗겼다고 해서 부엌칼 찾으러 갈 사람은 아니니까요."

졌다. 맘대로 털어놓는 건 자유겠지만 찬휘는 그런 말이나 환경을 쉽게 받아들일 경지에 도달하지 못한 사람이었다. 그녀의 쓸데없는 주절거림은 찬휘로 하여금 당장 자리를 털게 만들었다.

"오다 보니 방석집이 있더군요."

낯 간지러운 지금의 상황인 것이다. 다은의 황당한 소리 탓으로 돌리고 싶은 악의적 보상 심리가 발동해 찬휘는 그렇게 말해 버렸다.

다은이 웃으며 말했다.

"몸 축날 일은 하지 마세요."

"고양이 쥐 생각!"

"이럴 땐 동료애라고 하는 거예요."

"지랄……."

찬휘는 현관으로 가 신발을 찾았다. 발을 넣자 개울에 발을 담근 것처럼 출렁거렸다. 또 빗물. 몸은 씻었지만 빗물은 신발 안에 고스란히 남아 있었다.

그녀가 현관까지 따라 나왔다. 그녀가 조그만 목소리로 말했다.

"휴대폰 계속 켜 두세요."

그 말을 못 알아들을 찬휘가 아니었지만 뒤돌아보지 않고 현관을 나섰다.

찬휘는 결정이 빠른 사람이었다.

"악연이 연결지어 준 고리를 따라 휘적휘적 걸어 보는 것도 재미있는 일이겠지."

지금의 찬휘는 몽롱한 상태가 아니었다. 뭔가에 홀린 것도 아니었다. 최면 따위에 걸릴 그도 아니었다. 평소보다도 더 멀쩡했다.

찬휘 같은 사람에게 살인 제의는 필연의 길을 걷게 만드는 그 무엇인가가 있는 법인가 보다. 다은은 처음부터 그걸 노리고 찬휘에게 접근했는지도 모를 일이었다. 결코 거절할 사내가 아니라는 것을 알고서.

비는 완전히 그쳐 있었다.

정확하게 한 시간 후. 다은은 찬휘의 휴대폰을 요란하게 울리도록 만들었다.

"탁찬휩니다."

찬휘가 아파트로 돌아와 벌렁 침대를 등에 졌을 때였다.

대뜸 날아오는 음성이 있었다.

"결정하셨나요?"

찬휘는 마치 다은이 옆에 있기라도 하듯 고개를 끄덕였다.

"댁의 제의가 대단히 재미있을 것 같군요."

까르르…… 저쪽에서 웃었다.

"말했잖아요. 지금부터 삶의 기쁨과 희망이 찬휘 씨를 기다리고 있을 것이라고요."

그 말을 끝으로 그녀의 음성이 휴대폰에서 완전히 사라졌다.

7. 범죄자들

일본

새벽 다섯 시였다.

온통 검은색으로 채색된 벤츠 한 대가 어둠 속에서 불쑥 나타났다. 갑자기 하늘에서 뚝 떨어진 것처럼. 벤츠는 이세(伊勢)의 해안도로를 따라 무서운 속도로 달려와 시내로 들어섰다.

잠시 후 벤츠는 초대형 건물인 이세유한주조회사(伊勢有限酒造會社) 소유의 고층빌딩 앞에서 멈췄다.

급브레이크를 밟았나 보다. 한 차례 진동하는 듣기 괴로운 금속성 마찰음. 경비실에서 검은 양복을 입은 두 명의 젊은이가 허둥지둥 뛰어나와 벤츠의 뒷좌석 문을 열었다. 두 젊은이가 뒷좌석 문을 열고 안을 향해 허리를 숙였다.

한 노인이 열려진 뒷문으로 내렸다. 바둑판 같은 체크 무늬 양복을

114

걸친 이시이 덴미[石井天美] 이세유한주조회사 회장이었다.

보이지 않는 재계의 숨은 실력자. 대표적인 일본 우익계의 인사. 보수 언론지의 한 귀퉁이를 쥐고 있는 인물. 이것이 이시이 덴미 회장을 수식할 수 있는 모든 것이다.

이시이 덴미 회장이 차에서 내리자 주변은 암울한 긴장감으로 고조되었다. 이시이 덴미 회장의 표정이 워낙 침중했기 때문이기도 했지만 두 명의 검은 양복을 걸친 자들이 살벌하기 이를 데 없는 눈빛으로 주위를 샅샅이 훑고 있기 때문이었다.

그로 인해 마치 아메리카 합중국의 대통령이 차에서 내린 것처럼 극도의 팽팽한 긴장감이 삽시간에 주변으로 번져 나갔다.

이시이 덴미 회장은 뒷문을 열어 준 자들을 철저히 무시하고 빠른 발걸음으로 정문으로 향했다. 노인답지 않은 힘찬 발걸음이었다. 그의 머리카락은 말꼬리만큼이나 길었는데 허옇게 센 백발이 어둠 속에서 말총처럼 휘날렸다. 그것은 머리 뒤로 질끈 묶여져 있었다.

이시이 덴미 회장이 빌딩의 회장 전용 출입문 앞으로 다가서자 한 노인이 빌딩 안에 서 있다가 용수철에서 퉁겨진 공처럼 튀어나왔다.

달려온 노인도 검은 양복을 입고 있었는데 피로가 겹쳐 두 눈이 빨간 토끼 눈처럼 동그랗게 부릅떠져 있었다. 얼굴은 그야말로 조금도 일그러짐이 없는 원형이었는데 그 안에 두 눈과 코, 입술이 약간 불규칙하게 들어 있었다.

빨간 눈을 지닌 노인은 이시이 덴미 회장을 향해 허리를 꺾었으며 서둘러 회장 전용 자동출입문을 작동시켰다.

회전문이 부드럽게 돌아갔다. 이시이 덴미 회장이 안으로 들어서

자 빨간 눈을 지닌 노인이 길들여진 애견처럼 옆에 바짝 붙어 섰다. 유난히 빨간 빛을 띠고 있는 노인의 눈이 불을 켜 놓은 듯 환하게 빛나기 시작했다. 어디선가 총알이 날아온다면 자신의 온몸을 던져 막겠다는 투철한 의지가 간직된 눈빛이었다.

빨간 눈을 지닌 노인이 이시이 덴미 회장을 바라보며 빠르게 말했다.

"두 분께서 한 시간 전부터 기다리고 계십니다."

이시이 덴미 회장이 고개를 한번 까닥거렸다.

"원숭이, 수고가 많군."

빨간 눈을 지닌 노인은 대답 대신 이시이 덴미 회장을 향해 허리를 구부렸다.

이시이 덴미 회장은 빨간 눈을 지닌 노인을 원숭이라고 불렀다. 그도 그럴 것이 빨간 눈 노인의 얼굴은 유난히 동그랗고 구레나룻이 거뭇거뭇하여 꼭 원숭이처럼 보이기 때문이었다. 더구나 등까지 구부정하게 앞으로 굽었고 두 팔은 땅에 끌릴 만큼 유별나게 길었다. 걷는 모습도 원숭이가 두 발로 걷는 것처럼 양 어깨를 흔들며 성큼성큼 걸었다.

누구든 빨간 눈을 지닌 노인에게 별명을 붙인다면 대번에 원숭이라고 할 것이다.

원숭이라는 별명을 지닌 노인에겐 별명이 한 가지 더 있었다. 친구들은 두꺼비라고 불렀다. 등을 굽히고 앉아 있는 모습을 뒤에서 본다면 영락없이 두꺼비가 앉아 있는 것처럼 보였기에 그렇게 부르는 것이다.

원숭이 눈을 지닌 노인은 이시이 덴미 회장보다 훨씬 늙어 보였지만 형상은 언제나 허상일 뿐, 실제 나이는 이시이 덴미 회장보다 다섯 살이나 적었다.

빨간 눈을 지닌 노인은 벌써 오십 년 이상이나 이시이 덴미 회장을 충실하게 섬겨온 충복이었다. 때문에 아무도 노인을 가벼이 여기지 못했다.

이시이 덴미 회장에게 신임을 받고 있다는 것…… 그것은 드러나지 않은 일본 제일의 실력자의 비호를 받고 있는 것이기에 그런 것이다.

이시이 덴미는 빨간 눈을 지닌 원숭이 노인의 안내를 받으며 엘리베이터를 향해 원기 있게 걸어갔다. 엘리베이터 문이 열렸다. 엘리베이터는 곧 이시이 덴미 회장과 빨간 눈 원숭이 노인을 36층으로 실어 올리기 시작했다.

이시이 덴미 회장이 입고 있는 체크 무늬의 양복은 방금 제품화된 것처럼 손질이 되어 있었지만 넥타이는 짧은 목에 뻐딱하게 매어져 어지럽게 흔들거렸다. 뒤로 질끈 묶여져 있는 성성한 백발은 꽤나 서둘러 달려온 듯 제대로 빗질이 되어 있지 않았다. 수염도 꺼칠하게 자라 있어 며칠 전에 깎은 이후 손도 대지 않았음이 분명했다. 그로 인한 어쩔 수 없는 초췌함…… 세월이 안겨 주는 무상함과 표피의 마모로 인한 겉늙음이 대번에 드러나 보였다.

그로 인해 지금의 이시이 덴미는 칼끝처럼 서슬 퍼런 예기 대신 어딘지 모를 인간적인 나약한 면모 몇 곳이 구멍 뚫린 자루를 들여다보는 것처럼 훤히 드러나 보였다.

이시이 덴미는 삼 일 전부터 오끼나와에서 골프를 즐긴 후, 바다낚시를 즐기던 중이었다. 그는 지독한 골프광에 낚시광이었기에 모든 것을 털어 버리고 오직 두 가지 일에만 몰입했었다.

이시이 덴미 회장이 지금처럼 이른 새벽에 본사(本社)로 날아온 것은 한마디로 요약할 수 없을 정도로 대단히 복잡하고 매우 중대한 사건 하나가 장마 끝에 돋아난 이름 모를 장마철 버섯 송이처럼 불쑥 치솟아 올랐기 때문이다. 아마도 그 때문이리라. 이시이 덴미의 미간에는 굴곡 깊은 내 천자가 새겨져 있었다.

두 사람은 엘리베이터에서 나오자마자 미로처럼 네 갈래로 갈라진 복도를 이리저리 돌아 회장 전용 집무실로 들어섰다. 빨간 눈을 지닌 원숭이 노인은 전용 집무실의 문을 연 다음 또 허리를 앞으로 꺾었다.

원숭이 노인이 말했다.

"저는 여기서 기다리고 있겠습니다."

이시이 덴미는 고개를 끄덕인 다음 혼자 집무실 안으로 사라졌다.

원숭이 노인은 회장 집무실 출입이 허용되지 않은 사람이다. 때문에 문 앞에 장승처럼 버티고 서서 복도에서 일어날 수 있는 가변적 사태에 대비해 만전을 기했다. 오른손을 양복 상의에 깊숙이 찔러 넣은 채였다.

양복에 가려 보이진 않지만 원숭이 노인의 손은 벌써부터 가슴에 채워진 권총 홀드를 만지작거리고 있었다. 만일 그가 모르는 어떤 자가 이곳에 나타나기라도 한다면 그의 손은 권총을 움켜쥔 채 양복 상의에서 벗어날 것이다. 권총은 그 즉시 불을 뿜을 것은 자명한 사실이었다.

이세유한주조회사의 회장 전용 집무실은 일본 제일의 주조회사답지 않게 규모가 매우 작았으며 놀랄 정도로 소박한 분위기를 풍겼다.

벽에는 고풍스러운 표지로 장식된 책이 가득 담긴 여섯 개의 책장이 놓여 있었으며 그 앞에 덩그러니 자리한 회장 전용 책상 하나, 그 아래에는 터키에서 날아온 붉은색 기운이 감도는 카펫이 깔려 있었고 카펫 위에는 가죽으로 만든 푸른빛이 감도는 낡은 소파 한 세트만 놓여 있었다.

이시이 덴미 회장이 들어서자 소파에 앉아 있던 노인 둘이 벌떡 일어났다. 그들이 이시이 덴미 회장을 향해 허리를 숙였다.

이시이 덴미 회장은 가볍게 고개만 끄덕여 보인 후 삐그덕거리는 소리를 내며 책상과 세트로 된 의자에 몸을 묻었다.

두 노인도 처음 모습대로 소파에 몸을 기댔다.

소파에 앉아 있는 두 노인 중에 한 노인은 닛꼬 시라도리〔日光白鳥〕라는 독특한 이름을 지닌, 전체적으로 선이 굵은 얼굴의 노인이었다.

닛꼬 시라도리의 안색은 석회석 색깔만큼이나 창백했다. 이마에 난 골 깊은 주름살과 툭 튀어나온 광대뼈가 일렁이는 형광등 빛으로 인해 확연한 음영을 드러냈다.

최근, 지병을 앓고 있어 얼굴엔 피로와 무정한 병색이 완연해 보였다. 그렇지만 눈동자 속에 머물고 있는 예리한 기운은 한번 마주한 사람은 영원히 잊지 못할 정도로 매섭고 강렬했다.

이 노인이 닛꼬 시라도리라는 이름을 지닌 이유는 닛꼬〔日光. 일본 지명. 도꾸가와 이에야스의 무덤이 있는 곳으로 유명함〕에 있는 한 고아원 출신이기 때문이다.

그는 어릴 때부터, 고아원 원장이 시라도리(하얀 새)라고 부를 만큼 기형적으로 얼굴색이 창백했었다. 그 얼굴색은 성인이 되었어도 변하지 않았다.

닛꼬 시라도리가 성인이 되었을 당시는 치열한 전시 중이었다. 그는 육군에 지원하려 했다. 하지만 애석하게도 천애의 고아로 자라 이름조차 있을 리 만무한 그를 받아줄 군대는 없었다.

닛꼬 시라도리는 어떻게 해서라도 입대하고 싶었다. 궁리 끝에 그는 성명을 써 넣는 입대원서 란에 '닛꼬 시라도리'라고 적어 넣었다.

"어차피 누가 나를 이 세상에 내질러 놓았는지 알 수 없는 일이니까."

그때부터 닛꼬 시라도리는 그의 성과 이름이 되었다. 아마도 일본에서 가장 희귀한 성과 이름일 것이다.

또 한 노인은 이누가와 아오모리〔犬川靑森〕라는 노인이었다.

몸은 늙었지만 당당한 체구를 지닌 그는 검은 재킷에 검은색 바지를 입고 있었으며 호전적으로 튀어나와 있는 뻐드렁니를 입술 사이로 삐죽하게 드러내 놓고 있었다.

유난히 돋보이는 그의 양 볼에는 혈색 좋은 불그레한 기운이 감돌기까지 했다. 이마 아래에는 번들번들한 개기름이 흘렀다. 뭉툭한 코와 짧은 목, 점잖게 얼굴 한구석에 걸려 있는 미소…… 그런 모든 점들로 인해 이누가와 아오모리는 지금도 여전한 정력가라는 것을 짐작하게 했다.

그는 실제로도 대단한 정력을 지닌 사람이었다. 오늘따라 유난히 가늘게 보이는 눈매는 조금 전에 벌였던 과도한 섹스로 인한 피곤함 때문이었다. 눈동자가 움직일 때마다 흰자위에 빨간 비단실이 엉킨 것 같은 핏발이 이리저리 요동치고 있는 것이 그 점을 확실하게 증명해 주었다.

그의 전신에서 은은하게 뿜어 나오고 있는 냉철한 기운…… 그것이 신중하기 짝이 없어 보이는 그의 행동들과 묘한 대조를 이루며 어우러져, 그가 보통의 노인이 아니라는 점을 충분히 짐작케 했다.

이시이 덴미 회장이 두 노인을 번갈아 노려보았다. 두 노인은 뱀의 눈빛에 감전된 개구리처럼 철저하게 침묵을 지켰다.

잠시 어색한 침묵. 일 분쯤 그런 시간들이 흘러갔을 때 이시이 덴미가 고개를 저으며 혀를 찼다.

은근한 분노가 이시이 덴미의 눈에서 뻗쳐 나왔다.

"이시하라 구로야마〔石原黑山〕도 죽었어. 사이판에서……."

사이판에서 죽은 노인. 채형빈에 의해 폴리네시안 현지처와 함께 저격당해 바다 깊숙한 곳에 쳐 박힌 일본 노인 이시하라 구로야마의 이름이 이시이 덴미의 입에서 흘러나왔다.

잠시 또다시 어색한 침묵.

닛꼬 시라도리와 이누가와 아오모리는 내뱉고 싶은 말이 산더미처럼 많았지만 철저하게 침묵으로 위장했다. 그들은 '그 자식이 폴리네시안 계집들을 너무 밝히다 죽은 겁니다'라는 말을 하려다 그만두었다.

이시이 덴미 회장이 쿠바에서 직수입된 시가를 물고 불을 붙였다. 청색 연기가 그의 얼굴 전체를 뒤덮었다.

이시이 덴미 회장의 음성이 칼끝으로 유리를 긁는 것처럼 갈라졌
다. 치미는 분노를 간신히 억누르고 있음이 분명했다.

"이시하라 구로야마도…… 오다 다까끼〔大田高木〕와 오카모도 이
에미쓰〔岡本家光〕처럼 개죽음을 당한 거야."

이누가와 아오모리가 신중한 모습으로 고개를 끄덕였다. 검은 재
킷이 위아래로 흔들렸지만 이때는 함부로 입을 열지 않았다.

이시이 덴미 회장이 이 시간에 두 노인을 소집한 것은 조직의 간부
하나인 이시하라 구로야마가 사이판에서 살해되었기 때문만이 아니
었다. 그 점도 분명하게 거론해야 했지만 '어떤 조직이 계획적으로
내부 조직의 간부들을 차례로 살해하는 중이라는 점'을 먼저 밝히고
싶은 것이다. 하지만 이시이 덴미 회장은 일단 말을 아꼈다. 그로 인
해 답답한 침묵이 또다시 이어졌다.

단순한 살해와 계획적인 살해. 그것은 대단한 차이가 있다. 그 점
을 확실하게 주지하고 싶은 이시이 덴미인 것이다.

이윽고, 이시이 덴미가 한숨처럼 담배연기를 내뿜었지만 이누가와
아오모리와 닛꼬 시라도리의 눈빛은 평소의 냉정함 그대로를 유지했
다.

이 자리는 쉽게 흥분해서도 안 되는 자리였고 가볍게 내심을 드러
내서도 안 되는 자리다.

이시이 덴미가 턱으로 두 노인을 가리키며 말했다.

"자네들의 생각이 어떠한지 먼저 듣고 싶네."

이누가와 아오모리가 간신히 입을 열었다.

"회장님의 지적대로 계속 이어지고 있는 살인은 누군가의 계획에

의한 것임이 분명합니다."

결국 이누가와 아오모리가 먼저 '어떤 조직에 의한 계획적인 내부자 살해임이 분명하다'라고 단정하듯 말했다.

이시이 덴미 회장은 한동안 뜸을 들였다.

이윽고 눈을 들어 이누가와 아오모리를 노려보았다. 이어 필요 이상으로 언성을 높였다. 이때는 확연하게 드러날 정도로 얼굴색이 새파랗게 변해 있었다.

"이누가와! 어째서 그렇다고 단정하는 것인가?"

검은 재킷을 입고 있는 이누가와 아오모리가 무슨 말인가 하려다 멈췄다. 하지만 곧 준비했던 말들을 쏟아 놓을 준비를 했다.

이누가와 아오모리는 과거 전시(戰時)시절, 만주 731부대에서 장교로 근무했었다. 그가 주로 맡은 임무는 마루타(丸太)들을 실험하는 일이었다. 마루타는 통나무라는 뜻으로 생체실험대상자를 의미하는 일본 육군의 은어였다.

당시 만주에 주둔했던 관동군은(후에 731부대로 개칭되었다) 살아 있는 인간을 대상으로 각종의 세균 실험과 약물 실험, 병기들의 성능 실험을 감행했다.

그들은 전쟁이 오래도록 지속될 것이라 판단하고 있었으며 그럴 경우 세균전이야말로 엄청난 위력을 발휘할 것이라고 믿고 있었다.

731부대에서는 모르모트를 통한 임상 실험 과정을 과감하게 생략했다. 아래 사항은 이누가와 아오모리가 만주 주둔 일본군 장교 시절 최고위 장교에게 올린 기밀문서 중의 첫머리이다.

— 세균배양은 인간을 상대로 하여 생체실험을 하는 것이 가장 실험 결과가 확실함. 따라서 생체실험용 마루타 확보가 시급함.

만주 주둔군 부대장은 이누가와 아오모리의 계획을 수정 없이 받아들였다. 결정이 내려지자 만주 주둔 일본군에게는 생체실험용 마루타들이 당장 필요하게 되었다.

넓고 넓은 만주 땅에 널리고 깔린 게 '사람들'이었고 곧 '마루타'들이었다. 깨알처럼 많은 한국 사람들이 그곳에 거주하고 있음은 그들에겐 대단한 호재가 되었다.

731부대에서는 한국인은 물론이고 중국인과 러시아인까지 남녀노소를 가리지 않고 잡아들였다. 모녀가 함께 잡혀 온 경우도 있었고 형제나 자매가 한꺼번에 잡혀 온 경우도 있었다. 심지어 임산부도 잡혀 왔고 젖먹이 아기를 안은 여인도 잡혀 왔다. 단란한 가정을 덮쳐 집 안에 있는 모든 사람들을 체포해 왔기 때문이다.

그들은 생체실험용 마루타로 사용되었다. 각종의 병원균이 그들에게 주입되었다.

전시의 일이었다.

전(前) 731부대 마루타 생체실험 담당관 이누가와 아오모리가 말했다.

"내부에 적이 있습니다. 그렇지 않다면 최고의 비밀을 자랑하고 있는 우리 약진회(躍進會) 소속 최고 간부들이 차례차례 죽음을 당할 리 없습니다."

이누가와 아오모리는 일 년 전 한 골프 클럽에서 뒤통수가 깨져 비명횡사한 오다 다까끼의 얼굴을 떠올리며 단호한 어조로 그렇게 말했다. 아울러 그는, 육 개월 전 아파트에서 날카로운 칼날에 의해 심장이 쪼개져 숨진 채 발견된 오카모도 이에미쓰의 참혹한 마지막 모습을 떠올렸다. 당연히 어젯밤 이시하라 구로야마가 사이판에서 비명횡사한 사실을 떠올리며.

약진회라는 말이 이누가와 아오모리의 입에서 뱉어지자 이시이 덴미 회장의 허옇게 바랜 눈썹이 나뭇가지 끝에 매달려 바람맞은 잎처럼 파르르 떨었다.

약진회는 전후(戰後)에 결성된 우익을 표방하는 일본군 전역 장교들로 구성된 단체다.

당시, 퇴역 장교들은 우국충정이니 구국을 위한 모임이니 하며 날마다 법석을 떨며 허구헌 날 이마를 맞대고 모임을 가졌다. 그러나 총칼을 손에서 놓은 그들이 할 수 있는 일이라는 것은 아무것도 없었다.

그런 시간들이 덧없이 흘러갈 무렵 그들은 이세 지역을 중심으로 야쿠자 무리를 결성하게 되었다. 처음에는 시장에 나 앉은 사람들의 뒷자리를 봐주며 약간의 돈을 뜯었다. 그러다 술집이나 클럽들을 찾아다니며 '보호비' 명목으로 제법 두둑한 세금을 받아냈다.

그런 와중에 퇴역 군인들의 숫자가 점점 불어났다. 그들도 약진회로 속속 가입했다. 자연히 약진회는 야쿠자 최고의 단체로 성장하게 되었다.

이시이 덴미는 그 당시 초대 회장으로 추대된 이후 지금까지 그 자리를 유지하고 있었다. 원래부터 이시이 덴미는 대단한 재산가였다. 그의 재산은 조직을 만들고 이끌어 가기에 부족함이 없었고, 또 전시에 대단한 위치에 있던 장교 출신이었기에 약진회 소속 퇴역 장교들의 만장일치로 추대했던 것이다.

이시이 덴미의 원래 가업(家業)은 사대(四代)에 걸쳐 일본 술인 청주를 만드는 일이었다.

약진회가 결성될 무렵 이시이 덴미는 새로이 우국청주(憂國淸酒)라는 이세 산(産) 특별 청주를 만들어냈다. 그러나 소문만 특별했지 특별하게 탁월한 제조공법을 사용하거나 원료가 다르게 제조된 것이 아니었다. 일본 전체에 숱하게 나도는 그 술이 그 술이었지만 이시이 덴미는 청주의 향을 조금 진하게 제조하게 했던 것이다.

거기다 상표를 그럴 듯하게 인쇄해 붙인 후 약진회와 내부조직을 점진적으로 확대하고 조직을 풀가동해 우국청주 판매에 온 힘을 쏟았다.

당시 패전국 일본은 너나 할 것 없이 모든 사람들이 실의에 빠져 있던 무렵이었다. 우국(憂國)이라는 상표가 주는 이미지가 온 국민에게 강력하게 작용했다. 보이지 않는 희망의 메시지가 되었던 것이다.

우국청주는 곧 일본 전역에서 불티나게 팔렸다. 이시이 덴미는 곧 벼락부자가 되었으며 그의 조직 또한 마음껏 부를 누리게 되었다.

이시이 덴미 회장이 깡마른 주먹으로 거칠게 책상을 내리쳤다.

"내 주변에 나를 적으로 삼을 자는 없어!"

이시이 덴미 회장도 사실, 내부에 적이 있다고 단정 중이었다. 하지만 막상 이누가와 아오모리가 그걸 지적하고 나오자 반발심리로 책상부터 쳐댄 것이다. 내부에 적이 있다는 말은 조직 전체에 불안감을 조성하는 일이다. 그 점 또한 잘 알고 있었기에 우선은 세차게 부정부터 해대야 했다.

이누가와 아오모리는 발언에 대한 분명한 책임을 지는 사람이었다. 나름대로의 분명한 이유가 있어 치켜든 꼬리를 내리지 않았다.

"인정하셔야 합니다. 현실을 직시하셔야 합니다."

이누가와 아오모리가 반복하듯 그렇게 말했다.

이누가와 아오모리로서는, 이시이 덴미 회장의 한마디에 대번에 꼬리를 내려 버린다면 약진회 내부에서 자신의 소견을 제대로 주장하지 못하는 간 덩어리 작은 이인자(二人者)라는 소문이 대번에 파다하게 나돌 것이라는 계산에서 한 말이다. 그건 이미지 관리상 결코 바람직한 일이 될 수 없는 일이다.

더구나 이누가와 아오모리는 아무리 궁지에 몰린다 해도 대번에 탈출구를 찾아낼 수 있는 교활한 두뇌를 지니고 있었다. 막다른 골목에 몰린다 해도 언제나 한술 더 떠 오히려 자신의 주장을 상대에게 확연하게 각인시켜 줄 교묘한 대응책을 항상 강구하는 자였으며, 그로 인해 조직 내에서 자신의 입지를 한층 더 구축해 나가는 실로 머리가 비상한 자였다.

이누가와 아오모리는 어젯밤 이시하라 구로야마가 사이판에서 저격을 받아 사망했다는 충격적인 소식을 듣고 이시이 덴미 회장 앞에서 어떤 말을 해야 될지 세 시간이나 골몰했었다.

채 스물도 안 된 여자와 긴 섹스를 나누면서도 그의 머리는 그쪽으로 물레방아처럼 돌아갔다. 윤활유를 끼얹은 것처럼 핑그르르 제대로 돌아가는 그의 두뇌는 즉시 긴 대사를 떠올렸다. 그걸 꾸역꾸역 뇌 속에 입력시켰다.

곧 이시이 덴미 회장 앞에서 나열할 대사들을 연극배우처럼 달달 외우게 되었다. 그 바람에 눈에는 붕어 먹이인 빨간 실지렁이 같은 핏발이 서게 되었다. 혀에는 선인장 가시처럼 깔깔한 혓바늘이 돋았다.

이누가와 아오모리가 세 시간 동안이나 생각해낸 대사들을 나열하기 시작했다.

"제 생각이 확실하다는 사실에는 변함이 없습니다. 아울러……."

이누가와 아오모리가 마른침을 꿀꺽 삼킨 후 호흡 조절을 해가며 계속 말했다.

"회장님께서는 오늘 중으로 약진회 간부들을 모조리 소집시키십시오. 전국에 흩어져 있는 모든 간부들 말입니다. 그리고 그들이 모두 모이면 내부에 약진회를 팔아 먹는 자가 분명히 존재하고 있다는 것을 확실하게 말씀해 주십시오."

"음."

"간부들은 서둘러 자기 변명을 하는 것은 물론이고 그동안에 있었던 서로의 의심스러운 점들까지 낱낱이 폭로하게 될 것입니다. 회장님께서는 간부들의 말을 모두 들어본 다음 최근 들어 의심스러운 짓을 한 자들 몇 명을 마음속에 간추려 두도록 하십시오. 틀림없이 그들 중에 한 명이 배신자일 것입니다."

말하자면 약진회 간부들을 상대로 인민재판식 자아비판을 하자는 것이다.

"……."

이시이 덴미는 대답하지 않았다. 지금으로서는 그게 가장 좋은 방법일거라고 생각하고 있지만 이누가와 아오모리의 제안을 쉽게 받아들이지 않았다. 약진회 최고 보스가 제 이인자 이누가와 아오모리에게 너무 질질 끌려가는 것처럼 비쳐선 안 된다는 생각이 먼저 고개를 쳐들었기 때문이다.

이시이 덴미 회장이 병색이 완연한, 이마에 굵은 주름살을 새기고 있는 닛꼬 시라도리를 힐끗 바라보았다.

"닛꼬. 자네 생각은 어떤가?"

닛꼬 시라도리도 미리 생각해 둔 게 있는지 이내 입을 열었는데 평소보다도 몇 배나 더 어눌한 음색이었다. 하지만 분명한 단호함이 거기에 스며 있었다.

"저는 생각을 달리합니다."

"말해 보게."

요즘 들어 닛꼬 시라도리의 어투는 답답할 정도로 느려졌다. 말을 하기 전에 먼저 얼굴부터 일그러트렸다. 최근 들어 뇌졸중 증상을 보이는 그이기에 그런 것이다.

닛꼬 시라도리가 어렵게 말을 이었다.

"저도 분명 내부에 적이 있다고 생각합니다. 그건 이누가와 아오모리님의 생각과 같습니다만……."

"음."

"흩어져 있는 간부들을 불러들여 겁 주는 일은 내부의 적에게 오히려 주의하라고 알려 주는 것이나 마찬가지라고 생각합니다. 내부의 적은 그 순간부터 바짝 긴장하여 엎드릴 겁니다."

이시이 덴미 회장은 닛꼬 시라도리가 어서 빨리 결론을 내놓길 기다렸다.

'닛꼬 놈. 혼자만 나이를 먹고 있어.'

닛꼬 시라도리는 꼬리 잘린 뱀이 방향을 잘못 잡아 버둥거리며 도망치는 것처럼 느릿하게 말을 이어 나갔다.

"먼저, 모든 간부들의 통화를 도청하는 것이 우선적으로 할 일이라고 생각합니다. 내부에 의심을 두지 않는다는 듯 도청을 한 후 간부들의 통화 내용을 하나하나 분석해 보면 수상한 자의 꼬리를 잡아낼 수 있을 겁니다. 누구나 말을 하다 보면 실수를 하게 되고 또 무의식적으로 본심이 튀어나올 테니까요."

무슨 생각이 들어서였는지 이시이 덴미 회장이 고개를 끄덕였다.

"좋군."

사실 닛꼬 시라도리도 이누가와 아오모리처럼 모든 간부들을 모두 소집하여 명목상의 회의를 해 자아비판이든 인민재판식이든 아니든 된소리 안된 소리 모두 들어 보는 것이 좋을 거라는 말을 하려 했었다. 그러나 숨겨진 그의 야망에 의해 갑자기 말꼬리를 틀었다.

닛꼬 시라도리가 지금까지도 조직의 삼인자로 머물고 있는 것은 이누가와 아오모리가 제 이인자로 항상 머리 위에 존재하고 있기 때문이었다. 그것이 항상 가슴속의 무거운 체증이 되어 남아 있는 닛꼬 시라도리였다.

이인자와 삼인자.

대단한 차이였다. 이인자는 이시이 덴미 회장의 첫 번째 의견 조율

대상자다. 이미 내정된 후계자이기도 했다. 조직원들의 모든 보고를 가장 우선해 받을 수 있다. 회장이 얼굴 마담이라면 이인자는 실질적인 실력자임을 의미했다. 그로 인해 닛꼬 시라도리와 이누가와 아오모리 사이에는 보이지 않는 암투가 끝없이 진행되고 있었다.

닛꼬 시라도리는 본심을 드러낼 수 없었다. 암투라는 말 자체가 일종의 배신 행위이기 때문이다.

이인자 이누가와 아오모리가 존재하는 한, 삼인자 닛꼬 시라도리의 야망은 깊은 강 속에 존재하는 바늘처럼 무의미한 것이다. 그런 점들이 조직의 생리이며 규범인 것이다.

닛꼬 시라도리의 바늘의 끝은 지금은 좀처럼 드러나진 않고 있지만 언젠가는 끝을 뽀족하게 드러내 결국은 상대 발바닥의 급소를 예리하게 찔러댈 것이다. 야망은 절대로 자신의 가슴속에만 묻어 놓을 수 없는 것이기에.

닛꼬 시라도리의 말을 묵묵하게 들으며 이누가와 아오모리가 입술을 실룩거렸다. 그의 눈에도 닛꼬 시라도리의 가슴속에 시커멓게 뭉쳐져 있는 암투 덩어리들이 엠알아이 촬영을 해 놓은 것처럼 훤하게 들여다보였다.

'놈이 뒤틀고 있군.'

모든 결정은 이시이 덴미 회장이 하는 것이다. 이누가와 아오모리와 닛꼬 시라도리는 최고자의 결정을 최대치의 인내심을 동원해 기다렸다.

이시이 덴미 회장이 닛꼬 시라도리의 손을 들어 주었다.

"우선은 닛꼬의 말대로 하고 때를 보아 이누가와의 의견대로 하겠다."

　이시이 덴미 회장의 결정은 약진회의 법이다. 누구도 이견을 내세울 수 없다.

　이시이 덴미의 그 한마디로 인해 지금부터 약진회에 소속되어 있는 모든 간부들 숨소리까지도 이시이 덴미 회장에게 체크될 것이다.

　동녘이 훤하게 밝아 오는 시간, 온통 검은색으로 채색된 벤츠가 이세유한주조회사의 은빛 건물을 등지고 소리 없이 미끄러졌다.

　벤츠를 운전하는 자는 빨간 눈을 지닌 원숭이 노인이었다. 이시이 덴미 회장이 빨간 눈 원숭이 노인에게 운전을 맡기는 경우는 단골로 가는 온천장을 겸한 요정으로 향할 때뿐이다.

　벤츠가 새벽 도심을 가르고 질주했다. 아침이 되기 전에 벤츠는 가고자 하는 곳에 정확하게 도착해 있을 것이다. 왜냐면 빨간 눈을 지닌 원숭이 노인만이 귀소본능을 지닌 비둘기처럼 그 요정이 위치하고 있는 곳을 정확하게 알고 있기 때문이다.

　그들이 단골로 다니는 요정은 이세에서 꽤나 먼 거리였지만 거리 따위는 조금도 장애가 되지 않았다. 이시이 덴미는 어쨌든 그곳에서 잠을 자야만 했기에 그곳으로 향하는 것이다. 그곳에서의 잠은 언제나 평온했다. 왜냐면 그가 분신처럼 아끼는 여인이 그곳에 있기 때문이다.

　그럼에도 불구하고 이시이 덴미의 마음은 결코 편하지 않았다. 이시이 덴미가 이누가와 아오모리나 닛꼬 시라도리에게 터놓고 말하진 않았지만 한 가지 더 짚이는 것이 있었다. 그것은 사이판에서 저격당한 이시하라 구로야마의 최근 행적에 관한 일이었다.

이시하라 구로야마는 약진회 일 외에도 최근, 어떤 특별한 일에 열중하고 있었는데 그것은 그들만의 방식으로 '일본의 역사를 새롭게 정립하는 일'이었다.

즉, 전시 이후에 있었던 도쿄 전범재판으로 말미암아 일본인들의 자존심은 땅에 곤두박질쳤고 그로 인해 지금까지 일본인들은 마치 범죄인처럼 살아왔지만, 일본 우익들의 역사관으로 보자면 이웃 나라의 침략과 수탈은 지극히 당연하므로 그 점을 적극적으로 주장하자는 것이다.

그로 인해 일본 우익들이 발 벗고 나서 시작된 작업이 다름 아닌 그들의 입맛대로 쓴 '새 일본 역사 교과서'를 만드는 일이었다. 당연히 보수 우익 정치인들과 우파 언론까지 끌어들였다.

역사란 과거를 탐구하고 현재를 올바로 조명하며, 미래의 방향을 모색하는 것이 정의라고 할 수 있다. 일단 황국사관을 중심으로 논리를 펼치자면 역사의 시계 바늘은 거꾸로 돌아간다. 하지만 그들은 온 심혈을 기울여 시계 바늘이 거꾸로 돌아가는 일에 매진했다.

일본의 어느 우익 출판사에서 발행한 공민 새 역사교과서 2005년 개정판 검정신청본(백표지판)에는 황국사관을 분명하게 서술한 대목이 있다.

— 일본 역사는 여러분과 피가 이어지는 조상의 역사다…… (서문 6쪽).

― 천황은 일본 각 지역을 순방하시며 부흥에 힘쓰는 사람들과 친히 말씀을 나누시며 격려했다…… 격동하는 쇼와 시대를 일관하여 국민과 함께 행해 오신 생애셨다……(본문 225쪽).

분명한 황국사관이었다. 그들만의 식민사관이기도 했다.

좀더 세부적으로 기술하자면, 한국의 역사는 먼 과거부터 중국의 지배를 받게 됨으로 비롯되었고 이후, 일본의 식민지 하에서 근대문명을 받아들여 오늘날과 같은 현대화를 이루게 되었다는 것이 주된 내용이다. 뒤집어 말하자면 한국은 근대에 이르기까지 스스로 자생할 수 있는 능력이 없는 국가였고, 일본이 식민지화함으로서 비로소 균형적인 발전을 이루게 되었다는 점이 강조된 교과서인 것이다.

이시하라 구로야마가 최근, 새로운 일본 역사 교과서를 만드는 일에 열성적이었던 이유는 이시이 덴미의 막강한 돈줄이 송유관처럼 그 단체로 흘러들고 있기 때문이었으며 자체로 이시이 덴미의 명령에 따른 것이었다.

이시이 덴미는 그런 모든 사실들을 떠올리며 이시하라 구로야마의 살해당함에 대해 다각적으로 추리해 보았다. 혹시, 반 우익 단체 같은 것이 생겨 이시하라 구로야마를 살해한 것이 아닐까 하는…… 나름의 추리들이었다.

이시이 덴미가 이내 고개를 저었다. 반 우익 단체라는 것이 일본 안에서 생겨날 리도 만무한 일이었으며, 설사 생겨났다 하더라도 이시하라 구로야마 같은 우익 거물을 감히 살해할 수 없을 것이라는 생각이 먼저 든 것이다.

그가 벤츠에서 흔들리며 눈을 감았다.

'그들의 최종 목표는 나 일지도 모르지…….'

희미한 불안의 그림자 한 줄기가 그의 영혼 속으로 스르르 스며들었다. 그것은 또 다른 이름의 공포이기도 했다.

8. 장미라는 이름의 여인

한국

"망할 놈의 휴대폰……."

놈이 또 난리를 죽였다. 찬휘는 휴대폰을 꺼두지 않고 잠들었던 자신의 불찰에 대해 대단히 후회를 했다.

방금 잠이 든 찬휘였다. 모처럼 감미로운 단잠이었다. 그게 무참하게 박살났다. 찬휘는 휴대폰을 잡자마자 발신자 번호부터 확인했다.

휴대폰을 몸살 나게 만든 사람은 공중전화를 사용하고 있었다.

'설다은이 아니다.'

그녀는 이미 휴대폰을 사용해 찬휘와 통화한 일이 있었으므로 지금이라고 해서 굳이 공중전화를 사용할 까닭이 없었다.

'누굴까? 한밤중에?'

찬휘에게 이런 심각한 무례를 범하는 사람은 주변에 없다. 몇 명

136

있는 알량한 친구들은 대부분 샐러리맨들이다. 가끔 놈들이 저녁 무렵에 '한잔 중이니 빨리 나와'라며 휴대폰을 울리곤 했지만 그건 주로 토요일에 일어나는 조그만 사고였다.

오늘은 평일이었다. 그것도 밤 열두 시가 되어 가는 이 시간까지 꿋꿋하게 술집에서 버티며 찬휘를 불러낼 수 있는 정력을 지닌 자는 단 한 놈도 없었다.

"여보세요?"

짜증석인 음성으로 받았다. 혹시 잘못 걸려온 전화일지도 모른다는 생각을 하며.

"탁찬휘 씨입니까?"

제대로 걸려온 전화였다. 여자였지만 다은은 아니었다.

음성은 다은보다 약간 가늘었다. 다은은 약간 허스키하고 세련된 구석이 있다. 이 여자의 음성은 깊은 우물로 떨어지는 물방울 소리의 울림처럼 맑았다.

그런데 여자? 또 다른 살인 제의가 들어오는 게 아닐까? 설마 이 세상에는 그렇게도 죽일 놈들이 많을까?

"그렇습니다. 누구시죠?"

휴대폰이 말했다.

"저는 장미라고 합니다."

장미든 호박이든…….

"그런데요?"

"탁찬휘 씨는 '그런데요?'라는 질문을 해선 안 될 텐데요?"

"뭐요?"

"이젠 제가 누군지 짐작했을 거예요."

골이 세차게 경련했다. 머릿속에서 우지끈! 하는 소리가 들려왔다.

다은은 조직원을 끌어들이고 명령을 전달할 새로운 사람을 소개하는 일이 맡은 임무의 전부라고 말했었다.

조직의 비밀 유지를 위해 역할 분담이 최선의 방법이리라. 설사 일이 잘못되어 다은이 누구에겐가 끌려가 모진 고문을 당한다고 해도 끌고 간 자들은 조직에 대한 일을 더 이상 알아내지 못할 것이다.

그건 그렇지만 시발. 한밤중에는 그만 좀 볶아라.

찬휘가 침대에서 몸을 뺐다. 달랑 팬티만 하나 걸치고 있는 찬휘의 몸이 드러났다.

"한 가지 묻겠소. 댁들은 잠도 없소?"

"많은 편이지요. 24시간 내내 잔 적도 있으니까요."

이 여자도 만만치 않군.

"용건을 말하시오."

그렇게 말하며 찬휘는 후회했다. 상대는 공중전화를 통해 살인지령을 내릴 만큼 멍청한 여자는 아닐 것이다.

"그러죠. 당장 아파트 정문으로 나오세요."

"나 팬티까지 벗고 누워 있는 중이오."

여자는 고수였다.

"그냥 나오세요. 알아보기 쉽잖아요."

찬휘는 휴대폰을 침대 위로 던져 버렸다. 서둘러 옷을 찾았다.

짙은 어둠 속에서 벤츠가 찬휘를 기다리고 있었다.

가로등과 뚝 떨어져 있는 위치였다. 요즘은 매일같이 을씨년스러운 날씨였다. 지금도 뿌연 안개와 함께 소슬한 가랑비가 흩어지고 있었다. 겨울처럼 기온도 뚝 떨어져 있었다. 누구나 침대에 누워 있다가 바로 밖으로 나서면 심각한 기온 차이를 느끼며 온몸을 움츠릴 것이다.

벤츠는 찬휘가 나타나자 깜박, 상향등을 올렸다 내렸다를 반복했다. 순간적으로 번개가 치는 것 같았다. 찬휘의 모습이 훤하게 드러났다가 희미해졌다.

조금은 먼 거리였다. 거리도 거리였지만 벤츠 내부는 짙은 썬팅이 되어 있어 터널 속처럼 안이 보이지 않았다. 찬휘는 벤츠로 가까이 다가갔다.

그때 등 뒤에서 들려오는 발자국 소리를 들었다. 뒤돌아보지 않았다. 매우 건강한 남자 두 사람의 발자국 소리라는 걸 직감적으로 알았다.

두 남자는 찬휘가 벤츠로 다가가는 것보다 더 빠르게 뒤로 다가왔다. 아주 가까이.

그들은 트레이닝복 차림에 운동화를 신고 있었다. 어둠으로 인해 얼굴을 알아볼 순 없었지만 가볍게 움직이는 발걸음으로 미루어 제법 운동 꽤나 한 자들 같았다. 찬휘는 위험을 예감했다.

불길한 예감은 항상 적중하는 법이다. 한 사나이의 손에는 날카로운 쇠붙이가 들려져 있었다. 그곳에서 서늘한 기운이 안개처럼 흘러나왔다.

'회칼이다.'

또 한 사나이의 손에는 붕대로 친친 감은 쇠파이프가 들려 있었다. 그곳에서도 싸늘한 기운이 살벌하게 흘러나왔다.

찬휘는 숨을 들이마시며 마음을 가다듬었다.

'웬 잡티들일까?'

최근 들어 거의 방구석에만 처박혀 있었던 찬휘였다. 남에게 원한 살 만한 일은 눈곱만큼도 한 적이 없었다.

'퍽치기인지도 몰라.'

퍽치기들은 술 취한 사람의 뒷머리를 쇠파이프로 내려치고 지갑을 빼앗아 가는 놈들이다. 조금이라도 반항을 하면 지니고 있던 칼로 폭 폭 아무 곳이나 쑤셔대는 흉악한 놈들이다.

'눈깔이 삔 놈들……. 내가 돈을 뭉텅이로 싸 갖고 다닐 사람처럼 보였나?'

두 놈이 찬휘의 바로 등 뒤에서 멈췄다.

찬휘는 뒤돌아보지 않았다. 돌아보면 바로 그 순간 쇠파이프가 날아올 것이다. 찬휘의 등 뒤로 바짝 다가선 그들이 마른기침을 해댔다. 그것은 공격 감행을 개시한다는 무언의 신호였다.

위잉…….

무기가 어두운 공간을 가르는 소리를 냈다. 쇠파이프가 먼저 날아왔다. 찬휘의 뒷머리를 향해서였다. 놈의 동작은 매우 빨랐다. 이대로라면 찬휘의 두개골은 길바닥에 던져진 두부처럼 으깨어질 판이다.

찬휘는 가볍게 사이드 스텝을 밟았다. 손으로 쇠파이프를 막는 것은 바보들이나 하는 짓이다. 아무리 단련된 손이라 할지라도 쇠파이프보다 강할 리 없다.

찬휘는 그 자리에 없었다. 쇠파이프가 쨍 하는 소리를 내며 아스팔트를 때렸다. 쇠파이프를 휘둘렀던 놈은 아스팔트의 딱딱함이 손바닥으로 전달되는 둔한 통증에 몸을 떨었다.

벌써 놈의 옆구리에 착 붙어 있는 찬휘였다. 오른발이 놈의 턱을 향해 날아갔다.

퍽! 하는 탁음.

"으윽……."

놈의 입에서 짤막한 비명이 터졌다. 놈의 얼굴이 하늘을 향해 들려졌다.

찬휘는 발끝으로 전해지는 둔한 무게를 느꼈다. 그 정도면 최소한 놈의 이빨 몇 개가 위치를 이탈했을 것이다. 놈이 얼굴을 감싸쥐고 휘청거리는 모습이 보였다.

찬휘의 몸이 가볍게 지면을 박찼다. 피투성이가 된 놈의 얼굴을 향해 두 번째로 찬휘의 발이 날아갔다. 그 동작은 찬휘에게 세 개의 금메달을 안겨 준 위력적인 돌려차기였다.

놈의 얼굴에서 우지직 하는 소리가 났다. 놈이 뒤로 벌러덩 넘어가며 또 쾅 하는 소리를 냈다. 이번에는 놈이 비명을 지르지 않았다. 가격되는 순간 놈의 의식이 아스라하게 사라졌기 때문이다.

칼을 든 놈은 멍청한 얼굴이 되고 말았다. 찬휘의 동작이 너무 빨랐기 때문에 그는 지금 꿈을 꾸는 게 아닐까 하는 생각을 하는 중이리라.

놈의 정신이 제자리를 찾았다.

'이건……. 현실이야.'

휘익……!

허공이 찢어지는 날카로운 소리가 나며 횟집 주방장에게나 딱 어울리는 길고 끝이 뾰족한 칼날이 찬휘의 가슴으로 날아왔다. 차가운 섬광이 서릿발처럼 칼끝에서 휘날렸다.

찬휘는 횟감이 될 순 없었다. 칼끝보다 더 빠르게 놈의 가슴으로 파고들었다.

칼을 휘두르는 자를 상대할 땐 뒤로 물러나선 승산이 없다. 상대에게 두 번째 공격 기회를 주기 때문이다. 옆으로 피하는 것은 차선책이다. 상대가 옆으로 돌아설 아주 짧은 여유밖에 얻지 못한다. 진짜 고수는 오히려 칼날이 날아오는 상대의 가슴을 향해 낮게 파고든다. 머리 위로 칼을 흘려 버릴 줄 알아야 진정한 고수 소리를 들을 수 있다.

찬휘가 그랬다. 찬휘는 재빠르게 머리를 숙이며 손을 뻗었다.

놈의 손목이 찬휘의 손 안에 잡혔다. 놈의 당황한 얼굴이 보였다. 두 눈이 경악의 빛을 발산했지만 찬휘와 눈이 마주치자 놈의 눈빛은 그 순간 썩어 버렸다.

놈이 이를 갈아붙이며 씩씩, 거친 콧소리를 냈다. 놈은 칼질이 특기인 것 같았다. 성명절기(聲名絶技)인 칼을 놓치지 않기 위해 몸부림 쳤다. 칼을 놓치면 시체나 다름이 없는 몸이라는 것을 증명이라도 하듯 칼을 잡은 손에만 온 신경을 썼다.

그렇게 되자 찬휘는 기회를 잡을 수 있었다. 놈에겐 칼이 무기지만 찬휘는 온몸이 흉기다.

슬쩍 놈의 손목을 비틀었다. 호신술과 같은 단순한 동작이었다.

놈의 손목을 비튼 사람은 다름 아닌 찬휘였으므로 놈은 지독하게 도 운수가 사나운 놈이 되었다. 놈의 손목과 어깨에서 우두둑 하는 소리가 났다. 탈골이었다.

"으아아아……."

놈이 칼을 떨어뜨리며 비명을 질러댔다.

찬휘는 놈의 손목을 비틀어 잡고 뒤통수를 향해 유연한 발끝을 날렸다.

픽.

정타였다. 이로써 놈의 해골은 십 센티미터쯤 금이 갔을 것이다. 그나마 다행인 것은 놈의 두 안구가 세상 밖으로 튀어나오지 않았다 는 점이었다. 그때서야 찬휘는 쥐고 있던 놈의 손목을 놓았다.

놈은 제대로 중심을 잡지 못했다. 놈의 다리가 심하게 흔들거렸다. 놈의 팔도 어깨 아래에서 흔들거렸다. 놈의 어깨 물렁뼈가 완전히 박 살난 듯했다.

찬휘의 주먹이 놈의 명치를 향해 날아갔다. 그의 주먹은 붉은 벽돌 서너 장을 한꺼번에 고춧가루처럼 빻아 버릴 수 있는 공인된 흉기다.

픽.

그 한 방에 놈이 길게 뻗어 버렸다. 그들이 모두 깨어나려면 훤하 게 날이 밝아도 어려울 것이다.

찬휘는 아무 일도 없었다는 듯 뒤돌아섰다. 무술을 익힌 인간 둘쯤 뻗게 만드는 일은 그에게 별 대수로운 일이 아니었으므로 표정 또한 무심했다.

이런 일을 벌였다고 해서 찬휘에게 귀찮은 일은 생기지 않을 것이다. 놈들은 무기를 든 자들이다. 그건 그들에게 치명적인 약점으로 존재한다. 누가 판단해도 맨손인 사람에게 정당방위가 인정될 것이다. 그들이 사망해도 어쩔 수 없었던 최악의 상황에서 생존을 위한 몸부림으로 인정되어 찬휘의 손을 반쯤은 들어줄 것이다.

그러나 그런 복잡한 생각을 할 필요가 없었다. 시동을 끄지 않고 기다리고 있던 벤츠의 조수석 창문이 가벼운 진동음을 내며 아래로 내려갔다.

여자의 음성이 벤츠 안에서 흘러나왔다. 휴대폰을 통해 들었던 그 음성이었다.

"만일 찬휘 씨가 그 친구들에게 당했다면 난 인연이 없는 것으로 생각했을 거예요."

'빌어먹을.'

테스트였다. 찬휘는 벤츠로 다가가 벌컥 조수석 문을 열었다. 핸들 바로 앞에 여자가 앉아 있었다. 향수 냄새인지 물오른 여자의 향긋한 냄새인지 아무튼 그런 감미로운 냄새가 찬휘의 콧속을 자극했다.

찬휘는 가타부타 말없이 조수석으로 덥석 올라탔다. 그것으로 '댁은 장미라는 사람이오?' '탁찬휘 씨죠?'라는 뻔하고 진부한 문답이 생략되었다.

벤츠가 부드럽게 출발했다.

장미는 장미 넝쿨처럼 유연하고 부드러운 몸을 지닌 여자였다. 흑장미인가보다. 몸에 딱 맞는 검은색 원피스를 입고 있었다. 검은색

스타킹에 가려진 다리는 다듬어 이어 붙인 것처럼 가늘고 길었다. 게다가 갸름한 얼굴에 검고 긴 생머리였다. 두 눈은 건드리면 쏟아질 만큼이나 컸다. 그것이 얼굴에서 별빛처럼 맑고 초롱초롱하게 빛났다.

찬휘는 방금 외국에서 사들여온 속눈썹이 긴 인형 같다고 생각했다. 그 아래로 선이 분명한 반듯한 콧날이 서 있었고 도톰한 입술은 핑크색이 감도는 육감적인 모습으로 반드시 있어야 할 그 자리를 지키고 있어 더욱더 그랬다.

목은 학처럼 어깨에서 위로 쭉 뻗어 있었는데 그리 사치스럽지 않은 진주목걸이가 하얀 피부 위에서 반짝반짝 빛나고 있었다. 목걸이는 그녀의 긴 목과 딱 어울리는 것이어서 원래 그곳에 있어야 진정한 가치가 있는 물건처럼 여겨졌다.

그 아래로 검은색 원피스 윗부분을 당장이라도 터트리고 말 것처럼 탐스럽게 튀어나온 가슴이 자리하고 있었다. 그것은 만져 보고 싶은 마음이 저절로 들게 할 만큼 충격적으로 풍만했다.

한마디로 대단한 미인이라는 표현 외에는 달리 설명할 길이 없는 여인이었다.

체구는 설다은에 비해 약간 작았다. 다은이 워낙 큰 키를 지닌 여자여서 장미가 상대적으로 약간 작은 키로 느껴졌지만 사실은 장미의 키 또한 상당히 큰 편이었다. 지금은 운전 중이어서 어느 정도의 키인지 정확하게 알 순 없었지만 운전석이 뒷자리로 쭉 밀려 있다는 사실에서 상당히 키가 큰 여자라는 것을 충분히 짐작하게 했다.

찬휘는 이토록 놀라운 아름다움을 한 몸에 모조리 간직한 미인을 지금까지 만나 본 적이 없었다. 조물주의 편파적 편애의 피조물이라는 생각이 자꾸만 머릿속에 떠올랐다.

'우라질. 이게 복인지 화인지……'

장미의 나이는 그리 많아 보이지 않았다. 화장을 안 했다면 대충 짐작할 수 있겠지만 지금은 도저히 짐작할 수 없었다.

그녀는 그물처럼 구멍이 숭숭 뚫린 검은 장갑을 낀 채 핸들을 이리저리 돌렸다. 그 명령에 의해 벤츠는 좌회전과 우회전을 반복했다.

장미가 운전하는 벤츠가 어느새 상행선 경부고속도로에 올라섰다. 이내 88올림픽대로로 접어들었으며 거기서 가속 페달을 밟자 동쪽을 향해 얼음판 위에서 미끄러지는 스케이트 날처럼 부드럽게 전진했다.

지금은 늦은 시간이어서 벤츠는 한 번도 멈칫거리는 일없이 시원스럽게 올림픽대교까지 내쳐 달렸다.

벤츠는 거기서 좌회전하여 광장동 쪽으로 방향을 잡았다. 벤츠는 쉐라톤워커힐호텔 뒷길인 드라이브 코스를 향해 앞머리를 디밀었다.

창 밖에는 이름을 알 수 없는 수많은 꽃들이 피어나 안개와 같은 가는 빗줄기에 젖고 있었다. 그것이 도로의 양 옆을 가득 메우고 하늘거리며 벤츠를 맞았다. 감미로운 꽃향기가 벤츠 안으로 우르르 몰려들었다.

그것이 장미의 몸에서 번지고 있는 특유의 향기와 뒤섞이며 묘한 감흥을 일으키게 했다.

낮이었다면 어떤 감상에 젖을 만한 드라이브 코스였지만 지금은 애석하게도 한밤중이었다. 환상적인 드라이브 코스가 휙휙 소리를 내며 뒤로 물러났다.

장미는 쉐라톤워커힐호텔 본관까지 단숨에 몰았다. 정문이 이들에게로 다가왔다. 벤츠는 부드러운 진동을 일으키며 현관 앞으로 다가갔다. 완전히 멈춘 곳은 쉐라톤워커힐호텔 정문 앞이었다.

그녀가 내렸다. 찬휘도 따라 내렸다. 그녀는 도어맨에게 벤츠의 열쇠를 맡긴 후 곧장 메인 데스크로 갔다. 거기서 맡겨 두었던 룸 키를 찾았다.

찬휘가 그녀를 따라 로비 안으로 들어서자 그녀는 갑자기 찬휘의 팔짱을 끼었다. 그러면서 방긋 웃어 보였다.

그녀만의 독특한 체취가 찬휘의 콧속을 간지럽게 했다. 찬휘의 팔꿈치 부분에 그녀의 묵직한 가슴이 느껴졌다. 그것은 방금 팔팔 끓는 가마솥에서 건져 올린 순두부만큼이나 부드러웠다. 왠지 어색함이 몰려와 찬휘가 먼저 말을 붙였다.

"댁은 늘 이렇게 사우?"

장미가 또 웃었다. 박 속처럼 하얀 미소였다. 청량감과 같은 그런 상큼한 미소였다. 그녀가 반말로 내뱉었다.

"촌놈 길 잃어버리면 어떡하냐?"

장미는 노련한 연기자처럼 찬휘를 엘리베이터 앞으로 이끌었다. 거기서 13이라는 숫자를 눌렀다. 엘리베이터 문이 열리자 장미가 찬휘를 슬쩍 밀어 넣었다.

찬휘가 쓰게 웃었다.

"강간할 거요?"

엘리베이터는 초고속이었다. 장미의 대답을 기다릴 사이도 없이 그들은 13층에 토해졌다.

장미는 키 번호에 해당하는 룸으로 찬휘를 끌고 갔다. 키를 꽂자 룸이 부드럽게 열리며 그들을 맞았다.

스위트룸은 아니었다. 룸 두 개가 있는 방으로 비교적 큰 편에 속했다. 룸에는 더블 침대가 각각 하나씩 놓여 있었으며 소파와 테이블이 놓여 있는 거실은 룸 중간에 별도로 마련되어 있었다.

장미는 좀 전과 달리 반말을 쓰지 않았다.

"잘 땐 편하게 자는 것이 좋을 거예요."

"룸 하나는 없앴으면 좋겠구먼. 침대 하나도."

장미가 눈으로 테이블을 가리키며 말을 돌렸다.

"한 잔 합시다."

장미가 먼저 소파에 주저앉았다. 테이블 위에는 꼬냑 두 병과 잔 두 개가 준비되어 있었다. 찬휘가 코를 킁킁거렸다.

"꼬냑이라…… 올림픽 때 마셔 보고 월드컵 때 마셔 본 이후 처음이군."

찬휘가 그녀 맞은편에 주저앉았다. 장미가 하얗고 가느다란 다섯 개의 손가락으로 병을 잡아 두 개의 잔을 채웠다.

그녀가 먼저 황홀한 핑크빛 입술에 대고 홀짝거렸다.

"꼬냑 싫어하세요?"

찬휘가 고개를 저었다.

"소주보다 낫죠."

찬휘가 잔을 비우자 장미가 또 가득 채워 주었다.

찬휘의 입 안에서 꼬냑의 알싸하고 진한 향이 회오리처럼 감돌며 오래도록 머물렀다.

　시선을 뒤로 돌려보았다. 시원하게 탁 트인 창 밖으로 짙은 어둠에 잠긴 한강이 거대한 이구아나처럼 꾸불텅하게 누워 있는 모습이 아스라하게 보였다. 저게 그토록 길고 넓게만 보였던 한강이라니…….

　찬휘가 진짜 촌놈처럼 눈을 휘휘 돌렸다. 그러다 장미의 눈과 마주쳤다. 찬휘가 잔을 입에 대며 말했다.

　"당신들은 혹시 사람 못살게 구는 가학 비슷한 취미가 있는 것 아니오?"

　그녀가 커다랗게 웃었다. 커다란 눈도 함께 웃었다.

　"저의 유일한 취미지요."

　이 여자……. 조금도 밀리지 않는군.

　"내 취미도 그렇소. 그러나 난 선별적인 선택을 하죠."

　"성질 더러운 거로군요."

　"특정 여자에게만 그렇소."

　장미는 마음놓고 깔깔거렸다. 한밤중에 터진 여자의 커다란 웃음소리였지만 이상하게도 경박스럽게 들리지 않았다.

　"찬휘 씨는 겁 주는 방법이 서툴러요."

　찬휘는 물러설 수 없었다. 공연한 자존심이 발동했다.

　"모르시는군. 시작은 언제나 점잖은 편이지."

　"그렇다면 끝맺음은 자극적으로 하세요. 웬만한 겁으론 오르가즘을 느끼지 못하니까요."

　예쁜 여자가 참으로 모질게도 되받아쳐 왔다. 이 패거리들은 말발에 탁월한 기량을 지니고 있는 게 공통점인 것 같았다.

찬휘는 여자들을 상대로 노닥거리는 일에 노련한 사람이 아니었다. 그렇다고 단 한마디에 깽 꼬리를 내릴 순 없었다. 오기가 발동하여 갈 데까지 가기로 했다.

"오늘은 오르가즘을 공유하기에 참 좋은 밤이라고 생각하는데 댁의 고견은 어떻소?"

"난 쉽게 느끼지 않는답니다."

어차피 말발로는 될 일이 아니었다. 말초적으로 우회하기로 했다. 추악할 만큼 더러워지면 이 아름다운 여자가 설마 무저갱 같은 저 밑바닥까지 추락하진 못할 거라는 생각이 들어서였다.

"장미 씨는 변태요?"

"확인할래요?"

"난 그쪽이 아니거든."

"재미없겠네."

"그 말에 시들어 버리는군."

꿀꺽. 찬휘는 꼬냑 잔을 털어 넣었다. 장미도 덩달아 꼬냑 잔을 털어 넣었다. 장미가 다시 찬휘의 잔을 채워 주었다. 찬휘도 장미의 잔을 채워 주었다.

장미가 찬휘를 똑바로 바라보며 말했다.

"성능이 부실한가 보죠? 늘 그래요? 아니면 가끔 그래요?"

"상대가 누구냐에 따라 다르죠."

"발기 불능과 조루는 모든 여자들에게 공동의 적이에요."

도대체 이 여잔 몇 년이나 인생을 살았기에 남녀 일에 대해 달관한 듯한 말을 하는 것일까? 풍부한 경험을 바탕으로 벌써 득도의 경지에 이른 것일까?

만만하게 보이지 않기 위해 수학 공식처럼 달달 외운 해답일 수도 있었다. 그것이 아니라면 찬휘가 짐승으로 변하기 전에 선수쳐서 정나미 뚝 떨어뜨리게 만들려는 고단수일 거였다.

이왕 벌려진 난장이었다. 끝까지 가야 했다. 찬휘가 큰소리를 쳤다.

"가끔은 실험을 통해야만 분명히 확인할 수 있는 일이 있지. 당장 테스트해 본다면 난 기꺼이 응할 자신이 있소."

장미는 노련했다.

"여자는 무드를 고려하지 못하는 남자도 적으로 분류하죠."

시발. 무조건 항복.

야시꾸리한 대화에도 익숙하지 못하긴 마찬가지였다. 반격할 말이 떠오르지 않는 것은 당연했다. 솔직하게 빈 허공을 향해 마른 손사래를 치고 '졌다!'라는 표시를 했다. 찬휘가 입을 다물어 버리자 그 다음은 잠시 침묵이 이어졌다.

그동안 번갈아 잔을 비우고 채웠다. 장미는 놀라운 속도로 꼬냑을 마셨다. 찬휘도 그 속도에 동참했다.

장미가 표정을 바꾼 것은 꼬냑 한 병이 완전히 바닥을 보였을 때였다. 그녀는 새 병의 마개를 딴 후 말장난 따위는 무의미하다고 말하며 본론으로 들어가자고 했다. 이때는 벌써 알딸딸이었다.

"해 보쇼."

"지시사항은 메일을 이용해 암호로 전달할 거예요. 암호명은 언제나 보들레르라는 걸 잊지 마세요."

보들레르……!

"암호가 곧 살인 명령이오?"

장미가 고개를 끄덕였다.

"그 외의 일은 없답니다."

"간단하군."

"누구를 죽여야 하는지 묻지 않나요?"

그게 궁금했지만 괜히 골통을 부렸다.

"그게 누구든 나와 무슨 상관이 있겠소?"

"편리하게 사는군요. 맘에 들어요."

더 뻗대 보았다. 공연히 비싼 술 마신 값은 해야겠다는 생각이 들어 진실과 완전히 다른 말을 내뱉었다.

"내가 흥미를 느끼는 건 살인 자체지 그게 어떤 인물이냐는 것은 관심 밖의 일이오."

"상대가 누구라는 것을 알면 흥미가 배가 될 텐데요?"

"오늘은 마십시다. 골 아픈 얘기는 다음에 하고. 댁 같은 미인은 룸 살롱에서 쉽게 만날 수 있는 게 아니잖소."

장미가 말없이 홀짝거리며 또 마셨다. 장미는 타고난 술꾼인 것 같았다. 안주를 준비하지 않은 걸 보면 확실했다.

꼬냑은 안주가 필요 없는 술이다. 안주를 먹다 보면 꼬냑의 진정한 맛과 향을 느끼지 못한다. 진정한 술꾼들은 스트레이트로 마신다. 그녀는 이미 그걸 알고 있는 거였다.

말이 두 병째이지 그들 앞에 놓여 있는 건 번쩍거리는 황금빛 도끼 마크가 새겨져 있는 수십 년 이상이나 숙성된 정통 꼬냑이었다. 술 이름 따위는 알 수 없었다. 프랑스 글씨가 휘갈겨져 있는 상표는 보기만 해도 어지러웠다.

찬휘는 과거 정부의 어느 요인을 경호할 당시 그들이 그런 꼬냑을 마시는 걸 멀리서 지켜본 적이 있었다. 그들은 몇 잔을 제대로 마시지 못했다. 병아리 물 쪼듯 마시는 흉내만 냈다. 병째 비운다는 것은 불가능처럼 보였다.

장미는 찬휘와 한 병을 거의 똑같이 나눠 마셨고 또 한 병을 작살 내기 위해 쉬지 않고 덜어내고 있는 중이었다. 그것도 불과 삼십 분도 안 되어서였다.

장미는 마시기 전에 반드시 코앞에 잔을 대고 쿵쿵거렸다. 코로 술맛을 느끼는 사람은 진짜 애주가다. 진정한 술맛은 술 향기이기 때문이다. 이 여자는 장차 세상이 줄 경험들까지 이미 모조리 섭렵한 것 같았다.

홀짝거리며 잔을 비운 장미가 핸드백을 열었다. 그녀의 두 손가락 사이에 늙은이 하나가 잡혀 나왔다. 그게 찬휘에게 건네졌다.

허옇게 세어 버린 머리카락을 눈처럼 이고 있는 노인이었지만 눈매가 예리하게 살아 있는 노인의 사진이었다. 왕성한 정력의 소유자라는 걸 대변해 주듯 눈꼬리가 두툼하게 아래로 쳐져 있었다. 코는 뭉툭했다. 입술도 그랬다.

최근 사진인 듯했다. 장미는 몇 장의 사진을 더 꺼냈다. 모두 그 노인의 사진이었다. 얼굴 측면 사진과 정면 사진 그리고 전신 사진. 그 외에 스틸 형식으로 찍은 두 컷이 더 있었다. 사진들이 차례로 찬휘에게 건네졌다.

찬휘의 손은 사진을 받았지만 눈은 그녀의 가슴에 고정되었다. 찬휘는 저게 갑자기 펑! 소리를 내며 터질지도 모른다는 생각을 했다.

찬휘의 눈길이 그녀의 허리 어림으로 내려갔다. 그곳은 누군가 마음먹고 덜어낸 듯 움푹하게 꺼져 들어가 있었다. 찬휘의 시선이 더 아래로 향했을 때 장미가 배시시 웃었다.

"지금은 사진의 인상 착의를 확인해 두어야 할 때예요."

"한 가지 물읍시다. 댁은 장미꽃과 늙은 호박이 피어 있다면 어느 것에 먼저 시선을 주겠소?"

"늙은 호박이오."

"왜?"

"장미가 무엇 때문에 장미꽃을 보겠어요?"

"염병. 그렇네."

"시선 잘 간수해요."

찬휘는 건성으로 사진들을 보았다. 사진 속에 노인은 한국인으로 보이지 않았다. 대번에 일본인이라는 것을 알 수 있었다.

한국인과 일본인을 외국 사람이 본다면 그 사람이 그 사람처럼 보일 것이지만 일본인은 한국인을 금방 구분해낼 수 있고 한국인 또한 일본인을 금방 구분해낼 수 있다.

찬휘가 테이블 위에 사진을 내려놓으며 입술을 씰룩였다.

"길에서 만나면 한 방에 날려 버리지."

장미가 소리 없이 웃었다. 어느새 발그레…… 그녀의 얼굴이 장미 송이처럼 붉게 물들었다.

찬휘가 공연히 이죽거렸다.

"내가 죽여야 할 놈의 쌍판을 완전히 확인했소. 이젠 재울 생각이

오?”

장미가 고개를 흔들었다. 긴 머리카락이 가슴 앞에서 출렁거렸다. 그녀의 가슴도 덩달아 출렁거렸다.

“아뇨.”

찬휘에게로 꼬냑의 막강한 위력이 슬슬 몰려들기 시작했다.

“그럼 섹스질 할 거요?”

“분명히 말했을 텐데요……? 수시로 시드는 남자는 사절이라고요.”

“아까는 그냥 되는 대로 말한 거요. 내가 자랑할 수 있는 건 확대와 축소가 언제나 자유롭다는 겁니다. 그걸 실험해 보라 이겁니다.”

장미가 두 번째 손가락을 뻗어 찬휘의 입술을 막았다. 이때는 히히덕거릴 표정이 아니었다.

“난 교육 책임자로서 피교육자를 데리고 온 거예요. 교육 아직 안 끝났어요.”

“젠장. 그럼 하쇼.”

“찬휘 씨는 그 사진 몇 장만 가지고 우리가 원하는 살인을 제대로 완수할 수 있다고 생각하세요?”

이때부터 뭔 말을 들었는지 몰랐다. 야금야금 꼭지가 돌았다. 그녀의 의미가 찬휘에게 제대로 전달되기에는 무리가 뒤따랐다.

장미는 타고난 술꾼인 듯했다. 그녀는 꼬냑을 달콤하다고 생각하고 있는지 수시로 입술에 잔을 갖다 대었다.

‘좋아. 누가 이기나 날 새도록 퍼마셔 보자.’

찬휘가 그런 결심을 할 정도였지만 찬휘의 혀는 벌써 꼬여 있었다.

꼬여진 혀 사이로 말이 새었다.

"밤은 길어. 새벽도 길고……. 안 그렇소? 미인 아가씨?"

"나의 강의 시간은 새벽이 오기 전까지입니다."

"좋지. 술이 있는데…… 뭐? 뭐가 새벽까지라고?"

"일단 정신 챙기세요. 정 챙길 수 없다면 샤워를 하세요."

찬휘는 고개를 젓고 담배를 물었다. 피교육자는 슬슬 혼수 상태로 돌입했다.

"욕실서 강간할 거요?"

"하는 꼬라지를 봐서 결정하죠."

"염병."

장미는 정말로 이상한 여자였다. 핸드백에서 라이터를 꺼내 담배를 문 찬휘에게 찰칵! 불을 붙여 주었다.

혹시 그런 직업을 가진 적이 있어 반사 신경이 그렇게 움직였던 건 아닐까? 매우 친숙한 사이가 아니라면 여자가 함부로 남자의 담배에 불을 붙여 주는 것이 아닌데도 말이다.

담배를 빨았지만 담배의 맛을 느낄 수 없었다.

'우라질…… 무너지고 있어…….'

꼬냑은 너무 독했다. 찬휘는 소주 체질이었다.

9. 밤과 여자

채형빈이 설다은을 만난 것은 1년 전의 일이다.

당시의 형빈은 깍두기 다섯 명을 거느린 건달이었다. 인천의 한 구역을 담당하고 있었는데 워낙 후진 구역을 맡은 처지여서 겉만 그럴 듯했지 늘 돈이 고팠다.

돈. 돈. 그 망할 놈의 돈. 어디에선가는 푹푹 썩어 나가고 있는지 몰라도 형빈은 늘 현찰의 그늘 아래에서 허덕거려야만 했다.

거느리고 있는 깍두기들은 툭하면 사이드로 빠져 아리랑치기나 퍽치기를 벌였다. 그런 일은 금방 들통나고 만다. 일이 터질 때마다 형빈은 경찰서로 출두하곤 했다. 아랫것들이 빵에 썩고 있는 것을 두고 볼 수 없기 때문이다.

그 일 또한 여간 곤혹스러운 것이 아니었다. 담당형사를 만나 꼭지가 돌 때까지 퍼 먹인 후 아랫것들을 꺼내 오자면 당장 두둑한 현찰이 필요했는데 그로 인해 가뜩이나 모자라는 총알은 사막 한 귀퉁이에 있는 조그만 오아시스처럼 바짝 메말라 버리곤 했다.

그러던 어느 날 새벽이었다. 형빈의 휴대폰이 '날 좀 보소' 소리를
요란하게 냈다. 휴대폰 안에는 여자가 들어 있었다. 여자가 당돌하게
말했다.

"살인은 당신에게 매우 어울리는 직업이 될 거예요."

여자는, 살인의 대가는 언제나 충분하게 지급될 것이며 그로써 당
신은 메이저리그에 진출한 메이저리거들을 더 이상 부러워하지 않아
도 될 거라는 말도 했다.

형빈은 정신이 번쩍 들었다. 정확하게 무슨 의미의 말을 들었는지
몰라도 총알, 그 놈의 총알이 무한정 생긴다는 말이었다. 형빈의 마
음이 대번에 움직였다. 당장 쇳조각이 되기로 마음먹었다. 군소리 없
이 대형 자석에 찰싹 달라붙는 그런 쇳조각.

"이 짓이나 그 짓이나 그게 그거야. 논다면 더 큰물에서 노는 것이
더 폼나는 일이지."

형빈이 적극성을 띠자 휴대폰 속의 여자가 이어 말했다.

"통장을 확인하고, 액수가 마음에 든다면 백만 원만 인출하세요.
그것으로 살인 제의를 수락한 것으로 여기겠어요. 인출하지 않는다
면 거절하는 것으로 여기겠어요."

"난 벌써 결심했소."

"심사 숙고하세요. 하지만 결정했다면 지금부터 삶의 기쁨과 희망
이 형빈 씨를 기다리고 있을 거예요."

첫 전화는 그렇게 끊어졌다.

형빈은 그날 조금도 망설이지 않고 백만 원을 찾은 다음, 거느리고

있던 깍두기들에게는 자신의 방식대로 방향을 제시해 주었다. 가장 아끼던 김남철이라는 자를 구역 안에 있는 관광호텔 객실 담당 부지배인으로 억지로 구겨 넣었다.

호텔 측에서 보자면 무리한 요구였지만 지배인은 거절하지 못했다. 거절 뒤에 찾아올 대가가 어떤 것이라는 걸 잘 알고 있기 때문이다. 나머지 깍두기들까지 염려할 필요는 없었다. 관광호텔 부지배인으로 들어간 김남철이 알아서 자리를 마련해 줄 것이었다. 분명 한 놈씩 차례차례 나이트클럽 웨이터로 불러들일 것이다.

그로서 형빈은 짧지 않은 건달 생활을 청산하게 되었다.

다음날, 형빈은 다은을 만났다. 그런데 사람의 일이라는 건 참으로 알 수 없는 것이어서 다은을 만난 바로 그날 형빈은 잠수함을 타게 되었다.

다은은 형빈이 지금까지 만나 본 여인 중에 가장 세련되고 멋진 여인이었다. 자신의 생각을 조리 있게 펼칠 줄 아는 말솜씨하며 당장 형빈을 흡수하고도 남을 만한 어떤 마력 같은 기운. 별로 드러내지 않음에도 은은하게 취하게 만드는 요염한 분위기 등등. 딱 형빈의 취향이었다.

사실 형빈은 건달 생활을 하며 많은 여자를 경험했었다. 그의 품안에서 가식 섞인 신음소리를 질펀하게 내지르는 여자들은 언제나 술집들과 가장 가깝게 밀착되어 있는 거리의 여자들이었다. 그런 여자들과는 애정이나 감정이 뒤엉킨 관계가 지속될 리 없었다. 그녀들의 몸 속을 휘저으면서 늘 구토를 느꼈던 형빈이었다.

그런데 다은과 같은 여자라면……!

형빈은 첫만남에서 다은에게 홀딱 빠져 버렸다. 그 일은 자신도 놀랄 만한 대 사건이었다. 형빈은 다은의 살인 제의를 수락하며 솔직하게 고백했다. 땀을 뻘뻘 흘려 가면서.

"다은 씨. 이런 말을 한다고 해서 날 한심한 놈으로 생각하진 마시오. 난 아무래도 살인 제의보다 다은 씨에게 먼저 깊숙하게 빠진 것 같소. 어디에서건 함께 있고 싶소. 이건 진심이오."

다은이 생글거리며 말했다.

"형빈 씨는 아주 쉬운 말을 너무 어렵게 하는 경향이 있군요."

형빈은 무슨 말을 들었는지조차 모를 지경이었다. 두 사람은 그 밤에 김남철을 취직시켜 준 그 관광호텔을 찾았다.

두 사람은 객실 담당 부지배인 김남철의 안내를 받으며 브이아이피 룸으로 안내되었다.

형빈이 다은을 소개했다.

"남철아. 네 형수다."

김남철이 다은을 향해 구십 도에 가까울 정도로 허리를 꺾었다.

"인사드립니다. 바로 아래 동생입니다."

다은은 푸…… 소리를 내며 웃었다. 김남철의 과장된 행동이 왠지 우스워 보였기에 그랬다.

김남철은 눈치 하나는 기가 막히게 빠른 자였다. 룸 문을 열어 주는 것과 동시에 다은을 향해 다시 허리를 꺾은 다음 바람처럼 사라져 버렸다. 거긴 자신이 남아 있을 자리가 아니라면서.

그날 밤은 굉장했다. 번쩍거리며 번개가 쳤고 우당탕 천둥이 쳤다. 새벽까지 천둥번개에 호우주의보, 태풍 경보가 연이어 발령되었다.

남자도 남자였지만 여자도 여자였다. 그들은 처음 만난 것이 아니라 일 년 전쯤에 만난 사람들 같았다. 조금도 거리낌이 없었다. 수치심도 없었다. 내일이 없는 사람들처럼 서로를 탐했으며 서로를 원했다.

형빈은 처음으로 진정한 사랑이 주는 애틋한 감정을 느꼈다. 이 여인이야말로 그토록 자신이 찾고 있었던 자신의 갈비뼈 반쪽이라고…… 몇 번이나 가슴속으로 부르짖었다.

그 밤을 함께 지낸 형빈은 갑자기 얻게 된 사랑을 놓치고 싶지 않았다. 자신의 팔을 베고 누워 있는 다은을 향해 고급 건달처럼 말했다.

"다은. 그대를 바라보며 잠들고 싶고 눈을 뜨면 그대가 내 옆에 있었으면 정말 좋겠소."

다은이 까르르 소리를 내며 웃었다.

"진작 내 아파트로 갈 걸 그랬어요."

다은의 입술과 가슴. 그리고 여자의 가장 중요한 부분을 차지하게 되자 다은의 모든 것을 차지한 것이라고 생각했는데 그게 아니었다. 애석하게도 형빈은 다은의 마음을 차지하지 못했다. 다은의 조건적인 제안으로 인해 형빈은 그 사실을 깨닫게 되었다.

"형빈 씨가 원할 땐 거절하지 않겠어요. 내가 원할 때도 형빈 씨가 거절하지 말아 주세요."

"당연하지."

다은은 이어, 지금까지 들어보지도 못했고 상상해 본 적도 없는 별 희한한 말들을 나열하기 시작했다.

"형빈 씨는 어디까지나 섹스 파트너로 존재해야 돼요. 우리는 조직원으로서 서로의 임무를 위해 최선을 다할 뿐이에요. 서로에겐 서로의 사생활이 있는 것이고 그 점에 대해선 서로가 관여하지 않아야 돼요. 형빈 씨가 숨겨 둔 여자를 데리고 와도 난 상관하지 않을 거예요. 반대로 내가 남자를 데리고 와도 형빈 씨가 관여하지 않아야 돼요."

어지러웠다.

"난 좀더 세상을 오래 살았어야 했나 봐. 뭐…… 그런 게 다 있어?"

그렇지만 형빈은 다은의 제안을 받아들여야만 했다. 이의를 제기하면 그녀는 당장 날개를 활짝 편 기러기처럼 훨훨 저 푸르른 창공으로 영원히 날아가 버릴 것 같아서였다.

"다은!"

입김이 뜨겁다.

형빈의 손이 다은의 가슴 위에서 오래도록 머물렀다. 손가락은 쉴 새없이 다은의 유두를 간지럽게 만들었다. 그곳에서 팽팽한 긴장감 같은 것이 전달되며 돌출 부분이 도도한 기상을 시작했다. 유두는 만질수록 더 커졌다.

달궈진 형빈의 입술이 돌출된 부분을 삼켰다. 그것은 입 안에서 혀와 만났다. 그들의 아파트였고 그들이 공동으로 사용하는 침대 위에서였다.

형빈은 입술을 사용하여 유두를 이리저리 돌렸다. 마른 건포도처럼 다은의 유두가 입 안에서 또르르 굴러다녔다.

형빈의 손은 다은의 배 아래로 내려갔다. 언제나 부드럽고 매끈한 피부가 그의 손 안으로 들어왔다. 문득 형빈은 어린 시절, 집 앞 개울에서 잡곤 했던 가죽이 매끄러운 장어를 떠올렸다. 다은의 피부는 꼭 그걸 만지는 것 같았다.

형빈의 어린 시절은 매우 불행했다.

아주 어릴 때에는 서울에서 살았지만 어떤 이유인지는 몰라도 초등학교 5학년 무렵부터 아주 외진 시골로 내려가 살게 되었다.

작은 마을의 여덟 채뿐인 집들 중에 가장 낡고 헐은 집이 형빈의 집이었다. 그 집은 도로가 정리되지 않은 산 바로 밑에 자리하고 있었는데 각양의 모양으로 구멍이 뻥뻥 뚫린, 골동품이라고 정의할 수 있는 슬레이트 조각들을 이고 있었다. 그 덕에 조금만 비가 와도 집 안에 있는 양동이들을 총동원해야 했다.

손바닥만 하게 붙어 있는 마당은 아예 길이나 마찬가지였다. 군데군데 심어진 개나리 몇 그루가 간신히 마당과 길을 구분하고 있을 뿐, '집 앞마당'이라는 개념은 어디에서건 찾아볼 길이 없었다.

부엌과 방을 연결하는 곳엔 금방이라도 무너져 주저앉을 것 같은 작은 쪽마루가 있었다. 그 끝에 방 하나가 있었는데 그곳에서 형빈은 엄마와 단 둘이서 살았다.

주저앉다 만 처마 밑에는 해마다 나나니벌들이 청자 형태로 집을 지었는데 그 벌집이 형빈의 집에서 가장 호화로운 건축물이었다.

집 안으로 스며드는 햇살은 술에 취한 듯 후줄근한 모습으로 서 있는 감나무들의 커다랗고 둥근 잎들에게 원천적으로 봉쇄당하고 있었으며 집 주변을 빙빙 돌아가며 자라고 있는 씀바귀와 엉겅퀴들은 재배장의 푸성귀처럼 무성하게 자라, 금방이라도 무시무시한 악령들이 불쑥 불쑥 고개를 내밀고 튀어나올 것만 같았다.

그래도 형빈의 마음에 딱 드는 것이 한 가지 있었는데 그것은 사시사철 가리지 않고 언제나 거울처럼 맑은 물을 꾸준하게 흘려내는 마을 앞개울이었다. 개울은 넓지도 좁지도 않았고 또 깊지도 않아 그 나이 또래의 아이들이 텀벙거리기에 딱 알맞은 규모였다.

그곳에는 피라미며 가재, 자라, 모래무지와 미꾸라지를 닮은 기름종개를 비롯한 수많은 물고기들의 천국이었다. 장마가 한차례 휩쓸고 가면 더 많은 물고기들을 모여들었다. 그땐 가끔씩 장어도 눈에 띄었다.

엄마는 결핵을 앓고 계셨다.

늘 골골거리기만 하는 엄마는 아무리 많이 잡아와도 민물매운탕을 드시지 않았다. 민물고기에서는 진흙 냄새가 난다는 것이다. 그렇지만 장어를 구워 드리면 형빈이 깜짝 놀랄 정도로 맛있게 드셨다. 누군가가 원기 회복에는 장어가 최고라는 말을 들려 주었기 때문이다.

철없던 그 시절에 형빈이 엄마를 위해 할 수 있었던 일은 가끔 장어를 잡아 구워 드리는 일이었다.

장어를 잡기 위해선 어린 원시인이 되어야 했다. 대가리 부분을 떼어낸 못을 나무막대기에 박아 썰매 꼬챙이 같은 흉기를 만들어야 했고 이슥한 밤이 되기를 기다려야 했다.

강에서 개울로 올라온 장어는 낮 동안 내내 숨어 지내다 먹이 사냥을 위해 한밤중에 어슬렁거리며 돌아다녔다. 실컷 배를 채운 놈은 얕은 물 속에 길게 누워 잠을 자곤 했는데 그때가 자정 무렵이었다. 형빈은 그때를 노렸다. 놈은 잠에 취하면, 사람이 다가가도 모를 정도로 아둔한 면도 있다.

형빈은 별도로 준비해 둔 석유를 묻힌 솜방망이에 불을 붙였다. 그러면 맑은 개울 속이 유리창 안처럼 훤히 들여다보인다. 장어는 언제나 거기에 퍼져 있었다.

형빈은 끝이 뾰족한 꼬챙이로 장어의 등을 찍었다. 그리곤 얼른 한 손을 물 속에 넣어 버둥거리는 장어를 움켜잡아 내곤 했다.

그때 그 매끈매끈했던 그 감촉…… 겉이 비늘인지 가죽인지 지금도 잘 모르겠지만 아무튼 장어의 피부는 더없이 매끄럽고 부드러웠다. 그 감촉을 지금까지도 잊지 못하고 있는 형빈이었다.

형빈이 다은의 가슴을 더듬으며 장어를 떠올리는 것은 단지 다은의 피부가 장어의 겉면 같다는 단순한 생각 때문만이 아니었다. 장어를 맛있게 구워 드신 엄마는 형빈을 꼭 안아 주곤 했는데 그때서야 비로소 형빈은 엄마의 가슴을 헤치고 찌찌를 만질 수 있었다. 거기선 언제나 젖 냄새 같은 것이 났다. 그것이 못내 그리운 형빈이었다.

그럴 때의 엄마는 소리 없이 눈물을 흘리곤 했는데 그건 당신의 생명이 기름이 다한 등잔처럼 꺼져 가고 있음을 알고 계셨기 때문이었다.

엄마 품에 안겼을 때의 형빈은 이 세상에서 가장 행복한 아이가 바로 자신이라는 생각을 하곤 했다. 엄마의 품은 어린 형빈에게 그러한 생각을 품기에 충분할 만큼 푸근했었고 정감이 서린 곳이었다.

그러나 엄마는 언제나 형빈을 멀찌감치 떼어 놓으려 했다. 잠시가 안 되어 형빈은 저만치 밀려 가곤 했다. 안타까운 일이었지만 엄마의 찌찌는 그만큼 형빈의 손바닥과 멀어졌다.

엄마가 그런 행동을 하는 것은 자신의 병이 아들에게 전염되는 것을 두려워했던 또 다른 눈물이었다.

그러던 어느 추운 겨울날 엄마는 채 눈을 감지 못하고 돌아가셨다. 눈보라가 혹독하게도 휘몰아치는 겨울 한가운데의 날이었다. 그날 왜 그리도 지독하게 추웠는지…….

엄마는 시린 땅 구덩이 속에 묻혔다. 형빈은 몇 안 되는 먼 친척들과 몇몇 이웃의 도움을 받아 엄마가 들어간 무덤 위를 꼭꼭 밟아야 했다. 흙은 거의 얼음덩어리나 마찬가지였다. 그걸 작은 발에 힘을 주어 꼭꼭 밟으며 형빈은 눈이 퉁퉁 붓도록 울었다.

그때 형빈은 함께 흙을 잘근잘근 밟고 있던 먼 친척 뻘된다는 바싹 꼬부라진 노인의 중얼거리는 소릴 들었다.

"죽일 놈. 채응균이 그놈이 뒈져도 곱게 못 뒈질 겨. 천벌을 받아야 마땅한 불한당 같은 놈. 이런 경우가 세상에 또 어디 있는감?"

그때는 무슨 의미인지 잘 몰랐다. 하지만 아무튼 채응균이 나쁜 놈이라고 내뱉는 소리는 정확하게 알아들을 수 있었다.

채응균. 형빈의 아빠였다. 서울에서 다녔던 초등학교의 교장이기도 했다. 엄마는 채응균이 교장으로 있는 그 초등학교의 선생님이었다.

형빈은 엄마가 선생으로 있는 그 초등학교에 다녔었는데 사 학년을 마치자마자 이사와, 일 년 동안 엄마와 함께 그곳에서 살았던 것이다. 왜 엄마와 단 둘이만 이사와 그렇게 살게 되었는지에 대해서는 단 한 번도 생각해 보지 않은 채였다.

그로써 형빈은 채응균이 엄마에게 전해 주었던 하얀 정액에 의해, 채응균의 몸 속에도 흐르고 있는 선연한 핏줄기가 자신의 내부를 하루 종일 관통중이라는 사실을 정확하게 알게 되었다.

그랬지만 형빈은 채응균을 단 한 번도 찾아가지 않았다. 솔직히 말하자면 당시는 너무 어렸기에 친척 노인의 한마디를 듣고 불쑥 채응균을 찾아가기가 겁이 났기 때문이었다.

당시, 친척들은 형빈을 뒤로 하고 한참을 소곤거렸다. 친척들은 형빈을 맡길 적당한 곳을 찾는 것이었다.

그들은 아주 오랫동안 소곤거리더니 한 가지 결론을 내렸다. 그들은 당장 결론대로 시행했다. 한 친척 남자가 손을 잡고 원주에 있는 한 보육원으로 데리고 간 것이다. 인애원이라는 곳으로 미국인 수녀가 원장으로 있는 곳이었다.

형빈은 그곳에 맡겨졌지만 적응하지 못했다. 형 뻘되는 고아들이 유독 형빈만 왕따시켰는데 그 이유는 누구보다 덩치가 크기 때문이었다.

때린다고 맞고만 지낼 형빈이 아니었다. 형빈은 누구보다도 자존심이 강했던 것이다. 당연히 매일 싸움을 벌였다. 덩치가 크다는 것은 싸움에 있어 유리한 조건으로 존재한다. 결국엔 자신보다 몇 살이나 더 먹은 아이들을 누르고 대장이 되었지만 그로써 얻을 수 있는 것이라곤 가장 먼저 밥을 타 먹을 수 있는 것 이외에는 아무것도 없었다.

형빈은 그곳에서 고등학교까지 다녔다. 그가 무작정 인천으로 향한 것은 졸업을 며칠 앞둔 어느 겨울날이었다. 졸업식이라는 격식 따위가 싫어 무턱대고 인애원을 나와 버렸다.

형빈은 졸업식은 물론이고 그 외의 학교 행사에 참석하는 것이 죽는 일만큼이나 싫었다. 그의 졸업식은 덩그라니 혼자만의 졸업식이 될 것이었다. 자장면이라도 먹자고 손을 끌어 줄 피붙이가 있을 리 없는 형빈이었다.

더구나 교장 선생님의 길고 긴 축사…… 아니, 교장 선생님이라는 그 자체…… 그 단어에 알레르기 반응이 일어나는 형빈이었다. 엄마가 살아 계셨다면…… 그건 환상이었다.

무작정 상경했지만 서울이 싫었다. 길을 걷다가 우연히 채응균을 만나게 될지도 모른다는 생각 때문인지도 몰랐다. 그땐, 주먹이 먼저 인사를 할 것이다. 어쩌면 그게 그의 첫 번째 살인이 될지도 모르는 일이었다.

인천으로 갔다. 거기서 막일을 했다. 당장 호구지책이 급했다. 일당 잡부일을 마다하지 않았다. 그러다 공사판 노가다도 했다. 비가 오거나 눈이 오면 싸구려 자취방 천장을 바라보며 하루 종일 뒹굴 거렸다.

형빈은 고정적인 수입을 얻기 위해 자동차 부품을 만드는 공장에 다녀 보기도 했고 인쇄소에 다니기도 했지만 그런 일들은 적성이 아니었다. 일을 잘하든 못하든 툭 하면 날아오는 욕설도 참을 수 없었다. 결국 몇 놈을 실컷 두들겨팬 후에 그곳을 나와 웨이터가 되었다.

그러던 어느 날이었다. 형빈은 웨이터보다는 건달이 되는 것이 더 폼 나는 일이라는 생각을 하게 되었고 그것만은 소원대로 되었다. 건달 생활 일 년 만에 각두기를 다섯 놈이나 거느리게 되었으니까.

그렇게 지내다 군대에 다녀왔고 다시 인천으로 와 건달로 지냈다.
그 무렵에 설다은의 전화를 받았다.

"지금부터 삶의 희망과 기쁨이 형빈 씨를 기다리고 있을 거예요."

그녀의 음성은 꿈에서 자신을 부르는 선녀의 외침만큼이나 달콤했
다. 그때부터 그의 인생 항로는 완전히 뒤바뀌게 되었다.

형빈의 손이 다은의 가장 예민한 곳을 건드리자 그녀가 몸을 떨었
다.

보드라운 숲이 거기에 있었다. 숲은 마르지 않는 샘을 수용하고 있
었고 형빈의 손이 그곳에 안식처럼 담겨졌다. 다은의 다리가 힘없이
벌어졌다. 그때부터 적극적으로 형빈의 손을 받아들였다.

형빈은 언제나 스킨십을 즐겼다. 다른 아이들과 달리 엄마의 찌찌
를 마음대로 만지지 못했던 어린 시절의 욕구불만이 가슴속에 잠재
되어 있기 때문인지도 몰랐다. 손은 아래에서 머물고 있지만 입술은
여전히 그녀의 유두에서 호강을 했다.

다은의 가슴은 축복덩어리였다. 다른 피조물에게 나눠 주지 않은
신의 은총이었다. 너무나 풍만하고 육감적이었으므로 형빈의 손과
입술은 거기서 떨어질 수 없었다.

형빈의 혀가 움직일 때마다 다은의 온몸으로 짜릿하게 퍼지는 전
율이 그녀의 샘을 더 찰랑거리며 가득 고이게 만들었다. 형빈은 입으
로, 손으로 다은을 꿈처럼 아득한 저 높은 곳으로 이끌고 갔다.

다은도 그런 상태가 좋았다. 무식해서 용감한 남자는 싫어했다. 그
런 자들은 박력이라는 미명 아래 즉시 방문을 시도한 후에는 금방

'용무 끝!'을 외친다. 그것으로 남자의 임무를 끝낸 줄 아는 그런 남자를 심리적인 지진아라고 생각하는 그녀였다.

형빈의 손이 그녀의 깊은 곳에서 살짝 빠져 나왔다.

그의 몸이 다은의 몸을 덮었다. 곧 낯익은 방문으로 이어졌다. 그녀는 엉덩이를 살짝 들어줌으로 형빈의 방문을 도왔다. 갑자기 밀려드는 가득 채워짐. 다은은 솜털까지 모조리 일어서는 것을 느꼈다.

다은의 부드럽고 하얀 손이 믿을 수 없게도 강력한 힘으로 레슬러처럼 형빈의 등을 꽉 움켜잡았다. 형빈의 부드러운 율동이 시작되었다. 다은의 몸에서 은은하게 퍼져 나오는 그녀의 향기를 맡으며.

다은은 둥둥 떠다니게 되었다. 숨을 몰아쉬며 홀린 듯 형빈을 올려보았다. 형빈은 언제나 포커페이스였다. 이럴 땐 암컷을 차지한 늑대의 흉칙한 눈빛이 된다고 해도 보기 싫은 것이 아니련만 형빈은 언제나 패를 받아들고 상대의 배팅을 기다리는 노련한 도박사의 얼굴이었다.

다은은 가슴을 형빈에게 더 밀착시켰다. 그녀는 늘씬한 다리로 형빈의 허리를 감아 말며 목이 착 감긴 것 같은 신음소리를 냈다. 그럴 때마다 형빈은 더 진한 자극을 받았다. 규칙적으로 움직이던 허리에 힘을 가했다. 그의 힘은 고스란히 다은에게 전달되었다.

그런 상태가 오래 지속되었다.

형빈은 불끈거리며 끈질기게 다은의 안에서 요동쳤다. 말은 이미 필요없었다. 눈이 뜨거웠고 몸이 뜨거웠다. 머리가 뜨거웠고 마음이 뜨거웠다. 침대도 뜨거운가 보다. 삐걱거리는 소리를 쉬지 않고 냈다.

형빈의 눈이 몽롱해지며 큰 신음소리를 냈다. 다은은 곧 휘몰아칠

태풍에 대비했다. 형빈의 입이 살짝 열렸다.

"나…… . 됐어."

다은이 고개를 끄덕였다.

"나도."

한 줄기의 화산이 그녀 안에서 폭발했다. 뜨거운 것이 용암처럼 밀려들었다. 다은은 몸을 뒤로 제꼈다. 그런 자세로 형빈의 마지막 한 방울까지도 빨아들였다.

형빈이 그녀의 가슴 위로 무너졌다. 가슴을 통해 형빈의 거친 숨소리를 들었다. 형빈이 움직이려 하자 다은이 다리를 꼬아 가둬 버렸다.

"그냥 있어요. 지금이 좋아요."

"나도 그래."

언제나 그렇듯 새벽이 저 멀리서 다가오고 있었다.

10. 그들만의 세계

일본

이세유한주조회사의 이시이 덴미 회장은 30분 전부터 창 밖을 바라보고 있었다. 36층 회장 전용 집무실 안이었다. 도로를 질주하는 버스가 일회용 라이터처럼 조그맣게 보였다.

더 멀리 육지가 끝나는 곳엔 어슴푸레 검푸른 수평선이 드넓은 원을 형성하고 있는 것이 보였다.

한 지점은 항구였다. 등대는 아직까지도 켜져 있었다. 그곳에 어선들이 줄지어 정박해 있는 모습이 눈에 들어왔다. 그것들은 꼭 장난감을 늘어 세워 놓은 것처럼 조그맣게 보였다. 어선 밑으로는 파도가 하얗게 부서지고 있었다.

모든 광경들은 하품이 날 정도로 평화롭게 보였다. 먼지만한 근심 걱정거리도 존재하지 않을 것 같았지만 이시이 덴미의 가슴속에는 거센 풍랑이 일렁이고 있었다. 부글부글 끓어오르는 분노가 아직까지도 노도처럼 그를 휘감았다.

최근 들어 기분 좋은 소식은 단 한 가지도 그의 고막 속으로 들어오지 않고 좋지 않은 일만 산발적으로 전달되었다.

일 년 전, 약진회 간부 중 하나이며 수족처럼 부리던 오다 다까끼〔大田高木〕가 골프장에서 머리가 깨져 죽었을 땐 누구에게나 일어날 수 있는 일이라고 치부해 버렸었다. 그 흔한 내부 서열 다툼이 하필 그에게 일어나 결국은 죽음에 이르게 된 것이라고 애써 자위했었고 정말 재수 없는 죽음이 오다 다까끼에게 찾아왔을 뿐이라고 단순하게 생각했었다.

육 개월 전, 재정 담당인 오카모도 이에미쓰〔岡本家光〕가 그의 아파트 안에서 잘 다져진 고깃덩어리가 되었을 때, 비로소 심상치 않은 일이 내부에서 일어나고 있다는 생각에 몸서리를 쳤었다.

그때는 경찰도 난리를 쳐댔었다. 약진회 간부들을 일일이 불러 조사하기도 하고 이세유한주조회사 장부를 압수하여 낱낱이 조사하기도 했다. 그 난리법석을 떨어댔지만 경찰은 범인 체포는커녕 손톱조각만한 단서 쪼가리 하나도 찾아내지 못했다. 그 일은 곧 흐지부지 넘어가 버리고 말았다.

그 무렵에도 이시이 덴미는 약진회의 모든 간부들의 뒷조사를 비밀리에 감행했었다. 그가 얻어낸 결과는 경찰보다 훨씬 많았다.

이시이 덴미는 오카모도 이에미쓰가 약진회의 재정 중 일부를 슬쩍 횡령해 왔음을 알아냈다. 놈은 누락분만큼 자신의 재산을 부풀렸던 것이다. 정확한 분배의 규칙을 생명으로 여기는 조직내에서 일어나선 안 될 일이 일어난 것이다.

오카모도 이에미쓰가 얼마간의 공금을 횡령하고, 얼마간의 재정을 누락시켰으면 간부들 중 누군가는 그만큼 손해를 봐야 한다. 오카모도 이에미쓰의 상습적인 횡령은 오래 전부터 간부들 사이에서 불만으로 존재했다는 사실도 그때 알아냈다.

게다가 오카모도 이에미쓰는 개인적으로 사채놀이를 했는데 주로 약진회 소속 간부들과 구역 조장들을 상대로 했던 사실도 밝혀졌다. 워낙 고금리여서 채무를 진 간부들과 조장들에게 적지 않은 원한을 사고 있었음도 그때 알았다.

'자기 몫이 줄어드는 것에 대한 불만과 사채로 채무를 잔뜩 지게 된 간부들 중에 누군가가 그만 오카모도 이에미쓰를 죽였을지도 모르지…….'

생각이 거기까지 미치자 이시이 덴미로서도 어쩔 수 없는 일이 되었다.

'자칫 그 일에 대해 깊이 파고들다가는 약진회 전체에 불신의 골이 깊어질지도 모른다…….'

이시이 덴미는 모르는 척 눈감고 있는 것이 약진회 전체를 위해서 더 나은 일이라고 판단하여 그 일을 자신의 가슴속에만 묻어 버렸다.

그랬는데 며칠 전, 이시하라 구로야마[石原黑山]가 사이판에서 정부(情婦)와 함께 피살되자 정신이 번쩍 들었다. 점진적인 더 많은 살해가 내부자에게 일어나지 않을까 하는 생각이 든 것이다.

이시하라 구로야마의 젊은 정부가 사이판에 있다는 사실을 알고 있는 사람은 약진회의 간부들뿐이었다. 이시하라 구로야마가 사이판으로 떠난 날짜를 정확하게 알고 있는 사람들 또한 약진회의 간부들 뿐이었다.

어찌되었든 내부 최고 간부들만이 알고 있는 비밀이 밖으로 유출 되었다. 그 일은 내부자의 소행이 아니면 절대로 일어날 수 없는 일 이었다. 이시이 덴미가 최근 제대로 잠을 이룰 수 없는 것은 당연한 일이었다.

'살인의 끝은 결국 나의 목을 칼날로 긋는 것으로 마침표를 찍게 될지도 모른다.'

이시이 덴미는 결국, 자신 외에는 아무도 모르는 비밀정보원들을 풀가동시키기에 이르렀다. 그의 비밀정보원들은 살인행동대원들이 었으며 현대판 가미가재이며 닌자(忍者)들이었다.

그는 보이지 않는 살인 기계들에게 다음과 같은 명령을 내렸다.

— 약진회의 간부들을 차례차례 제거하려는 보이지 않는 조직이 존재하고 있다. 그들은 결국 나도 노릴 것이다. 너희들은 그들이 누 군지 찾아내라. 그리고 무참하게 고문을 하여 배후를 캐낸 다음 죽여 라!

이것이 그의 충실한 사냥개들에게 내려진 비밀지령이었다.

이 일만 해도 머리통이 깨질 듯이 지끈거리는데, 그의 허연 머리통 에 송곳을 대고 망치로 팡팡 두들겨 박는 것처럼 진짜 골치 아픈 문 제 한 가지가 어젯밤 갑자기 발생했다.

그것은 한 통의 전화에서 비롯되었다.

"이시이 덴미 회장님이십니까? 지금부터 제 말을 잘 들으셔야 합니다."

검찰청 내부에서 걸려온 전화였다. 검찰청에 소속되어 있는 한 검사는 이시이 덴미에게 너무나도 친절한 사람이다. 물론 값비싼 친절이었다.

검찰청 내부에서도 비밀에 속하는 기밀 한 가지가 전화기를 통해 이시이 덴미의 머릿속으로 고스란히 스며들기 시작했다. 그 전화는 결국 이시이 덴미의 입에 거품을 물게 했다.

그리고 오늘, 이시이 덴미는 날이 채 밝기도 전에 약진회의 제이인자인 이누가와 아오모리를 급히 소환했다. 지금 이시이 덴미는 이누가와 아오모리를 기다리고 있는 것이다.

똑똑똑…….

세 번 이어지는 노크. 이누가와 아오모리였다.

"들어오게."

회장실 문이 열렸다. 이누가와 아오모리가 멀뚱한 표정을 지으며 들어섰다. 잠이 덜 깬 것 같은 표정이었다.

"안녕하십니까? 회장님."

이시이 덴미는 뒤돌아보지 않았다. 뒷짐을 진 채 이세유한주조회사 36층 회장 전용 집무실 창을 통해 밖을 내려다보기만 했다.

이누가와 아오모리의 가슴이 철렁 내려앉았다.

'좋지 않은 일이 있어.'

침묵을 넘어선 긴장감이 팽팽하게 감돌았다. 이윽고, 이시이 덴미가 창 밖을 바라보며 억양 없이 내뱉었다.

"이누가와. 잠시 출장을 다녀와야겠네."

이시이 덴미 회장의 음성은 흐린 날의 검은 구름처럼 잔뜩 흐려 있었다.

이누가와 아오모리의 몸이 한 차례 경련했다. 왜 하필 나냐고……반문하려다 그만두었다.

그들 세계에선 이시이 덴미의 명령이 곧 법이다. 거역은 결코 용납되지 않는다. 그런데 그들 세계에서 말하는 출장은 주로 간부 아래 직급인 조장들이 주로 도맡곤 했다.

이누가와 아오모리의 대답이 들리지 않자 그때까지 창 밖을 통해 이세의 해안가를 바라보고 있던 이시이 덴미가 홱 소리가 나도록 고개를 돌렸다. 불만이 가득 담긴 표정으로 소파에 앉아 있는 이누가와 아오모리의 얼굴이 그의 눈동자 속에 박혔다.

이시이 덴미가 이유를 설명하기 시작했다.

"이건 잘 아는 검사의 입을 통해 직접 들은 말일세."

"넷, 듣겠습니다."

"이번에는 빠져나갈 수가 없네. 막다른 골목까지 왔네."

허옇게 센 머리카락을 이고 있는 이누가와 아오모리는 다분히 항명의 눈빛이 되어 있었다. 잠시 머뭇거리다 간신히 입을 열었다.

"반드시 제가 가야만 합니까?"

"삼 개월 정도만 쉬고 있게."

"……."

"처음에는 조장들 몇 명을 추려 보내려 했네. 하지만 그걸로 부족하다는 거야. 독사 그놈이 밑에서 독을 품었기 때문일세."

　이시이 덴미가 지칭한 독사라는 자는 경시청 마약 담당 요시다 야마하루[吉田山春] 형사다.

　이누가와 아오모리가 마른침을 꿀꺽 삼켰다. 표정은 여전히 침통했다. 억울해……. 왜 하필 나인가? 그것도 조직의 제이인자인 나를……! 표정은 그 말을 하고 있었다.

　이누가와 아오모리는 숙청일지도 모른다는 생각을 했다.

　이시이 덴미가 그의 속을 뻔히 들여다보며 고개를 저었다.

　"자네는 전과가 없는 사람이야. 더구나 국가 유공자이지. 들어가면 과거의 한 번 실수였다고 밀어붙이게."

　약진회의 표면적인 사업은 주류 유통 사업이다. 우국청주를 전국에 판매하며 엄청난 현금을 벌어들였지만 거기서 얻어지는 이익금으로는 오늘날과 같은 막대한 부를 축적할 순 없었다. 약진회를 지금과 같은 방대한 조직원을 거느린 단체로 구축한다는 것도 불가능했다. 그들의 진짜 돈줄은 전후에 비밀리에 손대었던 마약사업이었다. 필로폰 거래와 운반 및 판매 등등이었는데 주로 이누가와 아오모리가 도맡아서 했다.

　마약 거래는 공시 시효가 없다. 그때의 일을 지금 들추어내어 혐의를 씌운다면 누군가는 반드시 들어가 몇 년 푹 썩을 수밖에 없다. 이시이 덴미는 이누가와 아오모리에게 총대를 메라는 것이다.

　일이 이렇게 진행될 때까지 이시이 덴미가 수수방관했던 것은 아니었다. 몇몇 검사 쪽에 줄을 댔고 그 윗선을 연결하여 어떻게든 빠져 나가려 기를 썼었다.

　거금을 다발로 풀어 이쪽저쪽에 손을 써 그 일이 그럭저럭 제대로 풀리는가 싶었는데 그들이 독사라고 부르는 요시다 야마하루 마약 담당 형사가 이노꼬리(돼지꼬리라는 뜻으로 약점을 잡았다는 뜻)를 단단히 물고 늘어졌다.

이시이 덴미가 쉽게 설명했다.

"위에서부터 독사에게 압력이 가해졌지만 놈은 이번 일을 오히려 기회로 삼기로 작정을 한 거야. 놈은 두 토끼를 쫓을 생각을 한 걸세. 위를 위협하여 자리 보존을 튼튼하게 보장받는 것과 동시에 결국은 적당한 선에서 흐지부지시키며 한몫 단단히 챙기려는 것이지."

이누가와 아오모리는 어떻게든 출장만은 피하고 싶었다.

"제가 독사를 만나 쇼부(승부, 흥정)를 보겠습니다."

이시이 덴미가 고개를 저었다.

"늦었네. 그동안 독사 놈이 얼마나 흔들어댔는지 윗선에서 자네를 지명하고 말았네."

"지명까지 했다는 겁니까?"

"일이 제대로 안 풀린 걸세."

"……."

"요식 행위라고 생각하고 맘 편하게 다녀오게."

"하…… 하지만……."

"자네가 나올 날짜도 거의 확정되어 있어."

"……."

"삼 개월만 참게."

다시 말하자면 이누가와 아오모리는 전과도 없고 만주주둔군 시절 (당시 731부대) 국가에 헌신했던 공로가 혁혁하므로 일단 달려 들어간다 해도 충분히 정상 참작을 해서 최소한의 형량만 때린다는 것이고 이시이 덴미가 손을 써 삼 개월 만에 빼 주겠다는 것이다.

이시이 덴미가 그렇게까지 말하면 이누가와 아오모리로서는 도리가 없다. 아무튼 이시이 덴미와 최고 검사 측이 그런 각본을 짰다면 자신은 주연이 되어 삼 개월 동안 출장을 다녀와야 한다. 독방으로.

이누가와 아오모리는 잔뜩 부운 얼굴이었지만 항명은 있을 수 없는 일이었다.

"잘 알겠습니다. 휴가 잘 다녀오겠습니다. 당장 맡고 있는 업무를 정리하고 아이들에게 인계시키겠습니다."

이시이 덴미가 손사래를 쳤다.

"아직 시간이 있네. 영장 발부까지 한 삼 일 걸리니까……."

"……."

"이누가와. 잠시 동안 이별일세. 저녁 시간 비워 두게. 술로 모든 걸 씻어 버리자구."

단호하게 내뱉는 이시이 덴미의 표정에는 약진회를 대변하는 절대자의 강력한 카리스마가 진하게 배어 있었다.

서울

여명이었다. 창 밖 세상은 회색빛으로 물들고 있었다.

세상은 정신을 차려가고 있었지만 찬휘는 아직도 빙글빙글 돌고 있었다. 의자도 돌았고 테이블도 돌았다. 테이블 위에 놓여 있는 빈 꼬냑 병 세 개도 함께 돌았다.

마주 앉은 장미가 뒤 마려운 개처럼 찬휘를 중심으로 뱅뱅 돌았다. 그건 정말 이상했다.

'어떻게 저 여자가 의자에 앉은 채 내 주위를 뱅뱅 돌 수 있는 것일까?'

그녀는 웃고 있었다. 찬휘가 손을 뻗어 보았다. 그녀는 잡힐 듯 잡힐 듯 잡히지 않았다.

'아, 시발. 왜 잡히지 않는 거야. 넌 내 배 아래서 사타구니를 벌리고 누워 있어야 되는데…… 날 우롱한 죄는 그 방법으로만 보상받을 수 있는데…….'

그게 논리인지 비논리인지 알 수 없었다.

남녀가 비싼 호텔에 들어왔으면 푸짐하게 섹스를 벌이고 나가야지 그냥 나간다는 것은 대단히 소모적이고 비효율적이라는 생각만이 찬휘의 머릿속에서 소용돌이처럼 맴돌았다.

휘이…… 휘이…….

허공을 휘젓는 찬휘의 손은 허수아비의 손이었다. 그 손으로는 죽었다 깨어나도 참새는커녕 풀벌레 한 마리도 잡을 수 없었다. 더구나 장미를 잡는다는 것은 지극히 비현실적인 일이었다.

'이상하네. 정말…….'

더 이상한 것은 세상이 점점 가라앉고 있다는 사실이었다. 찬휘도 덩달아 가라앉고 있었다. 장미가 뭐라고 하는 것 같았는데 그건 기억 저편의 일이 되었다. 찬휘는 테이블 아래로 완전히 가라앉고 말았다.

눈을 뜬 것은 침대 위에서였다.

여기가 세상 밑바닥일까? 그런 생각이 들었지만 그게 아닌 것 같았다. 세상 밑바닥 치곤 바닥이 너무 푹신했다.

욕지기가 났다. 웩웩 게워대고 싶었다. 그때는 세상이 달라 보일 것도 같았다. 다행히 머리는 아프지 않았다. 그게 꼬냑의 위력인가 보다.

그래도 정신이 남아 있었는지 발이 저절로 화장실을 찾았다. 지퍼를 내리자마자 잔뜩 졸아붙어 있던 그놈이 엄청난 양의 오줌을 쏟아냈다. 오줌에서도 꼬냑 냄새가 났다.

입으로 한바탕 쏟아냈다.

"웩!"

목구멍 안에서부터 탁한 액체가 줄줄 흘러나와 변기 속을 가득 채웠다. 변기의 물을 틀었다. 다음에는 수도꼭지를 찾아 찬물을 틀었다. 입 안을 헹구어내자 약간 정신이 들었다.

다시 장미를 찾았다.

그녀의 룸으로 갔지만 침대는 비어 있었다. 침대는 손도 안 댄 것 같았다. 고개를 돌려 휘이휘이 여기저기를 둘러보았다. 그녀는 룸 안 어디에도 없었다.

거실로 나왔다. 테이블 위에는 빈 꼬냑 병과 늙은이의 사진 몇 장만 놓여 있었다.

"……."

그때서야 새벽의 사태가 어떤 것이었는지 대충 짐작이 갔다. 한심한 일이었다. 분명 추태를 부렸을 것이다. 더 한심한 건 그녀가 찬휘의 추태를 즐겼다는 점이다.

빙글빙글 웃고 있던 그녀의 얼굴이 떠올랐다. 더 생각해 볼 필요도 없이 그녀는 대단히 영리한 여자였다. 그녀는 꼬냑 세 병을 나누어 마시면 상대가 제아무리 변강쇠라 해도 성기가 말을 듣지 않는다는 것을 잘 알고 있었던 것이다. 그래서 그녀는 한밤중에 남자를 호텔로 끌어들이고도 그만한 여유를 부릴 수 있었던 것이다.

털퍽 소리가 나도록 소파에 주저앉았다. 테이블 위에 놓인 사진 속의 늙은이가 찬휘를 바라보며 웃고 있었다.

그대로 소파에 앉아 깜빡 졸은 것 같았는데 그만 몇 시간이나 자 버렸다. 다시 눈을 떴을 땐 벌건 대낮인 오전 열한 시였다.

서둘러 룸을 나온 찬휘는 집으로 향하는 택시를 탔다. 아파트 근처에 오자 평소 눈여겨봐 두었던 매운탕 집으로 갔다. 얼큰한 민물 매운탕으로 지난 밤 동안 시달렸던 속을 풀기 위해서였다. 메기매운탕을 시켰다. 이왕 버린 몸……이라는 생각이 들어 소주 한 병과 함께 먹고 마셨다.

매운탕과 소주 한 병을 완전히 비웠을 때 또다시 파도처럼 몰려드는 솜뭉치와 같은 나른함…… 터덜터덜 걸어 집으로 향했다. 현관을 들어서자 습관적으로 시선이 편지함으로 던져졌다. 거기에 서류 봉투 크기의 등기우편물 하나가 들어 있었다. 모교에서 보낸 것이 아니었다. 장미…… 그녀가 어제 날짜로 보낸 것이었다. 어제…… 그녀는 찬휘를 만나기도 전에 우편물을 보낸 것이었다.

'황당하군. 오늘 벌어질 일을 어제 알아내는 묘한 족속들이야.'

봉투 안에는 세 가지가 함께 들어 있었다. 책 한 권과 또 다른 작은 봉투 하나와 신문 한 부.

책은 2005년도 개정판인 일본 후소샤 판 검정신청본『새로운 일본
역사 교과서』였다. 작은 봉투에는 울릉도에서 독도(獨島)를 관광할
수 있는 삼봉 호(號) 왕복승선권이었다.

신문은 과거였다. 2005년 2월 23일자 신문으로, '일본 시마네〔島
根〕현이 2005년 2월 22일을 다께시마〔竹島〕의 날'로 지정했다는 사
실이 커다란 활자의 머릿기사로 인쇄되어 있는 신문이었다.

11. 독도獨島의 의미

대단한 폭우였다.

거칠게 쏟아지는 폭우가 아파트 베란다의 알루미늄 창문을 징 소리가 나도록 마구 두들겨팼다.

삼 일 전부터 퍼붓기 시작한 폭우는 어제도 하루 종일 내렸고, 오늘 아침까지도 멈추지 않았다. 대단한 기세였다. 아예 쏟아 붓고 있다고 말하는 게 나으리라.

이 시기의 폭우는 또 한 번의 지긋지긋한 장마철이 되돌아왔음을 예고하는 것이다. 며칠 전부터 기분 나쁜 열기가 온 대지를 푹푹 쪄대긴 했었다. 그건 끝이 임박했음의 암시였다. 언제까지나 쨍쨍거리는 빛과 열기로 대지를 삶아대지는 않을 테니까.

찬휘는 베란다의 한쪽 창문을 닫지 않았다. 베란다 한 귀퉁이에 커다란 은행목이 자라고 있는 화분 두 개가 놓여 있다. 그곳으로 폭우가 마구 디밀어졌다. 화분이 흥건하게 젖었다.

은행목 밑에는 어디서 날아와 정착하여 발아했는지 파란 풀들이 자리잡고 머리를 내밀고 있었다. 그것들이 거센 빗줄기에 몸을 뉘이며 아우성쳐댔다.

화분에 빗물이 충분하게 차서 넘치게 되자 베란다 창문을 닫았다. 그만하면 은행목에 충분히 물 공급을 한 거라는 생각을 하며.

찬휘는 침대에 벌렁 누워 장미가 보내 준 후소샤 판『새로운 일본 역사 교과서』검정본을 읽었다. 그의 실력으로 처음부터 끝까지 다 읽기에는 실력이 딸렸지만 장미는 친절하게도 몇몇 중요한 부분을 밑줄을 쳐 놓았다. 그것만 살펴 읽으면 된다는 뜻이다.

그 부분만 옮기면 대략 다음과 같다.

— 현재 한국의 서울은 중국 왕조가 '대방군'을 설치한 곳이다.

— 4세기 말, 고구려가 백제를 공격했다. 백제는 즉시 일본 야마토 조정에 도움을 요청했다. 야마토 조정은 백제를 구하기 위해 출병했다. 이때는 야마토 조정이 철(鐵)을 구하기 위해 백제와 교류하던 시기였다. 야마토 조정은 반도 남쪽에 임나일본부를 설치하고 백제를 도왔다.

— 일본 장군이 세습될 때마다 통신사라 불리는 조선 사절이 일본 에도를 방문해 각지에서 환영을 받았다.

— 중국이 붕괴를 맞을 당시 조공국인 조선만은 잃지 않으려 일본을 적으로 간주하게 되었다. 일본이 일청, 일러 전쟁을 치른 배경에는 이같은 동아시아의 국제관계가 있었다.

— 1910년, 일본은 무력으로 조선병합을 단행했다. 한국내에서 병

합을 수용하자는 목소리가 일부 있었지만 독립 회복의 운동도 끈질기게 일어났다. 결국 합병은 이루어졌다. 조선총독부는 철도와 관계 시설을 정비하고 토지조사를 개시하여 조선 근대화에 노력했다.

— 조선반도에서 창씨개명이 행해지고 조선인을 일본인화하는 정책이 진행되었다.

…….

이외에도 여러 곳에 밑줄이 쳐져 있었다.

장미가 친절하게 밑줄까지 쳐 새로운 역사 교과서 검정본을 보낸 이유는 뻔했다. '얼마만큼 큰 부피의 분노를 느끼는가?'일 것이다.

찬휘는 그 망할 놈의 분노 덩어리를 던져 버리고 장미가 보내 준 오래된 신문을 보았다. '시마네 현 다께시마의 날 선포……'라는 커다란 글자가 먼저 눈에 들어왔고 이에 격분한 한국인 몇몇은 손가락을 자르거나 화염에 휩싸여 분신하려 하는 그런 장면이 담긴 사진들이 실려 있었다.

얼마 전부터 한국의 각 언론들은 연일 독도와 한일관계의 부적절성에 대해 열 올려 보도했었다. 그로 인해 한국인들의 반일감정은 극에 달했었다. 장미는 그 감정의 끝을 이어 가라는 암시를 주는 것이다.

하릴없이 컴퓨터를 켰다. 수시로 컴퓨터를 켜는 것은 장미와 헤어진 이후부터 생긴 버릇이다.

간혹 늦은 밤이 되어서도 잠이 안 올 때 컴퓨터를 켤 때가 있긴 했지만 그땐 인터넷 바둑을 두기 위해서였다. 찬휘의 바둑 실력은 아마

2단이나 됐다. 까만 밤들을 훌훌 날려 버리기엔 바둑이 딱 이어서 바둑을 두었다. 지금은 바둑을 두기 위해 컴퓨터를 켠 것이 아니었다. 메일을 확인하기 위해서였다.

그의 메일함은 언제나 비어 있다. 가뭄에 콩 나듯 가끔 친구들에게서 메일이 날아들긴 했지만 그건 일주일에 한 번 있을까 말까 한 일이다.

습관처럼 메일을 열었다. 주루룩, 먼저 스팸메일들이 쏟아졌다. 하지만 보들레르가 보낸 메일은 오늘도 도착하지 않았다.

컴퓨터를 끄고 옷을 갈아입었다. 그리곤 준비해 둔 끈 달린 가방을 어깨에 메고 집을 나섰다. 낮잠 한잠 자고 떠나려 했는데…… 잠이 쉽게 몰려올 것 같지 않아 그대로 집을 나와 버렸다.

고속버스 터미널에 도착할 즈음엔 빗줄기가 가늘어져 있었다.

포항으로 가는 버스를 탔다. 버스는 시간이 차자마자 커다란 디젤 엔진 소리를 뒤로 뱉으며 고속도로로 돌진했다.

장미가 보낸 삼봉 호 승선권은 15일 아침 7시 30분에 울릉도에서 독도로 가는 예약권이다. 오늘이 13일이어서 포항에 도착하여 하루를 지내고 내일 울릉도로 향하는 여객선을 타야 한다. 그리고 울릉도에서 하루를 지낸 후 아침 7시 30분에 독도로 향하는 유람선을 타야 했다.

'예약이 많이 밀렸다던데…… 용케도 구해 두었어…….'

찬휘는 독도를 관광할 수 있는 승선권을 보내 준 장미의 의도는 뻔했다. 언젠가 찬휘가 죽이게 될 어떤 범법자들에 대한 증오를 미리 충분하게 만끽해 두라는……. 그런 의미임이 분명했다.

찬휘는 장미의 의도와는 달리 분노를 차분한 마음가짐으로 승화시키기 위해 노력했다. 살인은 구도자의 마음가짐이 되어야만 성공할 수 있다. 언제 살인이 이루어질지 알 수 없는 일이지만 격앙된 마음가짐은 실패의 쓴 잔만 안겨 준다. 특수한 부대에서 근무할 때, 말뚝을 박듯 머릿속에 새겨둔 진리다.

빗줄기는 점점 가늘어졌다. 영동고속도로로 들어섰을 땐 태양이 먹장구름을 걷어내곤 환하게 웃고 있었다. 하지만 하늘은 금방 변덕을 부릴지도 모른다. 지금은 장마철인 것이다.

문득 후미코 생각이 났다. 온통 세상이 눈 속에 파묻혔던 겨울, 그녀와 이 고속도로를 함께 달린 적이 있었다. 에버랜드에 다녀오던 때였다. 불현듯 떠오르는 것은 그녀의 오리털 점퍼 안에 꼭꼭 감추어져 있던 불룩하게 솟아오른 그녀의 두 가슴.

찬휘는 쓰게 웃었다. 왜 그녀와의 첫키스보다 그녀의 두 가슴이 먼저 떠오르는 것일까?

고속도로는 평일답게 뻥 뚫려 있었다. 고속버스는 제 앞길을 제대로 찾아 무한질주를 계속했다. 갑자기 졸음이 몰려왔다. 눈을 감았다.

포항에 도착했을 때는 흐릿하게 뉘엿거리는 해가 서쪽 산등성이를 완전히 넘어가고 있을 무렵이었다.

찬휘는 여객선 터미널로 가 내일 배편을 예약한 후 주변에 있는 횟집으로 갔다. 광어 한 마리에다 소주 한 병을 시켜 먹었다. 알딸딸…… 낯선 곳에서의 기분 좋은 취함.

모텔은 그 주변에 있었다.

"한 분이세요?"

모텔로 들어서자 주인이 찬휘의 아래위를 한번 훑어본 다음 큰 소리로 외쳤다. 찬휘가 고개를 끄덕이자 4만원을 내라고 했다. 304호실이라며.

잠을 자기엔 아직 이른 시간이었지만 찬휘는 잠을 자기로 했다. 울릉도로 향하는 배편은 내일 이른 오전 시간이기 때문이다.

다음날.

울릉도로 향하는 배는 찬휘가 상상했던 것 이상으로 큰 여객선이었다. 시장터처럼 북적거리는 여객선 터미널. 스포츠 신문 한 부를 산 찬휘는 형형색색의 여행용 점퍼를 입은 여행객들 틈에 섞여 여객선에 올랐다.

울릉도로 향하는 여객선이 부드럽게 미끄러지자 검푸른 파도가 하얗게 뱃머리에서 부서졌다.

찬휘는 선실에서 책을 읽었다. 가방 속에 내의와 함께 준비해 왔던 삼국지였다. 찬휘는 이번 여행을 자기 수행의 한 수단으로 여겼다.

'어떤 일에든 흥분하지 말자. 냉철한 이성만이 요구되는 지금이다.'

여행은 언제나 달콤한 여흥을 안겨 주는 것이지만 찬휘는 감정에 휘말리는 것을 철저하게 억제했다. 이번 여행 다음에 그를 기다리고 있는 것은 살인이 될 것이다. 살인은 자기 억제가 기본 조건이며 감정이 개입되면 실패한다.

득도한 고승이 되어 삼국지 앞부분부터 천천히 읽었다. 무한의 시

190

간이 흘러갔을 때 울릉도가 저만치 다가왔다.

울릉도에 독도박물관이 있다는 것을 알지 못했던 찬휘였다.

일본의 독도영유권 주장을 반박하기 위해 1997년에 세워졌다고 한다. 2004년도에만 12만 명이 다녀갔다고 한다. 입구엔 대마도본시아국지지(對馬島本是我國之地)라고 새겨진 바윗돌이 있다. 세종실록 제1권의 내용을 옮겨 적은 것이다. '우리 땅 대마도'라고 해석이 가능하다.

이 무렵의 울릉도는 '대한독립 만세'를 외치기 위해 아우내 장터를 찾은 사람들만 모여 있는 듯했다. 어딜 가든 사람들 모이는 곳이면 일본 시마네 현이 제정한 다께시마의 날을 성토했다. 그들의 검은 속을 비난하는 말들의 향연만 이어졌다.

찬휘는 젊다. 그런 분위기 속에서 피가 끓었다. 애국지사의 심정이 되어 비분강개가 이는 것을 어찌할 수가 없었다.

하지만 끝까지 냉철한 이성을 유지하려 노력했다. 흥분은 초조함의 다른 말이다. 얼음처럼 일정한 냉정심을 유지하는 방법을 터득해야 한다. 그것이 막상 살인 대상자를 눈앞에 두었을 때 흥분하지 않는 길이라는 것을…… 지금부터 시험하기로 했다.

울릉도에 모인 사람들과 어울리지 않고 일찍 잠을 청하는 것도 좋은 수단이 될 수 있었다. 최소한 군중 심리에 휩싸이진 않을 것이니까.

다음날 아침. 울릉도에서 92킬로미터나 떨어진 독도로 향하는 삼봉 호에 오르면서도 찬휘는 동요를 일으키지 않았다. 감정은 철저하게 배제되어 있었다.

삼봉 호에는 140명이나 되는 '독도관광단'이 타고 있었다. 독도는 하루 입도(入島) 인원을 그 숫자로 제한한다. 자체로 천연기념물이기에 훼손 방지 차원에서 그런 조치를 강구한다는 것이다.

안개는 처음부터 바다를 휘감고 있었다. 심연 저 깊은 곳으로 나아갈수록 너울이 심해졌다. 안개와 너울…… 독도를 만나기 위해선 그것들을 먼저 만나야 하나 보다.

누군가가 '독도는 우리 땅'이라고 선창하자 입을 모아 고래고래 악을 쓰기 시작했다. 독도가 점점 가까워지자 흥분감과 기대감에 몸서리를 치는 사람까지 있었다.

하지만 그 두근거리는 가슴들은 조각난 꿈이 되어 파도 위에서 산산이 부서졌다. 불과 몇십 분간의 입도이겠지만 오늘따라 너울이 심해 독도에 접안을 할 수 없다는 것이다.

여기저기서 우…… 소리가 터졌다.

삼봉 호는 독도 주위를 돌았다. 그나마 다행인 것은 그래도 안개가 심하지 않아 독도의 모습을 고스란히 눈동자 안에 담아 둘 수 있다는 점이었다.

지금까지 찬휘가 몰랐던 한 가지 사실이 있었다. 그건 독도는 '외로운 섬 하나'가 아니라 동도와 서도로 나누어진 두 개의 섬이라는 점이었다. 두 개의 섬 독도…… 그리고 주변에 흩어져 있는 무수한 작은 섬들…… 그것이 독도였다.

삼봉 호는 그 주변을 커다란 원을 그리며 천천히 돌았다.

독도는 140명이나 되는 사람들의 눈동자 안으로 고스란히 들어와 박혔다. 독도 주변을 빙 돌자마자 삼봉 호는 빠르게 회항했다.

울릉도로 돌아오는 삼봉 호는 또다시 '독도는 우리 땅'이라는 합창 속에 잠겼다. 찬휘만 이방인이었다. 감정, 감흥…… 그리고 오감까지도 부정했다. 그 대신 이 관광이 자신에게 무엇을 요구하고 있는지에 대해 홀로 생각했다.

서울로 돌아오는 길은 역순이었다. 그 길은 맥이 탁 풀릴 만큼 길고 지루했다. 이틀간이나 길에서 허비해야 했으니까.

찬휘의 아파트는 변함없이 그 자리에 있었다. 며칠 비워 두었지만 그가 돌아오자 이내 아늑함을 제공했다. 문을 열고 들어왔을 때 찬휘는 문득 어떤 예감을 느꼈다. 마치 누군가가 자신보다 먼저 도착해 있는 듯한 그런 예감.

그럴 리는 없었다. 이 아파트 열쇠는 찬휘 외에는 아무도 지니고 있지 않다. 그런데도 누군가가 이미 방문해 있다는 예감이 든다는 것은……? 짚이는 것이 있었다.

책상으로 달려갔다. 컴퓨터를 켰다. 그랬다. 보들레르가 도착해 있었다.

"……!"

순간, 찬휘는 시퍼렇게 갈라진 한 줄기의 번개를 얻어맞은 것 같았다. 짜르르 전율이 몸 전체에서 일어났다. 공포는 아니었다. 분명한 흥분감이 온몸을 타고 고루 퍼졌다.

마우스를 움직이는 찬휘의 손끝이 가늘게 떨렸다. 심장 박동이 두 배나 빨라졌다. 모니터를 주시하는 눈에서는 예리한 빛줄기가 뿜어져 나왔다.

길게 심호흡을 했다. 지금까지 진행되었던 모든 일은 꿈이 아니었고 환상이 아니었다. 모든 건 사실이었고 현실이었다.

찬휘에게 보내진 메일은 보들레르의 시 「깊은 심연 속에서」였다.

내 마음 떨어진 캄캄한 심연 밑바닥에서,

연민을 비나이다. 내 사랑하는 유일한 그대여.

이건 납빛 지평선의 침울한 세계,

거기서 어둠 속의 공포와 모독이 떠돌고,

열없는 태양이 여섯 달을 감돌고,

또 여섯 달은 어둠이 땅을 덮으니,

이건 극지보다도 더 헐벗은 고장,

— 개도, 개천도, 푸르름도, 숲도 없구나!

그런데 이 얼어붙은 태양의 차가운 잔인성과

태고의 '혼돈'과도 같은 이 광막한 어둠보다

더 끔찍스런 것 세상에 없어라.

멍청한 잠 속에 잠길 수 있는

더 없는 더러운 짐승 팔자가 샘나는구나,(2)

그토록 더러운 시간의 실타래는 더디 풀리네!(3)

찬휘는 다시 읽고 또 읽었다.

그러다 아예 보들레르의 시집 『악의 꽃』을 찾아와 메일과 대조해 보았다.

　한 군데 원본과 다른 곳이 있었다. 원본에는 다음과 같은 구절로 되어 있었다.

　— 짐승도, 개천도, 푸르름도, 숲도 없구나!

보내진 메일에는 다음처럼 수정되어 있었다.

　— 개도, 개천도, 푸르름도, 숲도 없구나!

　시 중에 '짐승'이 '개'로 바뀌어 있었다.

　왜 그랬을까? 왜 메일을 보낸 보들레르는 짐승을 개로 바꾸어 놓은 것일까? 짐승이든 개든 뜻은 비슷하겠지만……. 단순한 실수였을까?

　찬휘가 고개를 저었다. 명령자는 단순히 보들레르의 시, 「깊은 심연 속에서」를 보낸 것이 아니다. 살인지령문을 보낸 것이므로 그런 실수를 할 리 없었다.

　답은 하나였다. 짐승이 개로 바뀐 문구가 키 포인트다.

　찬휘는 암호병 출신은 아니었지만 암호를 전문으로 해독하던 전우와 한 내무반을 사용한 적이 있었다. 박영재라는 전우였는데 그가 이런 말을 한 적이 있었다.

　'암호를 쉽게 해독하려면 첫째, 전문(全文) 중 내용을 잘못 표현한 것이나 맞춤법이 잘못된 것, 문장 중 앞뒤가 맞지 않는 것부터 살펴

는 것이 첫 번째 요령이야.'

난수표일 경우도 마찬가지라고 했다. 일정한 틀을 지니고 나열된 숫자의 배열 중에 갑작스럽게 돌출된 숫자만 간추려낸다면 그것이 지시사항일 확률이 높다고 했다.

찬휘는 시 전체가 지시사항이 아닐 거라는 생각을 했다. 시구는 난수표처럼 쓸데없이 존재하는 단어들일 것이었다.

시 끝 부분에 '샘나는구나(2), 더디 풀리네(3)'라는 구절이 있고 숫자가 첨부되어 있지만, 그건 주석(註釋)을 표시한 부분이므로 신경 쓸 일이 아니었다.

— 개도, 개천도, 푸르름도, 숲도 없구나!

그렇다면 바로 이 부분이 '살인명령문'일 것이다.

갑자기 장미의 얼굴이 떠올랐다. 그녀는 그때, 찬휘가 인사불성이 되었을 때, 암호문 해독에 대해 간단하나마 설명을 해 주었었다. 그런데 빌어먹을. 그땐 왕창 취했었고 제 한 몸 가누기도 벅찬 상태였었다.

제아무리 찬휘의 뇌 기능이 우수하다고 해도 완전히 꼬냑에 잠수된 상태였는데 무슨 수로 그녀의 말을 모조리 귀담아 들을 수 있었겠는가?

잘못이 있다면 맛이 간 내 머리에 대고 암호문 해독이 어쩌구, 저쩌구 지저귄 그녀의 아둔한 머리에 있는 거지…… 절대로 내 탓이 아냐…… 찬휘는 혼자 자기 변명을 했다.

지금에 이르러서 장미를 원망한들 무엇하랴. 다리 짧고 팔 짧은 놈이 높은 선반 위에 얹힌 꿀단지를 원망하는 격이다.

찬휘는 메일을 보낸 상대의 심리를 파악하려 노력했다. 동시에 그때 장미가 암호를 푸는 요령을 알려 준 기억을 되살려 보았다. 또다시 술이 웬수라는 생각을 하며.

가물가물……. 생각날 듯도 했지만 여전히 안개 속을 거니는 것 같았다. 수정된 구절을 몇 번이나 외워 보았다.

"개도, 개천도, 푸르름도, 숲도 없구나!"

더 이상 진전이 없었다. 더 이상의 생각이 떠오르지 않았지만 찬휘는 끈기를 발휘했다.

'개도, 개천도, 푸르름도, 숲도 없구나!'라는 구절을 대전제로 하여 나름대로 의미를 부여해 보았다.

(1)은 개. (2)는 개천. (3)은 푸르름. (4)는 숲. (5)는 없구나.

머리에 쥐가 날 것 같다. 장미의 설명을 다시 듣기 전에는 해석될 것 같지 않았다. 하지만 찬휘는 장미의 휴대폰 번호를 모른다.

어떡해야 하나? 아무리 생각해 보아도 그녀가 다시 휴대폰을 울려 주기 전까지는 암호를 해독할 수 없을 것 같았다.

그런데, 과연 보들레르는 누굴까? 이미 죽은 시인이 환생한 건 아닐 테고…… 그리고 그는 무슨 이유에서 꼭 이런 살인을 감행해야 하는 것일까?

설다은이 준 힌트처럼, '8만 명이나 되는 조선의 처녀들을 잡아들여 일본 육군의 종군위안부로 사용하라고 명령했던' 그런 사람들을 단죄하려는 단체의 우두머리일 가능성이 있긴 하지만 확실한 것은 아니었다. 그럴 거라는 강력한 암시가 있어 찬휘가 이 일을 마다하지 않은 것이긴 했지만.

"아, 시발. 지금은 그걸 따질 때가 아냐. 장미에게 전화가 와야 돼."

그런 생각을 하며 다시 모니터를 보았다.

— 개…… 개천…… 푸르름…… 숲…… 없구나.

열 번쯤 반복해서 읽고 또 읽었다. 그리고 나름대로 의미를 부여하기 시작했다. 그때 번쩍하고 떠오르는 것이 있었다.

"아."

찬휘는 그녀가 가르쳐 준 해독법은 까맣게 잊어버렸지만 그는 혼자의 힘으로 암호를 풀어낼 수 있었다.

자신의 방법이 옳은 것인지 아닌지는 다시 장미를 만나게 되면 물어보면 되겠지만 어쨌든 그는 기억 저편에서 소멸되어 버린 암호 해독법을 스스로 풀어내게 되었다.

낯선 방문객이 택시에서 내렸다.

서울검찰청 소속 한가영(韓嘉鈴) 검사는 검찰청 문 앞에서 방문객이 내미는 커다란 손을 마주 잡았다. 방문자는 갈색 눈동자를 지닌 대단한 덩치였는데 검찰청 정문으로 향하면서도 한가영의 손을 놓지 않았다.

"스미스입니다. 반갑습니다."

스미스는 사이판에서 급파된 형사다. 키는 일 미터 구십 센티미터도 넘어 보였다.

한가영 검사는 사람과 악수를 하는 게 아니라 고릴라와 악수하고 있는 것 같았다. 그녀의 조그만 손이 고릴라의 우악스러운 손아귀 안에서 빠져 나오기 위해 안간힘을 썼다.

"한가영입니다. 반갑습니다."

유창한 영어였다. 말은 그랬지만 얼굴은 조금도 반가운 기색이 아니었다.

갈색 눈동자를 지닌 고릴라는 지난밤에 검찰청 내부에 설치되어 있는 메인 컴퓨터를 통해, 양으로 따지자면 몇 다발이나 되는 서류 뭉치를 한가영에게 던져 준 사람이었다. 그 바람에 한가영은 거의 뜬 눈으로 지난밤을 지새워야 했다.

정문으로 들어서게 되었을 때 비로소 스미스가 그녀의 손을 놓아 주었다.

"굉장한 미인이시군요. 미스…… 미세스?"

"미스."

"아…… 네……. 함께 일하게 되어 정말 기쁩니다."

한가영으로서는 쥐뿔도 반가울 게 없었다. 우선 몇 다발이나 되는 골치 아픈 서류뭉치를 그가 보내 주고 더 많은 서류뭉치를 내놓기 위해 나타났으니 그가 반가울 리가 없었다.

한가영이 먼저 검찰청 안으로 향하는 회전문 안으로 들어섰다. 스미스는 한가영의 뒷모습을 바라보며 마른침 삼키는 소릴 냈다.

고릴라의 눈에는 '저 아담하고 탐스러운 엉덩이는 스커트 안에서 어떤 모습으로 감춰져 있을까?' 하는 글자가 나열되어 있었다. 스미스도 한가영의 뒤를 따라 검찰청 안으로 들어섰다.

하늘은 낮게 가라앉아 있었다. 요즘 들어 늘 그랬던 것처럼. 스미스가 슬쩍 뒤를 돌아보며 히죽거렸다.

'분위기는 끝내 주는 날이건만……'

그는 공연히 회색빛 하늘에 시선을 주었다가 검찰청 안으로 들어섰다. 로비를 걸어가며 그는 또 히죽거렸다.

고릴라의 눈동자에 박힌 한가영은 대단한 미인이었다. 나이는…… 스미스는 한국 여자를 마주해 본 적이 없었으므로 그가 할 수 있는 최대치의 가늠으로 대충 스물 몇 살쯤 되었을 거라고…… 지레짐작을 했다.

'분명 서른은 넘지 않았어.'

키는 자신이 딱 좋아하는 일 미터 칠십 정도. 짧게 커트한 머리에 동글동글한 얼굴. 까맣고 단아한 눈동자. 날이 우뚝 선 코와 말할 때마다 도톰하게 벌어지는 입술. 가슴과 엉덩이 사이를 확실하게 구분 짓는 허리는 손아귀 하나로 전체를 움켜잡을 수 있을 만큼 호리호리했다.

모든 조건은 환상이었다. 스미스는 한가영과 한 조가 되어 일하게 된 것을 신에게 감사드리며 이마에서 가슴 양 옆으로 커다란 성호를 그었다.

"사이판에서 일어난 살인사건에 대해 섭니다."

한가영 검사의 사무실 안에서 스미스는 의자에 앉자마자 별도로 준비한 두툼한 서류 봉투를 건네며 말했다.

서류가 봉투째 한가영에게 넘어왔다. 스미스의 의자는 한가영의 책상 앞에 놓여 있었으므로 두 사람의 거리라는 것은 팔을 뻗으면 닿을 정도로 가까웠다.

한가영은 스미스의 눈길을 의식하며 봉투 속을 헤집었다. 몇 개의 디스크와 A4 용지로 오십 쪽이 넘는 서류들이 들어 있다.

그녀가 검사 생활을 시작한 이래로 인터폴을 통한 범죄 의뢰는 오늘이 처음이었다. 지금처럼 외국인 형사에게 별도의 서류를 전달받는 것도 이번이 처음이었다.

그녀는 디스켓과 서류를 꺼내 형식적으로 살폈다. 서류의 내용은 사이판에서 어제 도착한 컴퓨터 속의 서류 내용들과 비슷비슷했다.

한가영의 눈이 잠시 고릴라에게 머물렀다.

"미스터 스미스는 아메리칸?"

"예썰."

한가영은 공연한 걸 물었다고 후회했다. 사이판과 괌은 알래스카처럼 미연방에 속해 있다. 치안 또한 미국 폴리스들이 맡고 있다.

스미스는 책상에 앉아 서류를 훑고 있는 한가영을 계속해서 힐끔거렸다. 스미스의 시선은 한가영의 볼록한 가슴 위에 고정되어 있었다.

'대단해. 겉으로 보기에도 저 정도인데 만일 세상 밖으로 튀어나온다면 얼마나 황홀한 장관을 연출할 것인가?'

한가영은 고릴라의 시선 따위는 상관하지 않고 컴퓨터 본체에 디스켓을 넣었다.

스미스는 별도로 준비해 온 사진 한 장을 양복 안주머니에서 꺼냈다.

"이 사람이 일본인 이시하라 구로야마[石原黑山]의 살해용의자 중

한 사람입니다."

사진이 한가영에게 전해졌다. 사진은 여권 사진을 확대한 것이었다.

"봅시다."

한가영이 묻자 스미스가 커다란 머리를 과장되게 끄덕이며 말했다.

"우리가 파악한 수십 명의 용의자 중 한 사람이지요."

"스미스 씨의 이번 방문은 체포 목적의 방문입니까?"

스미스가 고개를 저었다.

"아직 어떠한 증거도 발견된 게 없습니다. 확보되면 당장이라도 체포하겠지만…… 내가 입국한 건 신병 확보 차원입니다."

스미스가 건네 준 사진 속에는 채형빈의 얼굴이 박혀 있었다. 얼굴 밑에는 영문으로 채형빈의 이름도 분명하게 적혀 있었다.

스미스가 말했다.

"'채'라는 사람은 사건이 일어나기 며칠 전에 입국했습니다. 30명이나 되는 한국인 관광단과 함께였지요. 함께 투어에 참가하고 투숙했던 관광객들의 증언에 의하면 용의자는 관광객들과 투어에 나서는 일 없이 늘 혼자 지냈다는 겁니다. 삼 일 동안 내내 개인 행동만 했다는 거죠."

"그게 혐의점입니까?"

스미스가 커다란 입으로 싱긋 웃었다.

"한국인 관광단 중에 채형빈보다 더 수상한 행동을 한 사람은 현재로서는 없습니다."

스미스가 며칠 전에 일어났던 저격 사건에 대해 설명하기 시작했
다.

— 이시하라 구로야마라는 일본인은 사건 당일 오후 무렵에 사이
판에 도착했다.

이시하라 구로야마는 현지처인 폴리네시안 여인 세레나가 몰고 온
BMW 오픈형 스포츠카를 직접 운전했다. 공항에서 이십 분 정도 떨
어진 도로에서 운전을 하던 중 이시하라 구로야마는 저격용 라이플
에 관자놀이를 저격당했다. 이시하라 구로야마와 세레나는 BMW와
함께 절벽 아래 바다로 추락했다.

다행히 BMW는 바닷속 깊은 곳으로 가라앉지 않고 바닷속 10미
터쯤 되는 편편한 바위 위에 얹히게 되었다. 스포츠카는 곧바로 인양
되었다.

이시하라 구로야마는 안전벨트를 매고 있었기에 스포츠카와 함께
시체를 인양할 수 있었지만 폴리네시안 세레나는 안전벨트를 매고
있지 않아 현재까지도 시체를 찾지 못했다.

현지 경찰은 사망자의 시체를 검토한 결과, 전문가만이 할 수 있는
저격이라는 판단을 내렸다.

사이판 경찰이 수사선상에 올린 사람들은 사건 당일을 기준으로
십 일 전에 입국한 모든 사람들과 사건 후에 출국한 모든 사람들로,
그들 중엔 삼 일 전에 입국하여 사건 당일에 사이판을 출국한 채형빈
도 당연히 포함되었다.

물론 사이판 경찰이 채형빈 혼자에게만 혐의점을 둔 건 아니다. 지

금도 삼십여 명이나 되는 사람들이 그들의 추적을 받고 있으며 현재
로선 채형빈도 그런 용의자들 중 한 사람일 뿐이다. 그러나 가장 유
력한 용의자로 지목받고 있다.

한국과 미국은 공조수사 협의국이다. 인터폴을 통해 수사를 의뢰
한다면 당연히 협조해야 한다. 한가영은 지극히 사무적인 모습으로
고개를 끄덕였다.
"한국 경찰은 최대한 협조를 할 것입니다."
한가영이 이 사건을 배정받은 것은 아메리칸 못지않은 유창한 영
어 실력 때문이었다.
그녀가 부드럽고 긴 손가락으로 컴퓨터에 연결된 키보드를 두드렸
다. 채형빈의 얼굴이 먼저 모니터에 나타나고 여권에 기록되어 있던
주소가 선명하게 떠올랐다.

밤이었다.

대지는 점점 더 짙은 어둠 속에 파묻혔다. 날씨는 맑음과 흐림이 반복되었다. 지금은 다시 폭우가 내렸다. 완연한 장마철이었다. 폭우가 쏟아지는 것과 비례하여 어둠은 더욱더 짙어졌다.

형빈은 조직에 대해 골똘하게 생각하는 중이었다. 조직에 충성하는 일…… 그리하여 수시로 살인을 자행하는 일…… 다은이라는 여자는 거의 매일 살을 섞으며 한 침대를 사용하고 있지만 형빈이 그녀에 대해 알고 있는 사실은 한심할 정도로 단면적인 것들뿐이었다.

'살인조직에서 최전선에 내세운 얼굴……'

그것이 그가 알고 있는 모든 것이었다.

그런 다은조차도 조직에 대해 알고 있는 사실은 한심할 정도였다. 단면적인 두 가지 사실밖에 알지 못했다.

세상에는 제 명대로 살아선 안 되는 자들이 분명 존재하므로 그들을 죽여야 할 노련한 살인술을 지닌 사람을 포섭하는 일. 그리고 그런 살인술을 지닌 사람을 얼굴도 모르는 다른 조직원에게 소개하는 일…… 그게 다은이 맡은 임무이자 그녀가 알고 있는 전부였다.

형빈과 달리 다은은 그 이상의 조직 사정을 알려 하지 않았다. 조직이 정해 놓은 불문율 때문이었다.

형빈의 입장과 임무는 다은과 달랐다. 보들레르가 보내 주는 메일의 암호를 풀어 살인을 수행하면 그것으로 끝이었다. 아무튼 그뿐이었다. 두 사람은 더 이상 조직 내부의 일을 알 수 없었다.

형빈이 고개를 저었다.

'빌어먹을 놈의 운명이 되었어.'

형빈과 다은은 이 아파트 단지에서 신혼부부로 알려져 있다.

다은은 옆집과도 안면을 트지 않고 지내려 했다. 자신들의 행동은 물론이고 정체가 알려져선 대단히 곤란하기 때문이다. 다름 아닌 살인업을 하는 두 사람에겐 누구에게든 안면 몰수하고 사는 것이 가장 편한 일이다.

그런데 문제가 생겼다. 엘리베이터를 함께 사용하고 있는 옆집 아줌마의 입은 강력한 터보 엔진을 얹은 고성능 할리 데이비슨 오토바이였다.

그 아줌마는 엘리베이터 안에서 다은과 두 번째 마주쳤다는 이유만으로 아예 말을 텄으며 세 번 마주쳤다는 이유만으로 삼 년을 마주한 사람보다 더 가까이 지내려 들었다. 무슨 대화거리가 그리도 풍성한지 일단 입을 열었다 하면 십 분은 족히 숨도 안 쉬고 와다다다 주워 삼켰다. 아줌마 경력 이십 년이 주는 넉넉한 넉살에 다은은 완전히 질려 버렸다.

"새댁은 정말 곱기도 하지. 이사 온 게 아마 일 년쯤 됐지? 어쩜 하나도 안 변했을까. 애기 가질 계획은 아직 없는 거야? 남편이 증권 투자가라던데 요즘 그곳 경기는 좋은 편이야? 난 그쪽엔 발을 들여놔 본 적이 당체 없어서 도통 모르겠고…… 나 한심하지? 증권이고 주식이고 도무지 아는 게 없어. 요즘엔 그걸 몰라도 푼수 축에 든다던데. 그럼 어때. 여자가 들어앉아 살림이나 꿰차고 있음 되지 뭐. 게다가 일찌감치 아들 둘 쑴벙쑴벙 나눴으니 시댁 쪽에선 맨날 입이 함지박이지. 큰놈 재수 한 번 시키지 않고 대학 쑥 들어갔으니 그게 얼마나 다행이야. 다 낡아빠진 이런 아줌마가 주식 같은 것 모른다고 누가 욕하겠어?"

다은은 옆집 할리 데이비슨 아줌마가 형빈의 직업을 물었을 때 그냥 주식을 조금 사둔 걸 요리조리 굴리는 중이라고 얼버무린 적이 있었다. 형빈이 빈둥거리는 모습이 그 아줌마의 눈에 자주 띄어 그렇게 둘러댔던 것인데 그 아줌마는 용케도 그걸 잊지 않고 머릿속에 담아 두고 있었다.

다은은 의식적으로 할리 데이비슨 아줌마를 피했지만 그래도 며칠에 한 번씩은 마주칠 수밖에 없었다. 주로 엘리베이터 안에서였다.

"저도 그쪽 일은 잘 모르겠어요. 남편이 알아서 하는 일인 걸요 뭐."

그렇게 말하곤 등을 돌려댔지만 워낙 기름칠 잘된 바퀴와 같은 입을 지닌 아줌마이고 만만찮은 뻥 실력을 지니고 있어 벌써부터 대단한 증권 투자가가 우리 아파트 단지에 살고 있다는 소문이 파다하게 돌아 버렸다.

　부자 동네에서는 조금만 뻥튀기면 금방 억대 큰손을 만들어내나 보다. 원치 않게도 형빈은 그 단지에서 알아주는 졸부가 되어 있었다.

　할리 데이비슨 아줌마는 아파트 부녀회 총무인지 뭔지 하는 것도 맡고 있었는데 다은을 만나기만 하면 부녀회에 가입하라고 으름장을 놓곤 했다.

　"독불장군이라는 건 없어 새댁. 동네일이라는 건 도와가며 해야 하는 거구. 아…… 우리 엘리베이터 줄에서 새댁만 부녀회에 가입하지 않은 거 알아? 오늘 저녁에는 입회원서 들고 쳐들어 갈 테니 볼펜 준비해 둬. 그리고 또 거 뭐냐. 15층 아저씨가 한독증권에 다니고 7층 아저씨가 다원증권에 다녀. 둘다 부장이라나 뭐라나. 서로 만나고 사귀고 하다 보면 좋은 일도 생기고 하는 거 아니겠어? 그쪽에서도 신랑되는 사람 한 번 만나 보고 싶어 하던데 뭐. 좋은 일이 있다면 서로 상의하며 살아가는 게 좋지 않겠어? 이웃사촌이라는 말도 있고 이왕이면 한동네 사람끼리 돕고 사는 게 좋은 거 아냐?"

　현기증이 났다. 무지막지한 강적을 만난 거다. 오죽하면 아파트를 옮길 생각까지 다 했을까.

　요즘의 다은은 데이비슨 아줌마를 만날 때마다 깡통 계좌를 잘못 차 진짜 깡통 찬 거지가 되었다며 휑 뜰지도 모른다며 아예 못을 박아 두기까지 했다.

　다은이나 형빈 같은 사람은 다른 사람들 입에 회자되어선 좋을 건 하나도 없는 사람들이어서 있어도 없는 사람인 듯 없어도 있는 사람인 듯 그렇게 살고 싶어 고르고 골라 이곳을 택해 이사를 한 것인데 아뿔사. 옆집 아줌마의 입이 핵폭탄일 줄이야.

'차라리 조용한 오피스텔이 좋겠어.'

그런 생각으로 낮에 슬쩍 부동산에 다녀온 다은이었다.

형빈은 거실에서 비디오를 틀어놓고 이리저리 굴러다니고 있었다. 바닥에는 아직 틀지 않은 테이프가 다섯 개나 쌓여 있었다. 밤샐 사람 같았다.

비디오 광은 아니었다. 밤새 그렇게 많은 테이프를 다 보는 일은 거의 없다. 한두 개를 보다가 다은을 번쩍 안아들고 침대로 향하곤 하는 형빈이었다. 테이프는 혹시 심심할지도 몰라 일단 쌓아 놓은 것들이다.

섹스는 두 사람 중 누구든 집을 비우지 않는 이상 하루도 거르지 않는 행사였다. 어떤 때는 밤낮이 따로 없이 지독하게 서로를 탐했다.

그러다 잠이 들고 눈을 떠 보면 형빈이 옆에 있었고 다은이 옆에 있었다. 그리곤 또다시 실타래처럼 엉켰다. 두 사람이 별도의 취미를 가지고 있지 않은 점은 서로의 공통점이었다. 섹스가 공통의 취미라면 취미였다.

테이프가 돌아가고 있었지만 건성이었다. 오늘따라 형빈의 머릿속으로 비디오 내용이 하나도 들어오지 않았다. 공연한 잡념들만 우르르 떼지어 몰려다녔다. 이 생각 저 생각 별별 생각들이 다 떠올랐다.

문득, 첫 살인할 때의 일이 떠올랐다.

다은을 만나 첫 날에 퍼졌던 형빈은 이틀 뒤에 장미라는 여자를 잠실에 있는 롯데 호텔 한 룸에서 만났다. 다은의 연결이었으리라.

장미는 그때 '반드시 죽여야 할 자'의 사진 열 장을 주며 말했다.

"인상착의를 확실하게 기억해 두세요."

삐쩍 마른 늙은이 하나가 이 모습 저 모습으로 찍혀 있는 사진들이었다. 일본인이었다. 장미가 사진을 노려보는 형빈의 귓가에 속삭였다.

"살인지령은 보들레르라는 사람에게서 메일로 전달될 거예요. 내 임무는 여기까지예요."

그날 형빈은 룸에서 암호를 푸는 방법을 교육받았다.

며칠이 지났을 때 형빈 앞으로 메일이 도착했다. 메일의 내용은 시 한 편뿐이었고 보낸 사람은 보들레르였다. 시도 당연히 보들레르의 시였다.

며칠 후 형빈은 일본으로 직행했다. 거기서 삼 일 잠복 끝에 살인조직에서 원하는 오다 다까끼〔大田高木〕라는 노인을 찾아내어 골로 보냈다.

골프장 콘도에서였는데 그때는 오다 다까기의 골프채로 뒷머리를 날려 버렸다. 첫 살인은 그렇게 처리했다.

육 개월 후, 형빈은 보들레르가 보낸 메일을 받은 후 장미라는 여자를 다시 만났다. 그때 두 번째 살인 명령이 떨어졌다.

장미는 '반드시 죽어야 할 자'의 사진 몇 장을 형빈의 손에 넘겨 주었다. 다음날, 형빈은 다시 일본으로 날아갔다.

오카모도 이에미쓰〔岡本家光〕라는 일본 노인은 마침 그의 아파트에 처박혀 있었다. 오카모도 이에미쓰는 밤새도록 마작을 즐겼으므로 형빈이 문을 따고 들어갔을 땐 코를 드륵드륵, 광산에서 사용하는 진공 압축기처럼 긁아대며 세상일을 까맣게 잊고 있었다.

형빈은 부엌에 걸려 있는 부엌칼을 잡았다. 오 분 만에 오카모도 이에미쓰는 잘 다져진 고깃덩어리가 되었다. 그로써 오카모도 이에미쓰는 세상의 모든 일을 완전히 잊게 되었다. 육 개월 전의 일이었다.

그리고 얼마 전, 형빈은 사이판에서 세 번째 살인을 감행했다. 역시 보들레르의 메일을 받은 후에 장미에게서 사진을 건네 받고 행한 살인이었다.

이시하라 구로야마는 총알 한 방에 머리 없는 귀신이 되어 현지처 폴리네시안 세레나와 함께 구천으로 훨훨 날아갔다.

주량이 늘었다.

살인 후에는 며칠간이나 폭주가 이어졌는데 그것이 주량이 늘어난 직접적인 원인이 되었다. 원인은 또 있었다. 다은과의 섹스 전에는 언제나 위스키를 마셨다. 섹스는 일일행사였으므로 술 마시는 일 또한 일일행사가 되었다. 폭주에 이은 매일의 술…… 주량이 늘 수밖에 없다.

이 무렵의 형빈은 다은의 육체적인 매력에 완전히 매료되어 있었다. 그녀는 최고였다. 섹스의 기교 또한 그녀의 또 다른 생명력으로 존재했다. 그녀의 성적 욕구 주기도 형빈과 딱 떨어졌다. 사실은 시도 때도 없지만.

두 사람은 눈만 맞으면 서로를 탐하고 즐겼다.

다은은 두뇌 회전이 놀랄 만큼 빠르고 어떤 일에든 얄미울 정도로 빠른 센스를 동반하는 여자였다. 눈빛은 물론이고 어떤 동작을 취하기만 해도 형빈의 심리 상태까지 알아차렸다. 심지어 형빈의 한숨 소리만 들어도 머릿속에 들어 있는 생각까지 파악해냈다.

형빈은 다은을 진심으로 사랑하고 있었지만 그런 고백을 한다면 다은은 배를 잡고 한 시간쯤 쉬지 않고 깔깔댈 것이다.

그녀는 구속을 싫어하는 여자다. 그것은 임무를 망각하지 않겠다는 의지이기도 했지만 그녀의 천성이 그랬다.

어쩌면 솔직하게 까놓고 털어놓지 못하는 안타까움이 형빈을 진짜 술고래로 만들어 버렸는지도 모른다. 형빈은 그런 생각을 할 때마다 지독하게 퍼마셨으며 처절하게 섹스를 탐했다.

살인이 주는 자괴감과 거기에서 비롯된 구토와 허탈감은 별개의 문제였다. 어차피 살인자의 가슴엔 아무리 채워도 채워지지 않는 공허함과 허탈감만 가득 남게 마련이다.

문제는 다은을 향한 진정한 애정의 발로였는데 그것은 처음부터 쇠로 만든 벽돌로 쌓아 놓은 것처럼 철저하게 차단되어 있었다.

형빈은 어린 시절부터 애정결핍이라는 병을 간직하고 자란 사람이었다. 진정한 사랑을 베풀고 받을 수만 있다면 그의 정신은 지금보다 백배는 더 풍요로워졌을 것이다. 그는 정말로 고아한 사랑에 목말라했으며 진정어린 사랑으로 똘똘 뭉친 섹스를 하고 싶었다.

왜 나에겐 가슴 저린 애틋한 사랑이 불가능한 일일까? 살인이 직업이기에 그런 것일까? 살인자에게 진정한 사랑은 허용되지 않는 것일까?

다은에 대한 사랑은 언제나 허허롭고 공허했다. 가슴은 사랑으로 잔뜩 부풀어 있었지만 그 부피를 채워 줄 알맹이는 눈에 보이지도, 손에 잡히지도 않는 단지 허무한 안개구름이었다. 하지만 다은은 형빈의 그런 생각에 단 일 밀리미터 앞까지도 동참하지 않았다.

어둠이 깊이 내리자 핑크빛 전율이 어김없이 형빈의 가슴속으로 스며들었다.

형빈은 왕왕거리는 비디오를 무시해 버렸다. 12라는 숫자를 떠난 시계의 작은 바늘이 다시 제자리를 찾아오듯 해갈되지 않는 목마름이 또다시 그를 찾아온 것이다.

다은은 거실 소파에 푹신하게 기대어 위스키를 즐기고 있었다. 그녀는 형빈과 달리 술을 마시며 텔레비전을 건성으로 켜 놓고 흘려 듣는 중이었다.

병에서 잔으로 술을 따르는 그녀의 손이 오늘따라 유난히 아름다워 보였다. 짙은 커피색으로 덧칠된 손톱에는 하얀 물방울 무늬 몇 개로 치장되어 있었고, 술잔을 빨아들이는 그녀의 입술은 무채색 같았지만 여인 특유의 붉고 요염한 기운이 그곳에 스며 있었다. 그리고 사슴처럼 긴 목 아래 티셔츠 안에는 형빈이 그토록 좋아하는 풍성한 유방이 감춰져 있다.

형빈이 그녀 앞에 앉았을 때 그녀는 아무 말 없이 잔을 내밀었다.

넘실거리며 잔이 채워졌다. 들이키고 또 잔이 채워지고 또 들이키고……. 그렇게 두 사람은 몇 잔을 비웠다.

다은은 촉촉하게 젖은 눈으로 형빈을 바라보았다. 단지 그것뿐이었는데 형빈은 강렬한 성욕을 느꼈다.

다은에게 있어 형빈은 나름대로의 매력을 지닌 사람이었다. 때문에 첫만남부터 섹스를 허용하긴 했지만. 형빈의 가장 큰 매력은 당연히 침대 위에서였다. 침대에서의 형빈은 무조건 격렬하지 않았다. 강했지만 단순하지 않았다. 넘치도록 여유가 있었다.

늘 연구하는 형빈이었다. 수십 가지나 되는 체위를 이용하여 늘 다은의 오르가즘을 시험했다. 그럴 때마다 다은은 꿈 같은 시간 속에서 헤맸다. 다은은 자신들의 섹스가 참으로 건강한 섹스라고 생각하며 혼자 웃곤 했다.

형빈이 잔을 내려놓고 소파에서 일어섰다. 훌쩍 테이블을 건너 다은 앞으로 다가왔다. 그의 손이 그녀의 가슴 위에 놓여졌다. 다은의 티셔츠가 아래로 흘러내렸다.

괜히 티셔츠를 입었어. 번거롭게…….

티셔츠는 부동산에 다녀올 때 걸쳤던 것이었다. 그것이 목 위로 올라가고 머리를 벗어났다.

형빈의 손이 가슴을 공략했다. 다은은 자신의 손으로 브래지어를 풀어냈다. 큼직한 유방이 드러나자 주위가 환해지는 것 같았다. 형빈의 두 손이 그녀의 유방 두 개를 한꺼번에 움켜쥐었다. 유방의 아름답고 둥근 선이 제멋대로 일그러졌다.

두 사람의 입술이 겹쳐졌다. 그건 잠시뿐이었다. 그의 입술이 아래로 향하더니 유두 하나를 삼켰다. 유두가 그의 입 안에서 떼굴떼굴 굴러다녔다.

다은이 그의 머리에 손을 얹었다. 무엇인가 잡지 않으면 허전해서 잡았다.

형빈의 방에서는 비디오가 오프되면서 비디오테이프가 자동으로 감기는 소리가 났다. 거실 텔레비전에서는 마감 뉴스가 진행되고 있었다. 앵커는 혼자 왕왕거리며 그들과 아무 상관없는 세상일들을 조목조목 나열하고 있었다.

다은이 형빈의 옷을 차례차례 벗겼다.

유방을 그의 입에 빼앗기고 있었기 때문에 약간 불편한 손동작이었지만 그것이 그들 목적에 방해가 될 수 없었다.

소파 아래로 형빈의 옷가지들이 하나씩 흩어져 뒹굴었다. 형빈의 손도 쉬지 않았다. 다은도 곧 알몸이 되었다.

길고 푹신한 소파 위였다. 그들의 손과 입술이 서로의 포인트를 향해 집중적으로 공격하기 시작했다. 민감한 육체들이 파르르, 파르르 떨었다. 서로를 바라보며 가쁜 숨들을 몰아쉬었다.

쓸데없이 침묵 지키기를 좋아하는 형빈이 모처럼 농담을 했다.

"남자는 앞으로 하고 여자는 뒤로하는 게 뭔지 알아?"

뜻밖의 말이었다. 다은은 몰라 하고 고갤 젓긴 싫었다.

"개 씹."

형빈이 고개를 저었다. 그가 정말 오랜만에 웃으며 말했다.

"닭쌈이야."

깔깔.

형빈이 그녀를 엎드리게 했다. 소파의 한 귀퉁이를 잡게 했다. 형빈이 뒤로 다가왔다.

"닭쌈하려구?"

"아니. 개 씹하려구."

우악스럽게 형빈이 뒤에서 달려들었다.

오늘따라 형빈은 격렬했다. 살인 후 며칠간은 늘 그랬긴 했지만 오늘은 시작부터 유난히 강력했다.

금방 다은의 속이 채워졌다. 그녀는 빈틈없이 꽉 채워진 포만감에 몸을 떨었다. 빠르고 둔한 공격에 커다란 신음을 흘렸다.

그녀의 내부는 시간이 지날수록 더 가득하게 채워졌다. 그런 시간들이 지속되었다. 다은은 위스키 몇 잔이 형빈의 성기를 마비시켰다고 생각했다. 정말 그런 것 같았다. 형빈을 몇 번이나 반복해서 도달하게 만들었다.

뉴스는 어느새 스포츠 뉴스로 바뀌어 있었다. 그래도 형빈의 반복은 멈추지 않았다.

스포츠 뉴스도 끝나고 예쁘장하게 생긴 여자 기상 캐스터가 나와 내일의 날씨도 흐릴 것이며 오늘처럼 곳에 따라 소나기 내리는 곳이 많을 거라고 했다.

그때, 강렬한 소나기가 다은 안에 퍼부어졌다. 그 소나기는 뜨거웠다. 너무 뜨거웠기 때문에 그녀는 몸을 떨어야했다. 그녀 안에서 형빈이 축소되기 시작했다. 가득 채워졌던 거대한 것은 거짓말처럼 빠르게 어디론가 사라져 버렸다.

여운은 충분했다. 형빈은 최대의 예의를 지켰다. 나른함을 느끼면서도 서두르지 않았다. 길다고 느껴질 정도로 오래도록 머물렀다.

이브처럼 휴지 한 조각으로 앞을 가리며 다은은 욕실로 향했다. 그녀가 형빈에게 말했다.

"술 더할 거야?"

주섬주섬 허리를 꼬부리고 팬티와 바지를 챙기던 형빈이 고개를 끄덕거렸다.

"폭탄하자."

오늘은 취하려고 작정했나 보다.

"위스키는 그게 끝이야. 맥주는 냉장고에 있지만."

테이블 위의 위스키 병은 빈 병에 가까웠다. 따르면 간신히 두 잔은 채워질 듯했다. 맘먹고 마시자면 당연히 감질만 날 거였다. 형빈이 위스키 병을 바텐더처럼 흔들어대더니 테이블 위에 다시 올려놓았다.

"사 올게."

욕실 안에서 다은이 고개를 끄덕였다.

"응, 사 와."

형빈이 현관을 나서려 할 때 다은이 얼른 욕실 안에서 밖으로 고개를 내밀었다. 다은이 형빈을 불러 세웠다.

"아냐, 기다려. 내가 사 올게."

"왜?"

"딸기잼도 사야 될 거 같아. 아침에 토스트에 바를 거 말이야. 식용유도 사야 하고 샴푸와 린스도 사 와야 돼."

그런 것들을 남자가 사들고 다닌다고 해서 이상할 건 없지만 이런 밤중에 남자가 사들고 다니기에는 아무래도 청승맞을 거라는 생각이 들어 다은이 그렇게 말했다.

형빈이 알았다며 고개를 끄덕였다. 그는 그런 것들을 사들고 다니는 것을 별로 좋아하지 않았다. 형빈이 소파로 돌아와 주저앉았다.

다은은 샤워기를 틀었다. 꼭지를 틀자마자 따끈한 열기와 시원함이 뒤섞인 물줄기가 마구 공격을 감행해 왔다.

길게 뻗치는 물줄기는 가느다란 수십 개의 회초리 같았다. 그것이 약간 부어오른 그녀의 빨간 맨살을 마구 두들겨팼다. 언제나 느끼는 것이지만 묘한 감흥이 깊은 곳에서 일었다.

'이마트에 다녀와야겠어.'

깊은 곳에서 번져오는 적당한 나른함을 즐기며 다은은 그런 생각을 했다.

차 키를 가지고 나와 엘리베이터를 탔다.

이마트는 이 킬로미터나 떨어진 곳에 위치해 있었다. 운전을 해서 다녀와야 한다.

엘리베이터의 사면은 거울로 되어 있다. 거울 속에 다은이 들어 있다. 거울에 비친 다은의 얼굴은 잘 익은 홍시처럼 붉었다. 그때서야 다은은 적지 않은 양의 술을 마셨다는 것을 깨달았다.

운전을 포기해야 했다. 차 키는 무용지물이었다.

'택시를 타야겠어……'

엘리베이터를 나서자 칙칙한 기운이 우르르 몰려들었다.

조금 전까지 굵은 빗줄기가 쏟아졌었다. 다행히 지금은 뜸한 상태였지만 습습한 습기는 뿌연 안개가 되어 그녀에게 우글우글 몰려들었다. 발밑에서 찰랑거리는 비의 잔해들이 그녀의 발걸음을 더디게 했다.

저 앞에 보이는 슈퍼는 아직 불이 켜져 있었지만 그녀가 원하는 위스키는 이마트에 가야만 살 수 있다. 택시를 타기만 하면 이 킬로미

터는 금방이었다. 정문까지 걸어가야 하는 번거로움이 있었지만 폭
탄주가 주는 멍청한 즐거움에 비하면 그까짓 것은 일도 아니라는 생
각을 했다.

　그녀는 아직까지도 부끄러운 부분에서 번지고 있는 뻐근함을 의식
하며 아파트 정문을 향해 걸어갔다.

　마주 불어 오는 바람은 추위를 느낄 정도였다. 폭우에도 지지 않고
어디에서인가 피어 있을 라일락 꽃향기가 바람을 타고 날아와 다은
의 코끝에 머물렀다.

　멀리, 아파트 정문 앞에 서 있는 택시가 보였다.

13. 섹스와 죽음의 함수관계

형빈은 위스키 병을 짰다.

한 잔이 간신히 채워지자 이번에는 진정한 애주가처럼 향과 맛을 음미하며 천천히 입 안을 축였다.

쇼핑할 때 다은의 손은 유난히 크다. 그녀는 간신히 들고 올 정도로 많은 양의 위스키를 사 올 것이 분명했다. 물론 오늘밤에 모조리 작살낼 건 아니다. 다른 건 몰라도 술 떨어지는 꼴을 못 보는 여자가 다은이었다. 위스키는 보물단지처럼 이 집 안에서 가장 소중한 곳에 보관될 것이다.

요즘은 아무리 많은 위스키를 사 와 보관한다고 해도 일주일이나 열흘 만에 모조리 빈 병이 되었다. 일단 마시기 시작하면 두 사람은 아예 붓듯이 퍼마셨다. 마치 술 마시기 시합이라도 하는 것처럼.

'조금은 자제할 필요가 있겠어.'

자기 반성을 했다. 그럴 만했다. 최근 들어 두 사람은 과도한 음주와 무리한 섹스로 일관했다. 그래서 일 것이다. 조금만 과음을 하면 금방 취기가 올랐고 정신이 흐려졌다. 폭음을 하고 나면 이리저리 끊어진 낡은 필름처럼 어제의 일 중에 어떤 부분들을 까맣게 잊어버리곤 했다.

전에 없던 현상이었다. 몸무게도 삼 킬로그램이나 줄었다. 섹스 직후엔 약간씩 다리가 후들거렸다. 숨도 찼다. 잠이 들면 죽은 듯이 늘어졌다. 그런 현상들은 지나친 폭음과 곧바로 이어지는 격렬한 섹스에서 비롯되는 현상들이다.

형빈은 잔을 비우고 담배를 물었다. 라이터를 잡고 불을 붙이려 할 때였다. 아파트 문이 조용하게 열렸다. 검은 그림자가 현관 안으로 스며들었다. 매우 조심스러운 걸음걸이였다.

'다은……?'

형빈은 고개를 흔들었다. 위스키를 사러 간 그녀가 벌써 올 리 없다. 그녀라면 모든 주의를 기울여 이토록 조용하게 문을 열고 들어올 이유가 없다.

형빈도 몇 번인가 그녀와 함께 이마트에 간 적이 있었다. 쇼핑을 마치고 왕복을 하려면 최소의 시간만 계산해도 30분은 족히 걸린다. 다은이 나간 지 불과 오 분도 안 됐다.

불길한 예감은 번개가 되어 시리도록 아프게 대뇌에 박혔다. 모든 신경이 한꺼번에 자극되어 경련했다. 그것이 마지막 실핏줄에 이르기까지 예민하게 전달되었다. 온몸으로 싸늘하게 파고드는 전율. 부르르 몸이 떨렸다.

하필 현관을 등지고 앉아 있는 형빈이었다.

'어떤 자들일까?'

궁금하기 짝이 없었지만 고개를 틀어 뒤를 바라볼 필요가 없었다. 그건 시간낭비였다.

고수는 언제나 예감을 중시한다. 형빈이 지금 느끼고 있는 예감은 태어난 이후 느껴 본 모든 예감 중에 가장 불길한 것이다. 이런 엿 같은 예감이라면 신상에 좋은 일 따위는 눈곱만큼도 없다.

아파트 안으로 스며든 그림자들이 형빈의 등 뒤로 점점 더 가깝게 다가왔다.

'무기가 될 만한 걸 확보해 놓아야 돼.'

가장 확실한 무기가 될 수 있는 건 테이블 위에 놓인 빈 위스키 병이다.

'두 놈이라면 이것으로 충분하겠지만……'

빈 병으로 한 놈의 머리를 깨버리면 되고 깨어진 병 꼭지로는 또 한 놈의 가슴에 박아 넣으면 된다.

형빈은 침입자가 두 명 이상이 되지 않기를 한 번도 믿어 본 적이 없는 하나님께 간절한 마음으로 기도했다. 그러나 하나님은 형빈의 간절한 기도를 외면하기로 작정한 듯했다.

참으로 빌어먹을 놈의 노릇이었다. 침입자는 셋이었다. 그들이 발자국 소리를 죽이며 거실을 향해 조심스러운 걸음걸이로 다가왔다.

형빈은 누구냐고 묻지 않았다. 그 일 또한 불필요한 일이고 바보 같은 짓이다. 저승사자는 이름이 없다. 명찰을 달고 다니지도 않는다. 묻는다면 놈들의 차가운 비웃음만 되돌아올 뿐이다.

침입자는 혹독한 훈련을 받은 자들이었다. 거실의 요처를 장악하기 위해 움직이고 있었지만 발자국 소리가 나지 않았다. 그들의 걸음은 독사가 기어 다니는 것처럼 소리가 나지 않았다.

그들은 지문을 남기고 싶은 생각이 조금도 없는 것 같았다. 모두 검은 장갑을 끼고 있었다.

세 놈이 소파에 앉아 있는 형빈을 중앙에 두고 품(品)자 형태로 에워쌌다. 놀라울 정도로 빠르고 민첩한 행동이었다. 정통한 살인술을 습득한 자들만이 할 수 있는 그런 행동이었다.

놈들은 수십 번이나 이런 형태를 이루는 예행연습을 했을 것이다. 때문에 지금의 포진(布陣)은 누군가를 반드시 죽이기 위해 연습해 두었던 처절한 몸부림의 결과일 것이다.

형빈은 그들을 보지 않았지만 헐렁한 바지를 입고 있다는 것을 알고 있었다. 그들은 선수들이다. 헐렁한 바지는 원활한 동작을 필요로 하는 자들에겐 필수적이다. 움직임에 저촉을 받아선 안 되기 때문이다. 선수들은 아주 중요한 임무를 수행할 땐 반드시 그런 바지를 입는다. 무자비한 살인을 감행하기로 마음먹었을 때.

놈들은 팔뚝에 칼을 차고 있었다. 검은색 계통의 긴 티셔츠를 입고 있었지만 팔뚝 부분이 볼록하게 튀어 나와 있는 점으로 미루어 그 사실은 의심의 여지가 없다.

형빈은 눈을 감았다.

선수들은 죽여야 할 상대가 눈을 감고 있으면 이상하게도 즉시 공격을 감행하지 않는다. 자존심이랄까. 아무튼 그런 것이 선수들의 고집이다.

형빈이 눈을 감은 건 모든 걸 그들의 처분에 맡긴다는 뜻이 아니었다. 눈은 감았지만 테이블 어느 위치에 빈 위스키 병이 있는지, 상대가 어느 위치를 확보하고 있는지, 눈을 뜨고 있는 것보다도 더 정확하게 파악해 두고 있었다.

형빈이 눈을 떴다. 지금이 그가 행동할 시기였다.

번개 같은 손놀림으로 테이블 위에 놓여 있는 빈 위스키 병을 잡았다. 즉시 소파에서 뒤를 향해 튀어 올랐다. 형빈의 몸이 빙그르르 회전하며 믿을 수 없을 정도로 빠르게 테이블을 뛰어넘었다. 형빈은 어느새 뒤에 있는 놈과 마주하고 있었다.

일단 선제공격으로 일단 하나를 보내고 보자는 그 계산은 적중되었다.

퍽!

그 한방에 상대 선수 하나의 머리가 빈 위스키 병과 함께 깨어져 날아갔다. 검붉은 피가 분수처럼 튀었다. 상대의 안구 하나가 튀어나와 거실 바닥으로 떼그르르 굴러갔다. 그만큼 형빈의 일격은 대단한 위력이 깃들어 있었다.

비릿한 피비린내가 거실 안을 진동했다.

위스키 병에 머리가 박살난 놈은 비명을 지르지 않았다. 상대는 죽음에 이르는 고통까지도 참아야 하는 극한의 훈련을 받은 자들임이 분명했다.

놈이 비틀거리며 세 걸음을 물러서더니 벽을 잡으며 무너지듯 엎어졌다. 벽에 길게 핏자국이 그어졌다.

형빈은 착지와 동시에 베란다 쪽에 놓여 있는 커다란 옷걸이를 잡으려 했다.

형빈으로서는 불행하게도 한 놈의 머리를 날려 버릴 때 사용했던 위스키 병의 입구 부분까지 깨져 날아가 버렸다. 손에 남은 조각만으로 상대의 가슴을 찌른다 해도 절명시킬 순 없다. 상대에게 치명상을 입히지 못하면 즉시 반격을 받는다. 때문에 형빈은 벽면 귀퉁이에 세워져 있는 옷걸이를 무기 대용으로 사용할 생각을 한 것이다.

나머지 두 놈의 행동이 형빈보다 더 빨랐다.

머리를 노랗게 물들인 놈 하나가 재빨리 옷걸이를 발로 차 버렸다. 놈은 형빈이 옷걸이를 잡을 것이라고 예상하고 있었던 것이다.

또 한 놈은 팔뚝에 감춰 두었던 나이프를 뽑았다. 뒤이어 옷걸이를 차 버린 노랑머리 놈도 나이프를 뽑았다.

나이프는 형광등 불빛을 받으며 시퍼런 죽음의 광채를 뿌렸다. 나이프는 끝이 예리하게 갈려져 있었다.

두 자루의 나이프가 형빈의 가슴을 향해 날아왔다.

휙…… 휙…….

공기를 예리하게 조각내는 소리가 형빈의 고막으로 파고들었다. 그것은 죽음을 부르는 소리였다.

형빈은 한 놈의 손목을 주먹으로 쳐내고 또 한 놈의 손목을 발로 차 나이프를 떨어트리려 했다. 그러나 형빈 혼자만의 생각이었다. 애석하게도 형빈은 텅텅 빈 위장 속에 위스키를 다섯 잔이나 쏟아 부운 직후였다. 뇌에서 전달된 반사 신경이 손과 발까지 전달되기에는 너무나도 긴 시간이 걸렸다.

과도한 섹스를 나눈 직후이기도 했다. 여느 때처럼 날렵하고 위력적인 동작이 이어질 리 없었다. 사실을 말하자면 처음부터 주먹이 떨리고 있었으며 발이 후들거리고 있었다. 싸움 이전에 중심이 풀려 있었다는 증거였다.

형빈은 먼저 달려드는 놈을 향해 주먹을 뻗었지만 텅 빈 허공만 갈랐다. 이어진 발길질도 헛발질이었다. 놈들의 실력도 만만치 않아 벌써 재빠르게 형빈의 타격 범위 밖으로 물러나 있는 것이다.

'시발, 이래선 안 되는데……!'

상황은 형빈에게 최악으로 존재했다. 입에서 끄응 하는 헛김 빠지는 소리가 안쓰럽게 흘러나왔다.

놈들이 그런 기회를 놓칠 리 만무했다. 예리한 나이프 하나가 형빈의 가슴과 옆구리로 날아왔다. 형빈이 재빠르게 왼쪽으로 돌았다. 놈의 첫 칼질은 그로써 무산되었다.

형빈의 왼쪽에도 칼잡이 한 놈이 버티고 서 있었다. 놈이 형빈의 가슴을 향해 나이프를 뻗었다. 형빈이 또다시 몸을 틀려고 했지만 이번에는 상대가 더 빨랐다.

퍽…….

놈의 나이프가 형빈의 살갗을 찢으며 뼈를 갈랐다. 뼈 부서지는 소리가 형빈의 갈비뼈에서 터졌다.

나이프가 박힌 곳에서 뜨거운 피가 고장난 수도꼭지처럼 콸콸거리며 쏟아져 나왔다. 피와 함께 형빈의 체력도 조금씩 흘러나왔다.

형빈은 맥이 탁 풀렸다.

"……."

형빈도 비명을 지르지 않았다. 비명을 지르는 것은 의지력에서 지는 것이라는 생각이 들어서였다.

첫 칼질에 의해 갈비뼈 몇 개가 베어졌지만 이상하게 아프다는 생각이 들지 않았다. 그 부분이 약간 멍할 뿐이었다.

놈들의 두 번째 공격이 감행되었다. 날카롭게 갈려진 칼날이 형빈의 왼쪽에서 새파란 광채를 뿌렸다.

또다시 형빈의 가슴속을 헤집고 들어오는 나이프의 예리한 칼날. 형빈은 뜨겁게 달구어진 날카로운 쇠꼬챙이가 파고 들어오고 있음을 느꼈다. 이번에도 아프다는 생각이 들지 않았다. 날카로운 날을 받았지만 뜨겁고 둔한 것으로 쑤심을 당했다는 단순한 느낌만 들었다.

으득으득하는 소리가 났다. 왼쪽 늑골에서였다. 놈의 나이프는 형빈의 반대쪽 갈비뼈를 쪼개고 심장의 일부를 갈라 놓았다.

그때 형빈이 갑자기 웃었다. 크게 웃진 않았다. 하얀 이를 몇 개 드러내며 소리 없이 웃었다. 그런 모습은 '수고 했어, 친구들' 하는 격려의 모습으로 보였다.

그렇지만 이런 상황에서 웃었기 때문에 오싹한 전율이 흘렀다. 두 놈이 그런 괴이한 기운에 주춤거릴 때, 형빈이 괴력을 발휘했다. 손을 펴 쭉 뻗었다. 한 놈의 목을 움켜잡았다. 형빈의 뜻대로 되었다. 한 놈의 목이 형빈의 손아귀 안에 들어왔다.

형빈은 손아귀의 힘으로 놈의 목을 끊어 놓을 생각이었다.

목을 잡힌 놈 또한 선수였다. 캑캑거리지 않았다. 목을 잡힌 채 형빈을 따라 웃었다. 놈의 큼직한 뻐드렁니 몇 개가 형빈의 눈동자 속으로 들어왔다.

놈은 서두르지 않았다. 천천히 나이프를 들어 올려 노련하게 형빈의 손목을 그었다. 형빈의 손목이 부엌칼에 의해 베어지는 무처럼 분리되었다. 정맥이 잘려지자 또 피가 터졌다.

놈은 빙글빙글 웃으며 목에 붙어 있는 형빈의 잘려진 손목을 떼어
냈다.

형빈은 뒷걸음질쳤다. 턱 소리가 나며 등이 벽에 닿았다. 더 물러
날 공간은 없다. 가슴과 허리, 베어진 손목에서는 계속해서 핏물이
흘러나왔다.

상대는 매우 침착한 행동을 보였다. 하지만 공격은 무자비했다. 천
천히……. 무차별적으로 형빈을 찔러댔다. 찔리면서 형빈은 그들의
눈에 맺혀 있는 진한 살기를 보았다. 놈들의 나이프는 굶주린 사자의
이빨 같았다.

형빈의 가슴, 옆구리, 목 그리고 얼굴까지 갈기갈기 찢겨졌다. 형
빈의 몸뚱이들이 커다란 분쇄기에 들어갔다 나온 것처럼 무참하게
토막났다.

형빈은 눈을 감았다. 이번에는 일부로 감은 게 아니었다. 저절로
감겨 감은 것이다. 그리고 그의 힘없는 몸뚱이가 맥없이 거실 바닥으
로 쓰러졌다.

쿵.

둔한 탁음이 바닥에서 울렸다.

형빈이 쓰러지자 한 놈이 재빨리 소형 카메라를 꺼냈다. 일회용 라
이터 정도의 크기로 매우 작은 카메라였다.

찰칵 찰칵하는 소리가 나며 소형 카메라에서 불빛이 터졌다. 열 번
이상이나 터졌다. 형빈의 형편없이 짓이겨진 몸 전체가 소형 카메라
안으로 빨려 들어갔다.

그 사이에 또 한 놈은 형빈의 방을 뒤졌다. 장롱을 열고 우당탕거리며 서랍을 빼냈다. 서랍 속에 든 잡다한 물건들을 쏟아내며 살폈다.

서랍 안에는 놈들이 찾는 물건이 없는 듯했다. 놈은 이어 장롱 위에 얹혀 있는 몇 개의 가방을 내려 내용물을 쏟았다. 그 안에 든 물건들을 하나하나 세세하게 살펴보았다. 이 잡 듯 일일이 살폈다.

놈은 찾으려 했던 것을 찾아내지 못한 듯했다. 거실로 나와 서랍식으로 되어 있는 것이라면 뭐든 빼내어 뒤집어 엎었다. 심지어 싱크대의 서랍까지 빼내어 엎어 버렸다.

그래도 놈은 찾으려 했던 어떤 것을 찾지 못한 듯했다. 벽에 걸려 있는 형빈의 바지 주머니와 양복상의 주머니는 물론이고 잠바의 주머니까지도 샅샅이 뒤졌다.

그러나 더 이상의 일은 형빈으로선 알 수 없었다. 그의 의식은 거기까지였다.

악몽을 꾸고 있다는 생각이 들었다. 정말 꿈처럼 그의 생각은 이어졌다가 끊어졌고 다시 이어졌다가 끊어졌다.

이상할 정도로 난자당한 몸은 하나도 아프지 않았다. 자신이 흘린 피가 거실을 흥건하게 적시고 있는데도 고통이 수반되지 않았다.

형빈은 자신이 흘린 피에 자신의 몸이 잠겨 있는 것을 물끄러미 바라보았다.

몸 속에 들어 있는 피는 놀랄 정도로 양이 많았다. 아직도 군데군데 난 상처에서 진득하게, 검붉은 빛을 띠고 꾸역꾸역 흘러나왔다.

'꿈이 아냐······.'

그런 것 같았다.

'죽은 걸까?'

그것도 아닌 것 같았다. 그랬다. 그의 의식은 희미하게 남아 있었다. 그렇지만 남아 있는 의식은 오랫동안 그의 몸에 붙어 있지 않을 것이었다.

일부로 눈을 부릅뜨려 노력해 보았다. 사물들이 희미하게 보이기 시작했다. 그때 두 놈이 방 안과 거실 안을 샅샅이 뒤지며 무엇인가를 찾고 있는 것을 보았다.

'도대체 무엇을 찾고 있는 것일까?'

놈들은 더 이상 머무르고 싶은 생각이 없는 듯했다. 시계를 차고 있지 않았지만 한 놈이 오른손 두 번째 손가락으로 왼 손목 등을 가리키며 시간이 없다는 것을 표시했다. 한 놈이 알아들었다는 듯 고개를 끄덕였다.

두 놈은 형빈에게 빈 위스키 병 공격을 받아 머리가 깨진 놈을 부축하여 현관을 통해 아파트 밖으로 사라졌다.

형빈은 자신의 눈 초점이 제대로 맞지 않고 있다는 생각을 했다. 평소에는 그렇게 밝았던 천장의 형광등이었는데 지금은 형체만 뿌옇게 보였다. 그것도 그토록 흐릿할 수가 없었다.

눈을 깜박여 보았다. 초점이 맞지 않았다.

'맞든 안 맞든…… 그게 무슨 소용이람…….'

형빈은 그들은 누구이며 왜 그들이 날 죽여야 했을까? 하는 생각을 했다. 짐작되는 일은 없었다.

시간은 계속 흘렀다.

형빈은 다은이 돌아올 때까지 살아 있을 수 있을까? 하는 생각을 해 보았다.

불가능할 것 같았다. 그의 생명은 그가 흘린 피와 함께 급속하게 흘러나가고 있었으므로 다은은 아마도 자신의 시체만 보게 될 것이라는 생각이 들었다.

문득, 떠오르는 얼굴 하나가 있었다. 그 얼굴은 며칠 전에 보았던 어느 사나이의 얼굴이었다. 바로 이 아파트로 찾아왔던 그 사나이.

그때 그 사나이는 소파에 앉아 있었다. 형빈을 보고 잠시 일어섰었고 또 금방 앉아 버렸다. 형빈은 그를 아예 무시해 버렸지만 그때 분명히 서로의 눈은 마주쳤었다.

형빈은 가물거리는 의식 속에서 그 사나이의 얼굴을 정확하게 기억해냈다. 그 사나이는 분명 다은이 불러들인 것이리라. 새로운 살인 조직원으로 만들기 위해.

거기까지 생각하자 한 가지 결론이 빠르게 도출되었다.

'그가 새로운 조직원이 되자 난 용도 폐기된 거야.'

그런 것 같았다.

'난…… 난…… 이미 세 번이나 살인을 했으므로 조직에서는 내가…… 내가…… 이제는 살인에 대해 회의를 느끼리라고 생각하고. ……조직은 날…… 날…… 제거한 거였어. 내가 살인에 회의를 느끼고 잠수해 버리면 그들의 커다란 비밀을 알고 있는 근심덩어리 하나가 잠수해 버리는 것이므로…… 조직에서는 내가 잠수하기 전에 죽여 버리는 것이다.'

그것이 아니라면 자신이 죽임을 당할 이유가 없을 거였다. 자꾸만

달아나려는 흐릿한 의식 속의 당연성 부여였지만 그 생각은 틀림없을 것 같았다. 당연성은 어느새 확신으로 다가왔다.

세 번째 살인을 감행하면서 미덥지 못한 구석을 발견해냈던 형빈이었다. 형빈의 첫 번째 살인과 두 번째 살인은 밀항선을 타고 일본으로 건너가 감행한 살인이었다. 돌아올 때 역시 밀항선을 탔었다.

몸은 일본을 다녀왔지만 흔적은 조금도 남지 않았다. 완벽이라는 말로 대변될 만한 만족할 만한 살인이었다.

세 번째 살인은 그렇지 않았다. 위조여권도 아닌 실명여권으로 사이판을 다녀왔다. 어떤 형태로든 분명한 꼬리가 남는 일인데도.

'그랬어…… . 나 채형빈은 용도 폐기된…… 거다.'

어쩌면 자신의 생각이 틀렸을지도 모른다는 생각이 들기도 했다. 자신은 지금까지 세 사람을 죽였으므로 당한 자들 중의 추종자 누군가가 자신을 향해 복수의 칼질을 했을지도 모른다는 생각…….

그때 아파트 문이 다시 열렸다. 다은이 들어섰다. 형빈은 그녀를 향해 웃음을 지어 보이려고 노력했다.

'용케도…… 아직까지 살아 있었군…….'

다은은 그 자리에 선 채 넋을 잃었다. 거실은 온통 피의 폭풍이 휩쓸고 지나간 자리였다. 피로 물든 모든 것이 뒤죽박죽이었다. 서랍이라는 서랍은 모조리 열려지고 엎어진 채였다.

특히 형빈이 길게 누워 있는 거실은 피 구덩이 속이었다. 지독한 피비린내가 물씬물씬 풍겼다.

다은은 입덧을 하는 여자처럼 컥컥거리며 헛구역질을 해댔다. 그녀는 들고 있던 커다란 포장용 비닐 봉투를 떨어뜨렸다.

쨍그랑…….

여섯 병이나 되는 위스키 병들이 서로 부딪치며 산산조각이 났다. 현관은 위스키로 흥건하게 목욕을 했다. 이번에는 위스키 냄새가 진동했다.

"형…… 형빈 씨……."

다은은 거실 안으로 뛰어들었다. 형빈이 흘린 피는 응고되어 있었다. 다은은 그걸 밟고 미끄러지며 엉덩방아를 찧었다.

다은은 기어 형빈에게로 다가갔다. 형빈은 죽어 가고 있었다.

'절명하진…… 않았다.'

형빈의 숨이 완전히 끊어지지 않았다고 판단한 이유는 다은을 향해 한 번 눈을 깜박였기 때문이다. 다은이 그런 형빈의 어깨를 마구 흔들었다.

"왜…… 왜……?"

너무 갑작스러운 일을 당하면 말도 제대로 안 나오는 것인가 보다. 다은은 뒷말을 잇지 못했다.

형빈이 간신히 입술을 달싹거렸다. 이때의 형빈의 모습은 핏물을 뒤집어쓴 악귀 같았고, 피 맛을 본 나찰 같기도 했다. 음성은 맥이 없었으며 조금의 무게도 실려 있지 않았다.

"다…… 은……."

"네……."

"찬…… 찬휘에게…… 전해 줘…… 탁찬휘에게……."

쾅. 다은은 쇠몽둥이로 뒤통수를 얻어맞는 그런 충격을 받았다. 다은의 눈이 평소보다 두 배나 크게 떠졌다.

“누…… 누구라고요?”

“찬휘…… 며칠 전에…… 온…… 탁찬휘…….”

“……!”

다은은 기절할 것 같았다. 형빈의 입에서 찬휘의 이름이 불려질 줄이야. 형빈이 도대체 어떻게 찬휘를 알고 있는 것일까?

형빈의 맥없는 음성이 드문드문 흘러 나왔다. 제대로 알아듣기 힘들었다.

“찬휘……에게…….”

형빈의 안면 근육이 제멋대로 일그러졌다. 근육경색 증세가 밀려와 혀가 안으로 말리기 시작했기 때문이다.

“삼고초려(三顧草廬)라고…… 삼고…… 초려……라고…….”

그 말을 끝으로 형빈의 목이 뒤로 꺾였다. 입은 벌리고 눈은 부릅뜬 채였다.

다은은 차가운 얼음물 구덩이 속으로 끌려 들어온 느낌을 받았다.

형빈이 죽었다는 사실과 방금 죽은 형빈이 찬휘를 알고 있다는 사실.

다은은 뭔가에 홀려도 크게 홀린 것 같았다. 게다가 지금과 같은 지옥도(地獄圖)는 그녀가 꿈에서조차 본 적이 없는 처참한 광경이었다. 정신이 아득해지기 시작했다. 그녀의 정신이 온전하다면 그것도 이상한 일이 될 것이지만.

아무 의미가 없는 시간들이 흘러갔다.

다은의 몸이 부들부들 떨었다. 갑자기 한증막 안으로 떠밀려진 사람처럼 오싹한 한기를 느꼈다. 등 뒤에서 식은땀이 흥건하게 배어 나왔다.

공포가 어둠처럼 새까맣게 밀려들었다. 공포……! 확실히 지독한 공포 속이었다.

그녀는 그때 알 수 없는 위험을 감지했다. 조금 전, 누군가가 나타나 형빈을 죽였다. 여기에 머물다간 다음 순서는 바로 그녀 자신이 될 거라는 생각이 든 것이다.

그 생각을 하자 다시 지독한 공포에 몸을 떨었다.

'지체해선 안 돼.'

다은의 두 눈에 굵은 핏발이 섰다. '냉정해야 돼'라고 수십 번도 더 되뇌었다. 황망한 정신을 수습하려 무한히 노력했다.

그 결과 그녀는 현금직불카드가 들어 있고 현찰이 가득 들어 있는 지갑을 챙길 수 있었다. 휴대폰과 몇 가지의 중요한 소지품들을 가방에 차곡차곡 집어넣을 수 있는 여유를 부릴 수 있었다.

피에 젖은 몸을 대충이나마 비누칠할 수 있었고 옷도 새 옷으로 갈아입을 수 있었다. 그런 다음에 다은은 아파트를 빠져 나왔다.

어디로 갈 것인가 하는 것은 나중 문제였다. 당장은 형빈의 시체가 누워 있는 아파트에서 가능한 한 가장 먼 곳으로 벗어나는 것이 급선무였다.

다은은 밖으로 나와 엘리베이터 버튼을 눌렀다. 엘리베이터는 다은의 급한 마음을 조금도 헤아리지 못했다. 아주 느리게, 잠이 덜 깬 라르고 연주자처럼 느릿느릿하게 올라왔다. 엘리베이터가 다은을 아파트 1층 현관으로 실어 날랐다.

다은은 위스키를 사러 갈 때 밟았던 비에 젖은 땅을 박찼다. 아파트 정문까지 정신없이 내달렸다.

지금은 택시가 눈에 띄지 않았다. 기다려야 했다. 가슴이 방앗간처럼 쿵쾅거렸다. 이런 상태가 지속된다면 질식해 죽을 것만 같았다.

일 분쯤 지나자 택시 한 대가 달려와 멈췄다. 택시에서 한 사람이 토해졌다. 어디선가 한 잔 거하게 걸치고 집으로 가려는 사람이었다.

다은은 바턴 터치를 하는 육상선수처럼 그 택시에 올라탔다. 택시가 출발했다.

"어디로 모실까요?"

택시기사는 사십대였다. 굵은 바리톤 음색.

"그냥……."

"네?"

"그냥……."

갈 곳이 없었다. 도대체 어디로 가야 한단 말인가?

기사는 룸미러를 통해 다은을 노려보듯 바라보았다. 누굴 놀리나? 하는 표정이었다.

다은은 사태를 수습하려 노력했다.

"바람이나 쐬러 나온 거예요. 좋은 드라이브 코스를 알고 계시면 그리로 가주세요."

"알겠습니다."

기사는 다은에게서 술 냄새를 맡았다.

그렇고 그런 여자였군. 콜걸일지도 몰라.

기사는 고개를 두 번 끄덕였다. 택시가 횡단보도 앞에 이르러 이태원을 향해 유턴했다.

　나이트 클럽 앞에 내려주면 아마도 거스름돈을 요구하지 않겠지. 기사는 그런 생각을 했다.

　택시가 어느 방향으로 향하는지 다은은 알지 못했다. 한남대교를 건널 때까지 다은의 머릿속은 하얗게 비어 있었다. 이태원 방향으로 접어들자 조금씩 정신이 들었다. 정신이 들자마자 번쩍 떠오르는 것은 형빈이 남긴 최후의 말이었다.

　찬휘에게 전해 달라는 삼고초려라는 말……!

　삼고초려는 삼국지에 나오는 유명한 고사(古事)다. 유비는 초야에 묻혀 사는 제갈공명을 군사(軍師)로 맞이하기 위해 세 번 찾아간 일을 이르는 고사였다.

　처음 유비가 찾아갔을 때 공명은 집에 없었다. 두 번째 방문 때도 공명은 집에 없었다. 세 번째 방문 때 유비는 비로소 공명을 만날 수 있었다. 하지만 공명은 그때 낮잠을 즐기고 있었다.

　유비는 잠든 공명을 깨우지 않았다. 실례가 된다는 생각에서였다. 그럴 즈음 눈이 내렸다. 유비는 눈사람이 되었다. 유비는 관우와 장비를 데리고 왔으므로 그들도 눈사람이 되었다.

　성미 급한 장비가 불퉁거렸다. 하찮은 촌 선비에게 지나친 예의로 대하는 것이 아니냐고……. 관우도 불퉁거렸다. 저런 촌 선비에게 과분한 예의를 베푸는 것이 아니냐고……. 유비는 두 아우를 달랬다. 공명은 최선의, 최고의 예의를 다해 대해야 할 사람이라고…….

　공명이 잠에서 깨어났다. 깨어난 공명은 시동에게서 유비가 오래 전부터 눈을 맞으며 기다리고 있었다는 말을 들었다. 공명은 감명을 받았다. 이후, 공명은 관우, 장비와 함께 유비의 진영으로 가 군사(軍

師)가 되었다.

그 무렵 위나라와 오나라는 나라의 기반이랄 수 있는 모든 점을 갖춘 후였다. 공명은 떠돌이 신세나 마찬가지인 유비를 도와 온갖 역경 끝에 초나라를 세웠다. 그때부터 조조의 위나라, 손권의 오나라와 더불어 삼국지의 역사가 시작되었다.

다은의 머릿속이 지끈거렸다.

'도대체 그게 무슨 의미일까?'

그것도 그 일이었지만 형빈이 어떻게 탁찬휘의 이름까지 알고 있을까? 그것이 그녀를 더 돌아 버리게 만들었다.

다은이 세차게 고개를 흔들었다. 복잡함을 털어 내려는 그녀 특유의 동작이었다.

그녀는 복잡한 건 체질적으로 질색하는 여자였다. 무조건 일시적이나마 지금의 상황들을 깡그리 잊어버리려 노력했다. 쉬운 일이 아니었다. 그렇지만 자꾸만 형빈이 어떻게 찬휘를 알고 있었을까 하는 생각이 대지를 향해 고개를 쳐드는 새싹처럼 불쑥불쑥 솟구쳐 올랐다.

머리가 또 아파 왔다. 다은은 또 머리를 흔들었다. 택시는 이태원을 목전에 두고 있었다.

다은은 아파트를 나섰을 때부터 지금까지 그녀를 뒤따르는 미행 차량이 있다는 사실을 깨닫지 못하고 있었다. 그런 것까지 세세하게 생각할 수 있을 만큼 지금 그녀의 정신 상태가 멀쩡하지 않았다.

다은을 미행하는 차는 십 년도 넘게 굴러다닌 구식 그랜저였다. 구식 그랜저는 앞으로 십 년이 더 지난다고 하더라도 다은이 탄 택시를 놓치지 않겠다는 의지를 보이며 악착같이 미행했다.

택시가 어느 나이트 클럽 앞에 멈추자 구식 그랜저도 십 미터 정도의 거리를 두고 멈춰 섰다.

다은은 기사의 바람대로 손에 잡히는 대로 지폐를 꺼내 주었다. 기사는 예상대로 되었으므로 커다랗게 '안녕히 가십시오'라고 소리쳤다.

다은이 내리자 구식 그랜저에서도 한 사나이가 내렸다. 그 사나이는 어둠을 관통하여 다은의 일거수 일투족을 세밀하게 살폈다. 이때도 다은은 그 사실을 몰랐다.

미행자의 눈길이 계속해서 다은의 뒤를 쫓았다.

14. 사람고기로 만든 스테이크

한가영 검사는 퇴근을 미뤘다. 검찰청 내에 있는 자신의 사무실 의자에 엉덩이를 착 붙이고 앉아 있는 폼이 야근을 할 작정인 듯했다.

한가영의 옆 의자에는 사이판에서 온 고릴라가 퇴근 시간 전부터 그 자리를 지켰다. 고릴라는 벌써 세 시간째 한가영이 컴퓨터 자판을 두들기거나 모니터에 나타난 글자나 도면을 바라보는 모습을 지켜보며 입을 헤 벌리기도 했고 알 듯 모를 듯한 야릇한 미소를 입가에 새기기도 했다.

스미스가 용건이 있어 한가영의 옆자리를 지키고 있는 것은 아니다. 그렇지만 용건이 전혀 없다고도 말할 수 없었다.

그와 한가영은 수사 의뢰자와 수사 의뢰인의 관계다. 한가영이 일을 하고 있으면 바로 그 일이 스미스가 의뢰한 일이 진행되고 있는 것이다.

고릴라는 한가영의 불룩하게 튀어나온 가슴을 힐끔힐끔 훔쳐보는 것과 묘하게 굴곡을 드러낸 허리, 그리고 어떤 비밀 보따리가 들어 있을 것 같은 한가영의 엉덩이를 바라보며 자신만의 황홀한 상상을 무한대로 꾸려 갔다.

하지만 아무리 좋은 일도 반복되면 짜증이 나는 법이고 보기 좋은 그림도 오래도록 바라보고 있으면 싫증이 나는 법이다. 스미스가 그랬다. 처음 몇 시간 동안은 한가영 옆에 붙어 있는 것만으로도 이 세상에서 제일 행복한 사람이 바로 자신이라는 표정을 짓곤 했었지만 시간이 지남에 따라 고릴라의 표정은 맛있는 과일을 먹다 그 안에 들어 있는 벌레를 씹은 표정으로 변해 갔다.

'밤샐 작정인가 보군.'

또 한 시간이 지나갔다.

한가영은 스미스에게 말 한마디 걸지 않고 자신의 일만 했다. 시선은 오로지 컴퓨터 모니터에 쏠려 있었다.

그동안 스미스는 한가영이 말 한마디쯤 붙여 주면 좋을 텐데…… 라는 생각을 백 번도 더 했다. 먼저 말을 걸고 싶었지만 워낙 열중하여 일을 하고 있었기에 말을 붙여 봤자 제대로 대답을 해 줄 것 같지 않아 파란 눈망울만 이리저리 굴려댔다.

다시 얼마의 시간이 더 지났다. 스미스는 하품을 연발했다. 이윽고, 늘어지게 하품만 해대던 고릴라가 두 주먹을 하늘을 향해 뻗어 올리며 온몸으로 지루함을 나타냈다.

한가영은 그런 스미스를 철저하게 무시했다.

결국 고릴라가 항복을 표시했다. 앉아 있던 의자에서 양 손을 깍지 껴 하늘로 쭉 뻗으며 이리저리 몸을 뒤틀었다. 뼈마디가 욱신거리는 것이다. 고릴라는 한가영의 옆얼굴을 빤히 바라보며 말했다.

"퇴근 안 할 겁니까?"

한가영은 의식적으로 그의 눈길을 피했다.

"할 일이 많아서요."

스미스가 고개를 가로저었다. 그의 입장에선 한가영을 이해하기 어려웠다. 퇴근 시간은 벌써 네 시간 이상이나 지났다. 그런데도 한가영은 의자에 뿌리라도 내린 듯 도무지 일어설 기색이 보이지 않는 것이다. 퇴근 시간이 되자마자 번개같이 자리를 털고 일어나 비어홀 혹은 집으로 향하는 그네들 행동양식으로서는 이해의 범주를 훨씬 넘어서는 일이었다.

고릴라가 투덜거렸다.

"배 고프고 술 고프네요."

"어쩌죠? 난 할 일이 많이 남아 있는데……?"

한가영은 이제 막 일을 시작하려는 사람처럼 키보드를 가슴 앞으로 잡아당길 뿐만 아니라 머리를 아예 모니터에 쑤셔 넣을 듯 바짝 들이대기까지 했다. 시선도 모니터에 깨알처럼 박혀 있는 글자에서 떨어지지 않았다.

퇴근 시간 전의 일이었지만 고릴라는 어디서 주워들었는지 이태원으로 가 저녁을 함께 먹자고 떼를 썼었다. 한가영은 '글쎄요'라는 말만 되풀이했다.

스미스로서는 환장할 놈의 노릇이었다. 그 망할 놈의 '글쎄요'라는 말은 그렇게 하겠다는 뜻인지 거절하겠다는 뜻인지…… 도무지 헷갈리기만 했다.

스미스는 알쏭달쏭한 퍼즐을 풀지 못하고 머리를 갸웃거리며 한가영이 일손을 놓아 주기만을 학수고대했다. 그런데 한가영은 일을 마무리지을 생각 따윈 조금도 없는 듯했다.

고릴라는 한가영과 저녁 식사를 끝낸 후 자신만이 생각하고 있던 달콤한 애프터를 진행하고 싶었지만 이런 시간이 되고 보니 그 일은 자신만의 황홀했던 망상이라는 것을 깨닫게 되었다. 이놈의 지긋지긋한 검찰청에서 오늘밤 중으로 한가영을 데리고 나서기는 글러버린 일이라고 그때서야 판단했다. 신경질이 났다.

"잠은 도대체 언제 잡니까?"

한가영은 모니터에서 시선을 떼지 않고 조그맣게 미소지었다.

"비밀입니다."

"네?"

"어디서 자느냐 하는 것도 비밀이고요."

'염병!'

한가영이 스미스의 속셈을 모를 리 없다. 자신을 끌고 나가 가이드 삼아 이태원 이곳저곳을 헤매다 적당한 술집을 찾아 이 밤을 즐기고 싶어한다는 것을…… 번들거리는 놈의 눈빛과 싱글거리는 미소를 보고 벌써 짐작하고 있었다.

'아무리 밤이 길다고 해도 이런 미녀와 함께라면 결코 긴 게 아냐…….'

그 생각은 몇 시간 전부터 일관된 고릴라의 생각이었다. 그랬는데 한가영은 시간이 지날수록 오히려 더욱더 눈을 빛내며 일에만 열중하는 것이다.

'물 건너 갔어.'

스미스는 잔뜩 화가 난 얼굴이 되어 벌떡 일어섰다. 한가영의 사무실 문 쪽으로 걸어가더니 우지끈 소리가 날 정도로 힘차게 열었다.

'지독하군. 저 여자는 귀국할 때까지 술 한 잔 함께 할 기회를 결코 안겨 주지 않을지도 몰라'

비로소 한가영이 스미스를 바라보았다.

"어? 가시게요?"

스미스는 한가영을 향해 오른손을 번쩍 치켜들며 한 눈을 찡끗거리는 것을 잊지 않았다.

"굿나잇 레이디."

"네."

한가영은 간단히 고개를 끄덕였다. 그녀의 시선은 다시 모니터로 옮겨 갔다.

스미스는 여자처럼 입술을 삐죽거린 다음 어깨를 으쓱거렸다.

'조졌네.'

그는 검찰청을 빠져 나와 어둠 속을 헤집었다. 여장을 푼 조선호텔로 직행할 생각이 아니었다. 이미 분통이 터져 있는 상태여서 획기적인 재미거리를 찾아 반드시 그 일을 행해야겠다고 마음먹고 있었다.

스미스는 한국에서 가장 재미있을 만한 일이 어떤 것인지를 생각해 보았다. 하지만 막상 검찰청 문을 나서고 보니 획기적인 재미거리라는 것은 쉽게 찾아낼 수 있을 것 같지 않았다.

술집은 도처에 널려 있지만 어느 곳을 들어가 어떻게 여자를 불러내야 할지…… 막막하기만 했다.

한국 사람들은 영어에 약하다는 소리를 사이판에서 출발할 때부터 들었던 스미스였다. 이태원으로 가자니 그 일부터 수월할 것 같지 않았다. 막상 가 본들 그놈의 여자를 어디서 구해야 할지 캄캄하기만 했다. 그렇다고 어디서 여자를 파느냐고 물을 수도 없는 일이었다.

잠시 이 생각 저 궁리를 거듭하던 스미스는 자신이 머물도록 되어 있는 조선호텔을 향해 발걸음을 돌렸다.

'콜걸이 왜 없겠어?'

그게 이제나마 간신히 생각해낸 그의 획기적인 재미거리였다.

한가영은 이시하라 구로야마[石原黑山]의 과거를 철저하게 조사했다.

'채형빈이 그를 죽였다면 죽여야만 했던 이유가 반드시 있을 것이다.'

살해당한 자에 대한 집중적인 조사는 수사의 기본적인 절차이며 첫걸음이다. 왜 죽었는지를 알아내려면 당연히 과거 행적이 어떠했는지에 대해 먼저 알아보아야 한다. 이어 최근의 행적까지를 파헤쳐 보면 왜 죽음을 당하게 되었는지 또, 그 이유가 무엇이었는지를 구체적으로 파악해낼 수 있다.

이시하라 구로야마의 과거에 대한 정보들은 사이판 현지 경찰과 스미스가 작성한 것이었다. 그것은 '대외비(對外秘)'라는 빨간 글씨가 적혀 있는 디스켓 안에 들어 있었다.

디스켓을 컴퓨터 안에 넣자 컴퓨터는 영문으로 작성되어 있는 이시하라 구로야마의 과거를 빠르게 읽어냈다.

한가영의 눈은 진지했다. 그 눈이 빠르게 이시하라 구로야마의 과거를 차례로 훑어 내려갔다.

이시하라 구로야마의 과거 행적을 요약하자면 다음과 같았다.

— 이시하라 구로야마는 태평양전쟁 당시 일본 육군 장교로 사이판 주둔 책임 장교였다.

당시는 제이차 세계대전 말기였으며 사이판은 당시 일본군 점령지였다. 전세(戰勢)는 어느 곳에서나 일본군에게 불리하게 돌아가고 있었다.

미군은 사이판 앞바다에 수많은 전함을 띄워놓고 일본군이 사이판에 구축한 진지를 향해 무차별 함포 사격을 가했다.

일본군이 자랑하던 진지들은 활화산이 폭발하듯 시뻘건 불길을 토하며 모조리 허공 속으로 날아갔다.

이 무렵 일본군의 식량은 이미 바닥을 보이고 있었다.

모든 군수품과 총알, 포탄까지도 턱없이 부족하여 미군을 맞상대해서 마주 사격을 가하기는커녕 저놈의 지긋지긋한 함포 사격 대신어서 빨리 미군 해병대가 상륙하여 죽든 살든 한판 거하게 벌이고 끝장을 보자는 생각만 가득한 그들이었다.

일본 본토에서 보냈던 군수품을 실은 일본 군함들은 사이판의 모든 바다를 점령한 미군 군함에 의해 차례로 격침된 지 이미 오래였다. 그로써 군수품에 날개가 달리지 않은 이상 사이판 주둔 일본군에게 전달될 리 만무했다.

이제는 포탄에 맞아 죽는 것이 아니라 굶어 죽을 판이 된 일본군들

246

이었다.

그런 사정을 아는지 모르는지 미군 군함에서 발사하는 포탄은 밤낮을 가리지 않고 장마철 빗줄기처럼 머리 위로 쏟아졌다. 일본군들이 할 수 있는 일이라는 것은 진지 바닥에 코를 파묻고 납작 엎드려 있는 것이 전부였다.

그런 처지였으니 마주 대항을 한다는 것은 꿈도 꿀 수 없었다. 지금은 타는 갈증을 해소하기 위해선 소나기처럼 쏟아지는 폭탄 속을 뚫고 우물까지 달려가야 했다. 그야말로 물 한 모금에 목숨을 걸어야 했다.

시간이 흐를수록 상황은 회복할 수 없는 참담한 상태로 빠져들었다. 부상자가 속출했으며 전사자가 산을 이뤘다. 전멸이 예견되는 처참한 시점이었다.

미군에게는 남아도는 것이 포탄인 듯했다. 함포 사격은 멈출 기미가 보이지 않았다.

사이판 주둔 책임자 이시하라 구로야마는 중대한 결정을 내려야만 했다. 지금은 더 이상 버틸 수 있는 상황이 아닌 것이다.

이시하라 구로야마는 생존해 있는 일본군에게 긴급명령을 내렸다.

"우리 천황의 군대는 목숨이 다할 때까지 항복하지 않는다. 지금부터 정글 속으로 숨어들어 게릴라전을 감행한다."

후퇴가 그런 말로 미화되었다.

미군은 당연히 함포 사격 후에 해병대를 상륙시켜 일본군 잔당을 소탕하려 들 것이다. 그들은 일본군보다 수십 배나 많은 병력으로 밀어붙일 것이다.

이미 잿더미로 변해 버린 진지에서 응전은 무모한 일이다. 얼마 남지 않은 총알로 미군에게 어느 정도의 타격을 입힐 수 있겠지만 결국은 몰살될 것이 뻔했다.

"게릴라전은 본토에서 증원군이 올 때까지 계속한다."

그의 명령은 법이었다. 법이 실행되었다. 그때까지 살아남은 일본군들은 정글 속으로 숨어들 준비를 했다.

그런데 한 가지 문제가 생겼다. 그것은 일왕에게서 하사받은 조선인 종군위안부들의 처리에 대한 일이었다. 이시하라 구로야마는 그런 일로 골치를 썩을 위인이 아니었다. 그에게는 아주 간단한 방법이 이미 준비되어 있었다.

"구덩이를 파라! 넓고 깊게……!"

이시하라 구로야마가 일본군에게 내린 명령이었다.

일본군은 넓고 깊게 구덩이를 팠다. 커다란 구덩이가 몇 군데나 생겼다.

"나이 많은 종군위안부는 즉시 파묻어 버릴 것!"

상황에 딱 어울리는 이시하라 구로야마식 종군위안부 처리 요령이었다.

종군위안부들이 살해되기 시작했다. 일본군들은 총알 한 개가 아까운 형편이었다. 나이 든 종군위안부들의 눈을 가린 후 구덩이 앞에 꿇어앉게 만든 후 죽창으로 등을 찔렀다. 일본도로 목을 치기도 했다. 그래도 죽지 않는 종군위안부가 있으면 그때서야 총알을 발사했다.

넓고 깊게 판 구덩이마다 종군위안부들의 시체로 메워졌다. 그녀들의 대부분은 그들이 어제까지도 끼고 자던 조선의 여인들이었다.

이날, 수를 헤아릴 길이 없는 많은 종군위안부들이 죽창과 일본도에 의해 살해되었다. 이시하라 구로야마는 종군위안부들의 시체를 흙으로 덮게 했다. 끔찍한 유기였다.

그날 밤. 이시하라 구로야마는 생존한 일본군들과 미리 선별해 두었던 어린 종군위안부들을 이끌고 정글 속으로 사라졌다. 그들은 마지막 순간까지도 자신들의 정액을 받아 줄 여인들이 필요했던 것이다.

미군이 사이판으로 상륙했지만 그때부터 새로운 양상의 전쟁이 전개되었다.

지루한 게릴라전이 이어졌다. 그런 전쟁은 이시하라 구로야마에게 작은 성공들을 안겨 주었다. 미군들이 현지 지형에 익숙하지 못했기 때문이다.

정찰에 나선 미군 수색대원들은 매복해 있던 일본군들의 죽창에 찔려 죽거나 덫에 걸려 울창한 숲을 무덤삼아 죽어 갔다.

일본군들이 깊이 파 놓은 함정에 빠지기도 했는데 함정 속에는 날카롭게 깎은 대나무들이 꽂혀 있어 함정에 빠진 미군들은 꼬치에 꿰인 고기처럼 꿰이며 죽어 갔다.

미군들의 피해가 속출했다. 일본군들은 한밤중에 바람처럼 미군 진지에 나타나 잠든 미군들의 목을 베어 가기도 했다. 이때는 식량은 물론이고 무기까지 약탈해 신기루처럼 사라졌다.

그런 치사한 전쟁이 매일 밤마다 계속되었다. 미군은 예상외로 많은 사상자를 냈다. 미군은 사이판을 점령하긴 했지만 이건 점령이 아니었다. 발밑에 적들이 흡혈거머리처럼 바글대고 있는 것이다.

미군에게 있어서 이시하라 구로야마가 펼치는 게릴라전은 머릿속에 박혀 있는 암 덩어리처럼 골치 아픈 것이었다. 미군 책임 장교들은 매일 머리를 맞댔다. 결국 결론이 도출되었다. 더 이상 암 덩어리를 방치할 수 없다는 것이었다.

미군은 화염방사기를 앞세워 일본군 잔당들이 숨어 있을 만한 정글들을 모조리 불바다로 만들었다. 정글들 대부분은 시커먼 잿더미로 변했다. 일본군 잔당 상당수가 불에 타죽었다.

이시하라 구로야마는 지옥 속에서 견딜 재간이 없었다.

나머지 일본군들과 나이 어린 종군위안부들을 이끌고 산 속으로, 더 깊은 산 속으로 피신을 거듭했다. 그들이 물러난 만큼 미군은 더 가까이 다가왔다.

일방적으로 밀리기만 하는 전쟁이 계속되었고 일본군들은 더 이상 물러날 수 없는 처지에 놓였다. 그들이 밀리고 또 밀려간 산 뒤편은 아마득하게 바다가 보이는 까마득한 절벽이었다.

이시하라 구로야마는 그곳에 동굴을 판 후 몸을 숨긴 다음 끝까지 저항하기로 마음먹었다.

그곳에 동굴을 팠다. 하지만 그곳이라고 해서 천연의 요새가 될 순 없었다. 그곳 외에는 발붙일 곳이 없었기에 주둔하게 된 것이었지만 물을 얻기가 어려웠고 식량이 벌써 바닥을 보였다.

미군들은 서서히 매일 몇 마일씩 포위망을 좁혀 왔다. 마지막이 보였지만 이시하라 구로야마는 철저하게 남은 일본군들을 기만했다.

"우리는 끝까지 사이판을 사수한다. 천황께서는 곧 증원군을 보내

주실 것이다."

아무도 이시하라 구로야마의 말을 믿지 않았다. 증원군은 둘째치고 당장 명예롭게 배를 가르라는 명령이 떨어지지 않는 것을 다행으로 여길 수밖에 없었다.

이시하라 구로야마는 일본군들에게 불을 피우지 못하게 했다. 숨어 있는 곳을 들킬 우려가 있어서였다. 그 무렵의 일본군들은 사실 불을 피울 필요가 없었다. 굽거나 삶을 식량이 바닥난 지 오래였기 때문이다.

일본군들은 그곳에서 지옥 생활을 했다.

산이 저절로 안겨 주는 나무 열매와 도마뱀, 들쥐 따위가 그들의 주린 배를 채울 수 있는 모든 것이었다. 그것도 밤에만 밖으로 기어 나와 어느 정도를 마련해 동굴 속으로 되돌아갔다.

그나마 나무 열매가 무한정 쌓여 있는 것이 아니었다. 바나나 열매와 야자 열매, 그외의 나무 열매라는 열매들이 모조리 일본군들의 위장 속으로 직행하게 되자 주변은 수확을 끝낸 과수원처럼 황량한 벌판으로 변했다.

파충류나 설치류 따위도 얼마 지나지 않아 멸종되었다. 주변에 남아 있게 된 것이라곤 활엽수 잎들과 줄기와 나무 뿌리가 전부였다.

하지만 그들의 군대는 이상한 군대였다. 배는 곯고 있었지만 동굴 속에는 불안한 밤을 잊게 만들어 주는 종군위안부들이 존재하고 있었다. 두려움이 생기면 그녀들을 안고 탐하며 공포를 잊으라는 일왕의 선견지명 덕택이었다.

정말로 그랬다. 밤이면 두려움에 지친 일본군들은 미친개가 되어 종군위안부들을 겁탈했다. 그리곤 잠에 취해 모든 것을 잊었다. 그럴 수밖에 없는 일이었다. 맨 정신으로는 허기와 끔찍한 공포를 견디어 낼 수 없었던 것이다.

시간이 지날수록 일본군들은 점점 더 흉측한 짐승으로 변해 갔다. 그럴수록 조선에서 끌려온 여인들은 지독한 지옥생활을 했다.

미군의 포위망이 점점 더 좁혀졌다. 저 아래에서 미군들이 두런거 리는 소리가 들릴 정도였다.

행동 반경이 더욱더 좁아진 일본군들은 극심한 배고픔에 몸부림쳐 야 했다. 주변의 야자나무와 바나나나무, 열대 과일나무들은 앙상한 뼈대만 남은 지 오래였고 가끔씩 그들의 지역으로 들어오는 들쥐나 도마뱀, 뱀들의 수는 턱없이 모자랐다.

더구나 불을 떼지 못한 동굴 속은 언제나 축축했다. 일본군들과 종 군위안부들은 말라리아와 독감에 의해 하나둘씩 죽어 가기 시작했 다. 시체를 덮은 흙무더기들이 매일 몇 개씩 생겨났다.

그러던 어느 날, 이시하라 구로야마는 그야말로 놀라운 비상식량 자체 조달 방법을 생각해냈다.

"시체를 묻지 마라. 지금부터 군량(軍糧)이다."

이시하라 구로야마의 군도(軍刀)는 백정의 칼이 되었다. 시체들이 그와 일본군들의 군도에 의해 해체되었다.

일본군들은 시체의 살을 베어내어 씹고 삼켰다. 일부는 뼈를 발라 낸 후 말려지기도 했다.

그렇게 며칠이 지났다. 이시하라 구로야마는 시체의 살보다 죽기 직전의 살이 더 싱싱하고 전염병 감염 우려가 적을 거라는 아주 놀라

252

운 사실을 생각해냈다.

　그것은 누구나 생각해낼 수 있는 아주 평범한 발상이기도 했지만 숨이 끊어지기 전에 사람의 몸에 칼질을 해댄다는 발상은 누구나 쉽게 할 수 있는 건 아니었다. 따라서 그의 생각은 그 누구도 떠올리지 못했던 획기적인 발상이었다.

　그들은 다급한 처지가 되면 날마다 생각의 진화를 거듭할 수 있는 놀라운 종족들이었다. 그들의 군도가 죽기 직전의 전우들과 조선 여인들의 생살을 베어냈다.

　비명을 지르면 목부터 찔렀다. 그 다음은 해체였다. 그리하여 그들은 어제보다 더 싱싱한 군량을 확보할 수 있었다. 그렇게 베어낸 살점들을 생선회처럼 날로 씹어 먹었다.

　이시하라 구로야마의 머리는 다시 한 단계 더 놀라운 진화를 하기에 이르렀다. 동굴 깊숙한 곳에서 불을 피워 인육을 구워 먹으면 더 맛이 있을 거라는 생각을 하기에 이른 것이다.

　구로야마 이시하라는 떠올린 생각을 반드시 실천하는 사람이었다.

　밤을 이용해 동굴 깊숙한 곳에서 불을 피우게 했다. 토막난 사람의 살코기가 숯불에 의해 익혀졌다. 그렇게 익힌 인육은 대단히 맛이 있었으므로 더없이 훌륭한 군량이 되었다.

　다시 며칠이 지났을 때 이시하라 구로야마의 머리는 획기적인 진화에 또다시 성공했다. 살점들을 적당한 크기로 잘라내어 철모 위에 얹은 후 밑에서 불을 지펴 훈제 비슷한 스테이크를 만들어 먹으면 더없이 훌륭한 군량이 되지 않을까 하는…… 생각이었다.

　그날, 일본군에게 배분된 식사거리는 정말로 훌륭했다. 더구나 스테이크는 어느 정도 훈제가 되어 있었기에 당일 모조리 소비하지 않아도 되는 자랑스러운 군량이 되었다. 그로써 일본군은 매일 한 구씩의 시체를 해체할 필요가 없게 되었다.

그 무렵 미군들은 편안한 전쟁을 즐겼다. 그들은 매일 산 정상을 향해 쓸데없이 대포를 날리는 일이 전부였다. 사실은 산 위를 향해 총부리만 겨누어도 머리 위로 총알이 날아왔기에 그런 전쟁을 할 수밖에 없었다.

일본군 잔당들은 이미 인간들의 부대가 아니었다. 사람고기를 스테이크로 만들어 먹어 가며 버티는 악귀들의 부대였다. 미군이라면 독수리 떼처럼 달려들어 산 채로 뜯어먹고도 남을 만한 자들이었다.

그런 전쟁이 계속되었다. 결국 미군은 초강수를 들고 나왔다. 폭격기를 이용해 산 정상을 완전히 날려 버리겠다는 작전을 세운 것이다.

대규모 폭격은 미군들만의 특허품이다. 그들이 내세울 수 있는 유일한 자랑거리이기도 했다.

미군 폭격기들이 간신히 날아오를 정도로 많은 폭탄을 싣고 미군 기지에서 무더기로 출발했다. 일본군 잔당들이 동굴을 파고 숨어 있는 산 정상에 이르자 구토를 하듯 싣고 있던 엄청난 양의 폭탄을 떨어뜨렸다.

산 정상은 불바다가 되었다. 울창한 모습이었던 산들은 탈모증세가 있는 환자처럼 훤하게 모습을 드러냈다.

일본군들과 종군위안부들을 수용하고 있던 동굴들이 초토화되었다. 동굴 자체가 폭삭폭삭 주저앉았다. 굴 속에 앉아 올려다보면 하늘이 훤하게 보였다.

그래도 그나마 하늘을 보고 있는 자들은 다행이었다. 대다수의 일본군들은 무너진 동굴과 함께 생매장되었다.

조선에서 끌려온 종군위안부들도 거의 사망했다. 종군위안부들을 모아 놓은 동굴들은 대충 파 놓은 것이어서 조금만 폭격을 가해도 폭삭 주저앉을 판이었는데 무자비한 폭격에 흔적조차 찾을 수 없게 되어 버렸다.

몇 차례의 무자비한 폭격이 끝나자 이시하라 구로야마를 포함하여 불과 몇십 명의 일본군들만 남게 되었다.

그때 미군의 총공격이 시작되었다. 총알을 다발로 짊어진 해병대원들이 산 위를 향해 무자비하게 긁어댔다.

일본군들은 총알의 소나기 속에 갇히게 되었다. 이시하라 구로야마는 그들의 목숨을 정말 가치 있게 사용해야 된다고 생각했다. 그가 부하들을 향해 최후의 명령을 내렸다.

"우리는 대 일본제국의 군인이다. 항복이란 결코 있을 수 없다. 나는 그대들에게 장렬한 죽음을 요구한다."

그의 부하들은 두려움에 떨기 시작했다. 이시하라 구로야마의 눈에서 광기가 흘렀다.

"총알이 남은 자는 미군을 향해 마지막 한 발까지 정조준해 갈겨라. 총알이 떨어지면 천황 폐하 만세를 외치고 절벽 아래로 몸을 던져라."

현실적으로는 받아들일 수 없는 정신병자의 명령이었다. 명령대로 이루어질 것 같지 않았지만 부하들은 명령에 따랐다.

그들은 이미 인간의 이성과 감정, 인간의 근간인 삶에 대한 애착 따위와는 먼 거리에 있는 악에 바친 동물이었다.

그들은 마지막 총알까지 미군을 향해 퍼부었다. 총알이 떨어지면 일본을 향해 절을 올린 다음 절벽 아래로 몸을 던졌다.

"천황 폐하 만세!"

"천황 폐하 만세!"

미군들은 더 이상 산 정상을 향해 총알을 퍼붓지 못했다. 아무리 전쟁중이라고는 하지만 그런 지독한 인간 군상들의 모습을 일찍이 본 적도 들은 적도 없는 그들이었다. 오히려 치를 떨 뿐이었다.

부랴부랴 확성기를 들고 항복할 것을 권유했지만 되돌아오는 것은 일본군들의 몇 발 남지 않은 총알들이었다.

일본군들의 투신은 계속되었다.

"천황 폐하 만세."

그리고 덧없는 산화.

투신을 두려워하는 일본군들도 있었다. 목숨에 대해 실낱 같은 애착……. 어쩌면 마지막 순간에 인간 고유의 이성을 되찾았는지도 모른다.

그런 자들은 애석하게도 두 번 죽어야 했다. 이시하라 구로야마가 그들을 향해 번쩍이는 일본도를 뽑아들었다.

"제군은 두려운가?"

"넷."

"그렇다면 눈을 감게."

이시하라 구로야마는 그들의 목을 쳤다. 목을 잘린 자의 시체가 피를 뿜으며 절벽 아래로 굴러떨어졌다. 몇 명의 일본군들은 그렇게 목이 잘린 채 절벽 아래로 굴러갔다.

생존한 일본군들은 고개를 저었다. 이시하라 구로야마의 눈은 피에 굶주린 흡혈귀의 눈이 되어 있었다.

"군번 순서대로 오너라."

음성에는 자비가 깃들어 있지 않았다. 싸늘한 광기만 맺혀 있었다.

"더 명예롭게 죽고 싶습니다."

"허락한다."

나머지 자들이 가부좌를 틀며 주저앉았다. 그들은 군복 상의를 벗어 던지며 일본도를 잡았다. 그들의 손에 잡힌 일본도가 그들의 힘에 의해 뱃속에 깊숙하게 박혔다. 검붉은 피가 터졌다.

그들은 배에 일본도를 박은 후 왼쪽에서 오른쪽으로 그었다. 생선살이 갈라지는 소리가 여기저기서 터지며 배 안의 창자가 썩은 밧줄처럼 맥없이 툭툭 끊어졌다.

"천황 폐하 만세."

그들은 절벽 아래로 떨어지며 외쳤다.

몇 명은 할복에 서툴렀다. 배 안으로 일본도를 집어넣었지만 힘주어 긋지 못했다. 그들은 무한정 피를 흘리며 괴로운 신음 소리를 냈다.

이시하라 구로야마가 혀를 찼다.

"멍청한 놈…… 고통스러운가?"

"도…… 도와주십시오. 제…… 제발……."

이시하라 구로야마가 고개를 끄덕였다. 그의 일본도가 허공을 갈랐다. 배를 찌른 채 힘있게 긋지 못하던 자들의 목이 이시하라 구로 야마의 일본도에 의해 분리되었다.

　산 위에는 아직도 포연이 자욱했다. 그곳에는 이시하라 구로야마 외에 생존자는 아무도 없었다.

　이시하라 구로야마가 미군을 상대로 마지막까지 저항했던 그곳은 만세절벽이라고 불렸다. 만세절벽이 세상에 알려지게 된 것은 영화 빠삐용의 촬영 장소로 선택되었기 때문이었다.

　그것이 계기가 되어 지금은 사이판이 내세울 수 있는 최고의 명물 중에 하나로 남아 미국인 관리자들의 지갑을 두둑하게 만들어 주는 데에 일조하게 되었다.

　미군들은 당시, 일본군들의 유해를 대충 정리했지만 책임자인 이 시하라 구로야마의 시신은 찾지 못했다. 하지만 그들은 더 이상 그의 시신을 찾으려 들지 않았다. 미군은 이시하라 구로야마가 시신이 발 견되는 것조차 수치로 여겨 자신만이 알 수 있는 장소에서 자결했을 것이라고 판단했던 것이다.

　그러나 미군은 전범 중에 한 사람인 이시하라 구로야마의 시체를 확인했어야 했다. 이시하라 구로야마는 미국의 대통령이 살아 있는 한 전쟁은 끝나지 않은 것이라고 굳게 믿고 있는 사람이었기에.

15. 원시인

지금은 이세유한주조회사의 부회장이자 약진회의 제이인자가 되었지만 이누가와 아오모리〔犬川岡森〕는 사이판에서 실종된 이시하라 구로야마와 일본 육군사관학교 동기동창이다.

사관학교 입학 시절부터 룸메이트였다. 개인적으로도 가장 절친한 친구였으며 이시하라 구로야마의 성격에 대해 누구보다도 잘 알고 있는 이누가와 아오모리였다.

이누가와 아오모리는 만주 731부대에 근무하다 종전과 함께 전역했다. 이누가와 아오모리는 귀국 이후에 이시하라 구로야마의 전사 소식을 들었다. 사실은 실종이었지만 생존자 명단에 올라 있지 않으면 일괄적으로 전사자로 처리되었으므로 그렇게 된 것이다.

이누가와 아오모리는 전사통지서의 내용을 액면 그대로 받아들이지 않았다.

'그는 죽을 친구가 아니다.'

화살이 날아와 머리에 박히듯 와닿는 예감이 있었다. 이시하라 구로야마는 생존에 대한 집착이 대단히 강한 사람임을 이누가와 아오모리는 잘 알고 있는 것이다.

이누가와 아오모리는 몇몇 사람을 개인적으로 고용하여 사이판의 전황(戰況)을 남모르게 수집하게 했다.

그가 고용한 사람들은 군 시절 인사과나 참모부에서 근무하던 사람들이었다. 한 달 만에 이누가와 아오모리는 만족할 만한 정보를 얻어냈다. 이시하라 구로야마의 시신을 미군들이 찾아내지 못했다는 것이다.

'실종이다!'

이누가와 아오모리는 무릎을 쳤다. 전사자와 실종자의 차이! 사망과 삶의 차이일 수도 있다.

그는 고용한 사람들 중 세 명을 골라 사이판으로 보냈다. 만세 절벽에서 최후까지 버티었던 이시하라 구로야마가 생존해 있을 것이라고 확신이 선 뒤에 내린 결단이었다.

이누가와 아오모리가 고용한 인물들은 즉시 사이판으로 날아갔다. 그들은 먼저 미군측의 양해를 얻어 만세절벽 전투 당시의 상황을 낱낱이 체크했다. 군사기밀에 속하는 정보들까지도 속속들이 얻어냈다. 이시하라 구로야마의 시신은 발견되지 않아 실종자로 처리되었음이 확인되었다.

그 소식은 즉각 이누가와 아오모리에게 보고되었다. 그는 또다시 무릎을 쳤다.

'그 친구는 분명히 살아 있어!'

　이번에는 이누가와 아오모리가 직접 사이판으로 날아갔다. 당시는 어느 곳에서건 일본인에 대한 감정이 최악이었던 시기여서 일본군 장교 출신인 그가 사이판을 방문하는 일은 매우 위험한 일이었다.

　이누가와 아오모리는 중국계 다큐멘터리 작가로 위장했다. 만주 주둔군 장교 출신인 그였기에 중국어는 현지인만큼이나 정통했다. 전쟁을 소재로 한 다큐멘터리를 제작하는 것이 방문 목적이라고 둘러댔다.

　사이판에 도착한 이누가와 아오모리는 이시하라 구로야마가 미군을 상대로 처절한 전쟁을 벌었던 모든 곳을 한 곳도 빼놓지 않고 샅샅이 조사했다. 사진작가 몇 명과 현지인 십여 명을 별도로 고용한 후에 진행되는 작업이었다.

　첫 조사는 이시하라 구로야마가 주둔군 책임 장교로서 사이판 사수를 위한 진지를 구축했던 장소였다. 그곳은 미군의 함포사격으로 인해 끔찍할 정도로 파괴되어 있었다.

　누구라도 그곳에서 살아남는다면 그것이 바로 기적이라고…… 이누가와 아오모리는 생각했다.

　그는 제대로 발굴되지 않은 일본군의 해골들과 방치된 채 썩어 가고 있는 일본군들의 이끼 낀 유해들을 바라보며 두 번째 조사장소로 옮겼다.

　그곳은 미군이 화염방사기로 불태웠던 정글이었다. 그런 정글들은 열 곳도 넘었다. 이누가와 아오모리는 그곳도 낱낱이 조사했다.

　생전엔 누구였는지 도저히 알 수 없는 불에 탄 시커먼 해골들. 그을린 흔적이 역력한 야자나무들과 구멍이 뻥뻥 뚫린 일본 육군의 너

덜너덜한 군화들. 녹슨 인식표와 일본도…… 모두 이시하라 구로야마와 일본군들이 남긴 흔적들이었다. 그것들이 고스란히 카메라 앵글 속으로 빨려 들어갔다.

이후의 조사는 만세절벽이었다. 미군의 폭격으로 인해 민둥산이 되어 버린 그곳에는 수십 개의 동굴 흔적들이 남아 있었다. 어떤 동굴은 고스란히 폭삭 주저앉아 삽질을 할 때마다 인골들이 무수하게 삽 끝에 찍혀 나왔다.

어떤 동굴에서는 여인들의 인골들이 무더기로 세상 밖으로 쏟아졌다. 종군위안부를 숨겨 놓았던 동굴이었다. 아직 탄화되지 않은 옷가지들이 그 점을 증명했고 골반 부위가 여성의 그것인 점으로 미루어 의심할 여지가 없었다.

그외에도 폭격을 맞고 갈기갈기 찢겨진 해골들과 일본도에 의해 목이 잘린 일본 군인들의 유해, 만세절벽 아래로 잘못 뛰어내려 중간 부분에서 삭아버린 유골들이 헤아리기 어려울 정도로 많이 쏟아져 나왔다. 앉은 채로 목이 잘린 유골들도 있었는데 그것은 할복자살을 할 때 누군가가 목을 쳐 준 흔적이었다.

이누가와 아오모리는 수백 구에 이르는 유골들을 모조리 조사했지만 이시하라 구로야마의 유골로 짐작되는 유골은 발견할 수 없었다. 그로서 그는 친구가 살아 있다는 확신을 더욱 확고히 했다.

다음날 이누가와 아오모리는 만세절벽에서 바다가 아닌 반대편 정글을 수색하기로 마음먹었다.

전시에 그곳은 미군이 점령하고 있던 지역이었다. 때문에 화염방사기의 피해를 조금도 입지 않은 곳이었다.

이누가와 아오모리는 정글 깊숙한 곳으로 들어가 사람의 흔적을 찾기 시작했다. 그 일은 사막에서 바늘을 찾는 일만큼이나 어려운 일이었다.

이누가와 아오모리는 현지 고용인들에게 두 가지 주의를 주며 인간의 흔적을 찾도록 명령했다.

첫 번째는 불을 땐 흔적을 찾으라는 것이었다. 두 번째는 사람의 똥 냄새를 맡아 배변의 흔적을 찾으라고 했다. 특히 두 번째인 사람의 똥 냄새를 맡아 그 흔적을 찾는 일이 더 현명하다는 것을 강조했다.

왜냐하면 이시하라 구로야마가 흔적을 남기지 않기 위해 불을 때지 않고 생식으로 버텨 갈 순 있겠지만 배변만큼은 누구라도 어쩔 수 없이 배설해야 하기에 이누가와 아오모리가 그런 명령을 내린 것이다.

더구나 사람은 다른 사람의 똥 냄새를 기가 막히게 잘 맡는다. 정글과 같은 습한 곳에서는 똥 몇 덩어리만 떨어져 있어도 멀리까지 그 냄새가 퍼진다. 그걸 유념해서 찾으라고 한 것이다.

그의 예상은 적중했다. 현지 고용인들이 인간의 배변 흔적을 찾아냈다.

배변들은 모두 흙으로 덮여 있었지만 그것으로 완전히 가릴 수는 없었다. 사이판은 하루에 한 번 스콜이라는 소나기가 내리는 지역이다. 배변을 한 사람이 흙으로 덮는다고 덮었지만 매일 내리는 스콜에 의해 덮었던 흙이 씻겨나가 그것이 드러나게 된다.

이누가와 아오모리는 환호성을 질렀다.

‘그 친구가 살아 있다!’

그날 저녁, 이누가와 아오모리는 깊은 정글 속에서 일본인 출신 원시인을 만날 수 있었다. 원시인은 전직 일본 사이판 주둔군 책임 장교 이시하라 구로야마였다.

이누가와 아오모리가 그를 발견해낼 수 있었던 것은 야자나무 잎으로 위장된 동굴 앞에 박혀 있는 커다란 바위를 발견했기 때문이었다. 그 바위 중간에는 일본도로 새긴 일장기 형태의 문양이 새겨져 있었다. 그 문양은 일본을 향해 새겨져 있었다.

보통의 사람들이 본다면 자연적인 것으로 처음부터 그곳에 존재하고 있는 바위처럼 보였을 것이지만 이누가와 아오모리는 그것이 이시하라 구로야마가 일부로 세워 둔 바위라는 것을 대번에 알아차렸다.

이누가와 아오모리는 동굴을 위장했던 나뭇가지와 활엽수들을 베어 버리라고 명령했다. 동굴 하나가 모습을 드러냈다. 입구는 좁고 안으로 들어갈수록 폭이 넓은 동굴이었다.

이누가와 구로야마가 동굴 안을 향해 외쳤다.

“이시하라, 날세. 설마 내 목소리를 잊은 건 아니겠지?”

동굴 안에서 후다닥거리는 소리가 났다. 중요한 부분만 간신히 가린 원시인 이시하라 구로야마가 일본도를 들고 튀어나왔다. 이글거리는 두 눈은 아직도 전투중이었다.

“오오……. 이누가와 아오모리 자넨가? 정말 반갑군. 현재 전황은 어떤가?”

“……!”

이누가와 아오모리는 그에게 해줄 말이 없었다.

이시하라 구로야마가 다그쳤다.

"자네는 천황의 군대와 함께 온 것인가?"

이시하라 구로야마는 태평양에서의 전쟁뿐만이 아니라 세계이차대전이 완전히 끝난 줄을 까맣게 모르고 있었다.

이시하라 구로야마는 이누가와 아오모리가 그토록 존경하는 일본왕이 맥아더 앞에서 항복 문서에 서명을 한 사실을 알려줄 수 없었다.

"그…… 일은 차차 이야기하도록 하세. 우선 나와 함께 돌아가도록 하세."

"돌아가? 우리의 진지로 돌아가자는 말인가? 아아……. 자네들이 이곳을 탈환했군."

"……."

"으흐흐…… 난 말일세. 이런 날이 반드시 올 줄 알았네."

그렇게 말하더니 자신이 만세절벽 전투 당시에 죽지 못했던 사연에 대해 줄줄이 풀어 놓았다.

"처음에는 죽으려고 했었지. 할복을 하고 군도를 입에 물고 뛰어내리려고 했었단 말일세. 그때 번쩍 하고 떠오르는 생각이 있었네. 이곳 어디에 숨어 있다 보면 언젠가는 미군 최고위 장성 놈이 안심하고 이곳을 지나치게 되리라는 생각 말이야. 정말 운수가 좋으면 미국 대통령이 이곳에 나타날지도 모른다는 생각도 했었네. 그때 그놈들의 목을 쳐 버리면 휘황찬란한 무공훈장이 나의 가슴에 번쩍거리며 매달리게 될 것이 아닌가? 또 어쩌면 아군이 여길 탈환할지도 모른다는 생각도 들었고……. 그런 복합적인 생각을 늘 하곤 했었네. 어

쨌든 나는 맥아더가 이곳에 나타나길 정말 학수고대했었지. 군도를
날카롭게 갈아대며…… 말일세."
　이누가와 아오모리는 한시라도 빨리 이시하라 구로야마와 함께 이
곳에서 벗어나고 싶었다. 그렇지만 이시하라 구로야마는 대단한 골
통이어서 바른 대로 말하면 절대로 따라 나설 것 같지 않았다.
　"우선 술 한 잔 마시며 계속 얘기해 보게."
　최선의 방법이었다. 이시하라 구로야마는 이누가와 아오모리가 주
는 술을 덥석덥석 받아 벌컥벌컥 마셔댔다.
　"정말 오랜만에 마셔보는 술이로군. 이게 도대체 얼마 만에 마시는
술이란 말인가?"
　이시하라 구로야마가 오랜만에 마셔보는 술로 인해 곧바로 취해
버렸다. 사실은 술 속에 수면제가 들어 있었다.
　그래도 이시하라 구로야마가 쉽게 떨어질 것 같지 않아 이누가와
아오모리는 몇 알의 수면제를 말라리아 예방약이라고 속이고 먹게
했다.
　이시하라 구로야마는 곧 길게 뻗었다. 그가 정신을 차린 것은 일본
으로 향하는 배 안에서였다.

　이시하라 구로야마는 심각한 무기력증에 빠졌다. 그가 그토록 갈
망했던 조국은 항복한 조국이 아니라 승전국 일본이었다. 그 점이 그
를 화석처럼 무늬만 남은 군인으로 만들어 놓았다.
　그때, 이누가와 아오모리가 이시하라 구로야마의 원기를 듬뿍 돋
아나게 하는 말을 해 주었다.

"세상이 더럽게 변하고 있다네. 조선의 쓰레기들이 귀국하겠다고 아우성들이야."

"무슨 소린가?"

"폐기물들이 우끼시마마루 호를 임대했다는 거야. 귀국선으로 사용하기 위해……."

"……!"

이시하라 구로야마에게 있어 조선은 일본의 한 귀퉁이였다.

이시하라 구로야마가 이누가와 아오모리를 신경질적으로 바라보며 말했다.

"경고를 해야겠군. 강력하게……."

그러나 이시하라 구로야마는 이누가와 아오모리의 방문이 이시이덴미의 명령이었다는 사실을 까맣게 모르고 있었다.

이시하라 구로야마는 곧 우끼시마마루 호의 선장이 되었다.

그 사실은 조선으로 향하는 귀국자들에게는 그다지 중요한 사항이 아니었다. 귀국선에 탄 조선인들은 이시하라 구로야마가 누구인지조차 알지 못했다.

우끼시마마루 호가 대한해협으로 향하지 않고 마이쓰루〔舞鶴〕 항으로 향했을 때 몇몇 조선인들이 불안감을 나타내기 시작했다. 이시하라 구로야마가 우끼시마마루 호를 버리고 조그만 구명정으로 마이쓰루 항으로 사라지는 것을 보았을 땐 치를 떨었다.

그때서야 저들의 음모가 무엇인지 알아차렸지만 때는 늦었다. 우끼시마마루 호에서 엄청난 섬광이 피어 올랐다. 연쇄적인 대폭발이 일어났다.

우끼시마마루 호는 산산조각으로 쪼개졌으며 마이쓰루 항 앞에서
흔적도 남기지 않고 침몰했다.

한가영은 세 번이나 반복해서 읽었다.

그녀도 귀국선 우끼시마마루 호가 폭침당한 사건을 알고 있었다.

그녀를 포함하여 한국인들이 알고 있는 사실은 왠지 전설처럼 중
간 중간이 생략되고 진실과 허구가 애매모호하게 조작된 단편적인
것이었다. 뭐라고 딱 꼬집긴 어렵지만 한국인들에게 알려진 진실은
처음부터 끝까지 애매한 것투성이였던 것이다.

'미국은 이미 진상을 정확하게 파악해 놓고 있었어⋯⋯.'

그때 한가영의 책상 위의 전화통이 요란한 발버둥을 쳤다.

"여보세요?"

한가영이 받자마자 저쪽에서 고릴라의 당황한 음성이 들려왔다.

"헬로우? 한가영 씨⋯⋯?"

"네⋯⋯."

고릴라의 음성은 다급했다.

"거기에 꼼짝 말고 기다려요. 당장 갈 테니까⋯⋯."

"네?"

"좀 잘못된 일이 있소. 아무튼 기다려요."

고릴라가 급하게 수화기를 내려놓는 소리가 들려왔다.

'왜일까? 가는 길에 지갑이라도 털린 것일까?'

한가영은 영리한 여자였다. 스미스가 왜 당황하고 있는지 금방 알
수 있었다.

‘디스켓 때문이겠군.’

우끼시마마루 호의 폭침 사건에 대한 내용을 담은 디스켓은 미국인들 담당자들만의 대외비였다. 그것은 선명할 정도로 새빨간 글씨로 새겨져 있었다. 어쨌든 채형빈의 사건을 담당하게 된 한가영이라고 해도 아무튼 한국인에게는 보여주어서는 안 될 절대 비밀에 속하는 것이다.

물론 한국의 어느 선을 넘은 고위층들은 다 알고 있는 사실이겠지만 일반과 평범으로 구분되는 사람들에게는 절대 비밀에 속하는 일이다. 디스켓의 내용은 그만큼 한국과 일본의 선린 우호관계에 막대한 영향을 줄 수 있는 내용인 것이다.

스미스는 대단한 실수를 하고 말았다.

그가 한가영에게 주어야 할 디스켓은 내용이 조금 다른 똑같은 모습의 또 다른 디스켓이었다.

다시 말해 스미스는 자신이 간직해야 할 디스켓을 한가영에게 준 것이고, 한가영에게 주어야 할, 그러니까 이시하라 구로야마에 대한 내용이 적당히 생략된 디스켓을 자신이 갖게 되는 실수를 범한 것이다.

그 사실을 알게 된 스미스는 대경 실색했음이 분명했다. 전화상의 음성이 그걸 증명하고 있었다.

한가영이 차갑게 웃었다.

‘이런……. 디디맨……!’

디디맨이란 대학시절 학과의 친구들이 쓰던 은어였다. ‘떨떨한 놈’이라는 뜻이었다.

16. 여자는 남자를 골치 아프게 해

스미스가 헐레벌떡 달려왔지만 한가영은 딴청을 피웠다.

얼마나 급히 달려왔는지 머리 위에서 잘 익은 만두처럼 김이 모락모락 피어 올랐다. 한가영은 초대받지 않은 손님이 나타났다는 표정으로 스미스에게 물었다.

"뭐가 문제죠?"

스미스는 대답 대신 한가영의 모니터부터 살폈다. 모니터에 나타나 있는 것은 도무지 알 길이 없는 한글들뿐이었다.

스미스가 한숨을 길게 내쉬었다.

"의뢰한 사건에 대한 검토는 끝냈습니까?"

한가영이 고개를 저었다.

"막 시작하려던 참이었어요."

"그⋯⋯. 그렇소?"

한가영은 이쪽저쪽 책상 서랍을 열어 보며 디스켓을 찾는 시늉을 했다. 책상 맨 아래 서랍에서 스미스가 잘못 전해 준 디스켓을 꺼냈다.

"지금부터 하도록 하죠."

그걸 컴퓨터에 꽂으려 했다. 스미스가 눈을 황소 눈만큼이나 크게 떴다.

"잠깐 기다려요. 디스켓이 바뀌었습니다."

"바뀌다니요?"

스미스가 똑같이 생겨먹은 다른 디스켓을 양복 상의에서 꺼냈다.

"그건 내가 상부에 보고할 문건을 담은 겁니다. 한가영 씨에게 전할 디스켓은 이것입니다."

"그래요? 그런 실수는 누구나 할 수 있는 것이지요. 그럼 그걸 주세요. 이건 가져가고요."

"땡큐. 그런데 퇴근 안 할 겁니까?"

"지금부터 디스켓 내용을 검토할 겁니다."

"내일도 태양이 다시 뜰 텐데……. 어째서 그 작업을 지금부터 해야 하지요?"

"내일은 비번이거든요. 애인과 동해 바다에 놀러가기로 했죠."

우라질……!

스미스는 디스켓을 바꾼 후 한가영을 뒤로 하고 검찰청을 나섰다. 아무래도 뒷맛이 개운치 않은 고릴라였다.

'저 여우 같은 여자가 이미 검색하고도 오리발 내미는 건 아닐까?'

지금으로서는 어쩔 수가 없는 일이었다.

'복사를 해 두지 않았으면 좋으련만…….'

그것이 그가 간절히 기도할 수 있는 모든 것이었다.

한가영은 스미스의 희망 따위와는 언제나 저만치쯤 거리를 두고 그걸 즐기는 여자였다. 그녀는 이미 스미스에게 준 디스켓을 복사해 둔 후였다. 특별하게 그럴 이유는 없지만 괜히 그러고 싶어 그랬다.

'재미있잖아. 멍청한 놈을 골려 주는 것도……'

그렇지만 그것이 이유의 모든 것은 아니라는 생각이 갑자기 고개를 쳐드는 것은 왜일까?

스미스가 나가자 한가영은 스미스가 바꿔 준 디스켓을 꼽고 검색해 보았다. 예상대로 내용에 많은 차이가 있었다. 무엇보다도 이시하라 구로야마의 개인 신상정보에 대해 많이 생략되어 있었다. 우끼시마마루 호 폭침 사건에 대한 일은 아예 생략되어 있었다.

한가영이 쓰게 웃었다.

'늘 그런 것을……!'

그녀는 컴퓨터를 껐다. 슬슬 졸음이 몰려왔다. 자신의 안방에 떡하니 자리하고 있는 침대가 그리워졌다.

탁찬휘는 세 시간째 온라인 바둑을 두고 있었다.

지금까지 칠전칠승을 거두었고 다시 일승을 추가할 수 있는 절호의 기회였다. 찬휘와 바둑을 두고 있는 상대편은 한 시간 전부터 그로기 상태였다. 무리수를 퍽퍽 던져 왔다.

이번의 일승은 의미가 크다. 일승이 추가되면 3단으로 승단된다. 오늘따라 수가 한눈에 보이는 날이었다.

그때 휴대폰이 난리를 쳤다. 그게 울릴 때마다 학질 걸린 것처럼 진저리가 나 진동으로 해 두었는데 이번에는 책상 위에서 학질에 걸린 사람처럼 몸을 떨어댔다.

우르릉…… 우르릉…….

새벽으로 치닫고 있는 이 시간에 휴대폰을 앓게 만들 사람이 있다면 분명 장미 아니면 다은일 것이다. 하지만 해도 너무한다. 도대체 올빼미들도 아니고 어째서 꼭 한밤중에 난리를 죽여대는 것이란 말인가.

"네."

찬휘가 턱 잠긴 목소리로 받았다.

저쪽의 음성이 들려왔다.

"다은이에요."

평소의 차분하고 세련된 목소리가 아니었다. 그렇다고 다급한 목소리도 아니었다. 밤늦도록 잠들지 않고 버티고 있는 여자 특유의 약간은 갈라져 있는 그런 목소리였다.

찬휘는 농담을 했다. 그냥 그러고 싶어 그랬다.

"웬일입니까? 섹스 파트너가 초저녁부터 잠들었나요?"

"네."

"혹시 날 핀치히터로 생각하고 있는 건 아닙니까?"

"네."

"그 말은 당장 만나자는 겁니까?"

"네."

"후후……. 내가 수락할 거라고 생각합니까?"

"당연하죠."

"당연히 거절합니다. 곧 3단이 되니까요."

"네?"

반문은 예상됐던 거였다.

"후후…… 그런 게 있습니다."

"찬휘 씨. 지금 당장……."

찬휘가 말허리를 잘랐다.

"지금 대단히 피곤합니다. 조금 전에 자위를 했거든요."

"찬휘 씨. 조금 전에 어떤 사람이 찬휘 씨에게 유언을 남겼어요."

"유산은 남겨 두지 않았나요?"

"대단히 많은 유산을 남겼지요."

찬휘는 모니터를 바라보며 말했다.

"그거 다 가져요. 난 주머니에 돈이 많으면 헷갈려서 살지 못하는 사람입니다."

"농담 끝. 당장 택시를 타세요."

"사절합니다."

"급해요. 부탁하겠어요."

"부탁도 사절합니다."

어지간히도 급했나 보다. 다은은 거짓말을 했다.

"이봐요. 꼭 공적인 일이라고 말해야 하나요?"

찬휘가 신경질적으로 말했다.

"시발, 우라질 놈의 공적인 일은 왜 꼭 한밤중에만 일어나는 겁니까?"

"지금부터 택시를 타고 세검정 방향으로 무조건 향하세요. 휴대폰 반드시 켜 두고요."

그때 찬휘는 느낄 수 있었다. 다은의 목소리에 깃들어 있는 지독한 불안감과 공포를.

조금 전, 다은은 이태원의 어느 나이트 클럽 앞에서 내렸다. 정문에 현란한 네온사인이 하늘을 향해 폭죽처럼 번쩍거리는 그런 나이트 클럽 앞이었다.

그때까지만 해도 다은은 제정신이 아니어서 번쩍거리는 네온사인이 무엇을 주장하는지에 대해서도 관심조차 없었다. 택시기사만 원망했다. 드라이브를 하겠다고 했음에도 복잡하기 짝이 없는 나이트 클럽 앞에 똑 떨어뜨려 놓은 그 망할 자식을…….

다은은 30초쯤 눈먼 욕을 해댔는데 생각해 보니 덮어놓고 욕만 퍼부을 게 아니었다. 오히려 택시기사의 판단에 감사를 드려야 할 판이었다.

나이트 클럽은 언제나 사람들로 북적댄다.

'미행하는 자가 있다면…….'

미친 듯이 흔들어대고 있는 인간들 사이로 파묻혀 버린다면 누구든 찾아내기가 쉽지 않을 것이라는 생각이 번쩍하고 그녀의 뇌를 강타했다. 다은은 나이트 클럽 안으로 들어갔다. 지하로 향하는 계단을 내려서자 안에서부터 고막을 쩌렁쩌렁하게 울리는 음향이 그녀의 골을 흔들어 놓았다.

평소의 다은이었다면 몸을 출렁거렸을 것이지만 지금은 시끄럽기만 한 소음에 불과했다. 정문에 이르자 스무 살쯤 되어 보이는 웨이터 하나가 정의의 백기사처럼 다은 앞에 나타났다. 군데군데 머리를 붉은빛으로 물들인 놈이었다.

"어서옵쇼. 한 분이십니까?"

다은이 고개를 끄덕이자 웨이터도 고개를 끄덕였다.

이 시간대에 혼자 찾아온 여자는 뻔한 여자다. 사무치도록 남자 품 안이 그리워 지금까지 잠 못들고 있는 여자 아니면 꽃뱀일 거였다.

'꽃뱀이든 살모사든……. 확, 변강쇠에게나 안겨 줘 버리자.'

그 웨이터를 찾아오는 고객 중에 날건달 세 명이 초장부터 죽치고 무대 앞에 앉아 있었는데 벌써부터 한눈에도 액세서리 수준은 되고, 침대에서 무조건 헤픈 여자들을 어서 빨리 구해 오라며 난리를 죽여 대는 중이었다.

제법 매상을 올려 주는 고객인지라 거절하지 못하고 포장만 그럴 듯한 골빈 여자 둘을 구해 붙여줬지만 변강쇠라는 별명을 지닌 뚱땡 이 놈은 아직까지 솔로였다. 벌써 세 여자나 데리고 갔지만 풍차처럼 손사래를 쳐댔기에 그런 것이다.

조금 전, 그 뚱땡이 놈이 만 원짜리 다섯 장을 쥐어 주며 신신당부 를 했었다. 옆구리가 허전하니 당장 채워 달라고. 이젠 품격의 고하 를 가리지 않겠노라고.

웨이터는 다은의 위아래를 훑어보며, 뚱땡이에겐 과분한 여자라는 생각이 들었지만 엮어만 주면 또 몇 푼을 쿡 찔러 줄 거라는 즐거운 상상에 입이 쭉 째졌다.

'이 여자 오늘 작살나겠군. 어떤 여자든 뚱땡이의 스포츠카를 보면 가랑이부터 벌리려 난리 블루스를 쳐대니까…….'

웨이터가 다은에게 물었다.

"부킹하시겠습니까? 마침 킹카 한 분이 계신데……."

다은이 고개를 끄덕였다. 웨이터가 싱글거렸다. 만 원권 다섯 장이 그의 머릿속에서 왔다 갔다 했다.

'어쩌면 수표 한 장을 찔러 줄지도 몰라. 이 여자 정도면 뚱땡이 눈이 가자미처럼 휙 돌아갈 테니까…….'

다은은 넋을 빼놓고 다니는 여자들처럼 엉덩이를 요리조리 흔들어 가며 웨이터 뒤를 졸졸 따라갔다. 무대 앞쪽으로 마련된 테이블에 뚱땡이 패거리들이 히히덕거리며 양주를 마시고 있었다.

한 놈은 옆에 앉은 여자의 짧은 스커트 밑으로 손을 집어넣고 있는 중이었다. 여자는 남자의 손을 밀어내는 시늉만 했다. 그녀의 표정은 가장 부드러운 부분을 벌써 놈에게 허용하고 있음이 분명했다.

또 한 놈은 옷 위라는 걸 상관하지 않고 불룩하게 튀어나온 여자의 가슴을 마구 주물러대는 중이었다. 여자는 상관하지 않고 가느다란 담배를 피워 물고 음악에 따라 불곰처럼 몸을 흔들어대고 있었다.

뚱땡이는 개점휴업 상태였다. 무대에서 정신 사납게 온몸을 흔들어대는 남녀들의 춤사위만 물끄러미 바라보며 애꿎은 양주잔을 들이켜 댔다.

그러다 가끔씩 댄스 걸들을 바라보며 마른침만 꿀꺽 삼켜댔다. 댄스 걸들은 그들 테이블 좌우에 있는 동그란 간이무대에 올라 거의 벗다시피 한 몸으로 꽈배기처럼 몸을 비비 꼬아대는 중이었다.

한 댄스 걸은 바짝 마르고 엉덩이만 푸짐한 여자였다.

또 한 댄스 걸은 침이 꼴깍 넘어갈 정도로 대단한 글래머였다. 그녀는 무대용 브래지어를 착용하고 있었지만 유방이 워낙 거대해, 타조 알에 반짝이 장식이 달린 검은 띠를 둘러놓은 것이 아닌가 하는 착각이 들 정도였다.

그녀가 몸을 틀 때마다 커다란 유방이 육감적으로 출렁거렸다. 그 위에 간신히 걸려 있는 무대용 브래지어는 금방이라도 터질 듯 아슬아슬해 보였다.

뚱땡이는 어서 빨리 저 글래머의 브래지어가 팡 소리를 내고 터져 타조알 두 개가 훌러덩 세상 밖으로 튀어나오기만을 고대하고 있는 중이었다.

웨이터의 발걸음이 뚱땡이 패거리들 쪽으로 향하는 것을 보고 다은은 킹카가 누구를 지칭하는 것인지 알아차렸다.

다은은 그들 앞에 당도하기 전 웨이터의 어깨를 쿡 찔렀다.

"화장실은 어디죠?"

웨이터가 잠시 머뭇거리다가 손가락으로 화장실 방향을 가리켰다. 다은이 고개를 끄덕였지만 눈은 화장실을 보지 않았다. 그녀는 뒷문을 찾고 있었다.

다은은 뒷문을 통해 빠져 나왔다. 뒷문을 빠져 나왔다고 해도 그곳은 이태원 한복판이었다. 으레 그렇듯 모범택시들이 줄지어 서 있었다. 다은은 재빨리 맨 앞의 모범택시를 탔다.

다은의 그런 행동으로 인해 미행하는 자가 있다면 수많은 사람 속에 파묻힌 다은을 찾느라 골치 꽤나 썩혀야 될 것이다. 그리고 미행자는 결국 나이트 클럽 안에서 허망한 허탈감만 찾게 될 것이었다.

다은은 기사에게 세검정으로 가자고 했다.

그녀는 모범택시 안에서도 뒤를 살피는 일을 게을리하지 않았다. 뒤의 차량들을 일일이 체크했다. 늦은 밤이어서 거리는 한산했다. 모범택시를 따라오는 차량도 눈에 띄지 않았다.

모범택시가 시청 방향으로 향했지만 뒤따라오는 차량은 없었다. 그건 세검정 방향으로 향했을 때도 마찬가지였다. 다은이 짧게 한숨을 내쉬었다.

빙고.

휴대폰을 꺼냈다. 번호를 누르자 찬휘의 음성이 휴대폰 안에서 먼저 들려왔다.

"나 세검정 도착해 있소."

"잠시만 기다려요. 거의 다 왔으니까요."

"길가에서 눈을 깜박이고 있는 모범택시를 찾으쇼."

조금 더 가자 또 다른 모범택시 한 대가 비상등을 반짝이며 도로 옆에 서 있는 모습이 보였다.

"저 차 뒤에 세워 주세요."

다은을 태운 모범택시 기사가 브레이크를 밟았다. 뒷문이 열리며 다은이 구르듯 튀어나왔다. 다은은 대기중이던 모범택시로 다가가 뒷문을 열었다.

찬휘는 심드렁한 표정으로 뒷좌석에 앉아 늙은 개구리처럼 눈만 깜박이며 말했다.

"컴 온!"

언제가 했던 말.

다은을 태운 모범택시가 우이동 방향으로 출발했다. 대기는 습기

가 많이 포함되어 있었으므로 모범택시의 와이퍼가 간간히 작동했
다.

 이십 분쯤 달리자 우이동의 긴 소나무 숲이 보였다. 다은은 내리자
고 했다.

 그 숲 중간 어딘가에 무슨 절인가, 제법 큰 규모의 사찰이 있다는
걸 찬휘도 알고 있었다.

 "명복을 빌 생각이오?"

 "나 인간성 좋잖아요."

 다은이 내렸고 찬휘도 따라 내렸다. 임무를 마친 모범택시가 그들
곁에서 부르릉거리며 떠났다. 다은이 찬휘의 팔을 잡아 소나무 숲 안
으로 끌어들였다. 찬휘가 불퉁거리며 말했다.

 "무덤 팔 거요?"

 다은은 고개를 저었다.

 "내가 죽으면 여기에 묻어 주세요."

 "여기 땅 값이 만만치 않을 텐데……."

 상큼한 솔향기가 그들의 코를 통해 가슴 안까지 가득 채워졌다. 바
닥에는 솔잎들이 수북하게 쌓여 있었다. 썩은 솔가지들이 툭툭 소리
를 내며 그들의 발 아래에서 부러졌다.

 다은은 사찰이 있는 방향으로 향하는 것이 아니었다. 점점 더 깊숙
하게 솔숲으로 찬휘를 끌고 들어갔다.

 이 분쯤 그렇게 걷다가 다은이 커다란 소나무를 의지해 등을 기대
며 섰다. 그녀가 등을 의지한 채 찬휘를 바라보았다. 너무 어두워 그
녀의 얼굴이 확연하게 들어오지 않았다. 찬휘가 농담을 했다.

"나름대로 운치가 있군."

다은은 대답하지 않았다.

"……."

찬휘가 또 농담을 했다.

"마주 서서 하려구?"

"……."

"다은 씨의 취향이 이토록 다양하다는 거 몰랐어."

"……."

이상했다. 다은은 대꾸가 없었다. 말발이라면 찬휘 따위는 상대가 되지 않는 그녀다. 그런 다은이 계속해서 침묵을 지켰다.

"섹스 파트너와 키스하다 혀 물린 거요?"

차차 어둠이 눈에 익었다. 그녀의 얼굴이 희미하게 보이기 시작했다. 그녀의 눈을 보았을 때 찬휘도 다은처럼 침묵을 지킬 수밖에 없었다.

그녀의 눈동자가 반짝거리는 빛을 뿜어냈다. 그 빛은 눈물에서 반사되고 있었다. 눈물 같은 거……. 아무리 쥐어짜도 한 방울도 나오지 않을 것 같은 그녀였는데……. 무늬대로 여자가 맞는가 보다.

찬휘는 농담 분위기로 흐를 때가 아님을 깨달았다. 손수건을 꺼냈다. 얼굴에 대어 주었을 때 그녀는 주룩주룩 소나기처럼 눈물을 흘려댔다. 손수건은 방금 설거지통에서 꺼낸 행주가 되었다.

그녀가 어깨를 들먹이며 흐느꼈다. 고개를 숙인 채. 그녀가 힘들게 고개를 들었다.

"그가 죽었어요."

형빈의 죽음을 말하는 것이리라. 그렇지만 너무나도 갑작스러운 말이었다. 이번에는 찬휘가 침묵을 지켰다.

"……."

"얼굴을 알아보기 힘들 정도로 칼을 맞았어요."

찬휘는 말없이 고개만 끄덕였다.

"……."

그녀가 약간 과장된 음성으로 말했다.

"예상하지 못했던 상황이 벌어진 거예요."

다은은 울음 반 음성 반을 섞어 가며 조금 전의 상황을 재현했다. 그녀의 어깨가 쉴 사이 없이 떨었다.

다은이 위스키를 사 왔을 때, 형빈은 무수히 칼침을 맞고 혼수 상태에 빠져 있었다. 암살자들은 형빈을 그 지경으로 만들어 놓고 무엇을 찾기 위해선지 집안의 서랍이라는 서랍은 모조리 뒤집어 놓았다. 그들이 무엇을 찾아갔는지 아니면 찾지 못하고 그냥 돌아갔는지 그건 모르는 일이라고 했다.

그런데 형빈은 놀랍게도 찬휘를 알고 있었고 반드시 '삼고초려'라는 말을 전해 달라고 말한 후 죽었다. 다은은 공포로 인해 아파트에 그냥 머물고만 있을 수 없어 지갑과 간단한 짐 정도만 챙겨 나왔다고 했다.

다은의 오열은 어느 정도 진정되었다. 모조리 털어놓자 조금은 마음을 편해졌나 보다.

"찬휘 씨도 형빈 씨를 알고 있었나요?"

찬휘가 고개를 끄덕였다.

"군대에서 알게 되었지요."

다은은 입을 딱 벌렸다.

"……."

"내가 일병을 달고 자대에 배치되었을 때 채형빈 씨는 상병이었습니다."

"……."

"아무튼 그랬습니다. 육 개월 정도 한 내무반에 함께 있었지요"

"세상에, 그 정도면 아파트에서 만났을 때…… 아주 반가웠을 텐데……."

"그랬었지요."

"두 분이 만났을 때…… 두 분은 어째서 서로 조금도 아는 척을 하지 않았죠?"

"우린 아주 특수한 부대에서 근무했습니다. 일단 그곳에 배치되면 자신이 내뱉는 숨소리조차 비밀이 되어야 하는 그런 부대였지요."

"이럴 땐 여자로 태어난 것이 원망스럽군요. 개념을 짐작하지 못하겠어요."

"절대 보안을 생명으로 하는 그 부대를 전역하는 사람들에겐 반드시 지켜야 할 몇 가지 규칙이 있습니다. 그 중 하나가 부대 안에서 먹은 음식의 똥까지도 부대 안에 싸놓고 나가야 한다는 것입니다."

"……."

"부대 안에서 알았던 것들은 모조리 국가일급 비밀에 해당됩니다. 부대의 일에 대해선 누구나 무덤까지 지니고 가야 합니다."

"이제…… 이해가 될 듯해요."

"우리가 근무했던 부대는 피를 주고받은 전우라 할지라도 일단 제대를 하게 되면 서로를 잊어야 합니다. 우연히 길에서 마주친다 해도 서로 모른 척해야 합니다. 제대하는 그 순간부터 군 시절의 모든 기억을 지워야 하니까요."

"……!"

"형빈 씨가 한번이라도 군대 시절 얘기를 한 적이 있나요?"

"아뇨, 없었어요."

찬휘가 희미하게 웃었다.

"남자들 이야기의 반은 군대 얘기지요. 그러나 우리가 해 줄 군대 이야기는 하나도 없습니다. 형빈 씨도 그랬을 겁니다."

"……."

다은이 형빈을 조직으로 끌어들인 것은 '훌륭한 건달' 출신이었기에 선택했다. 그 점은 찬휘와 달랐다. 찬휘는 몇 년 전만 해도 세계 최고 태권도 선수권자였기에 다은이 찍은 것이다.

물론, 찬휘가 선수로 활동을 하던 시절부터 특별한 군 소속이라는 걸 알고 있었지만 그토록 특수한 부대에 근무했었다는 것은 알지 못했다.

이슬이 내렸다.

장마철에 들어선 날씨라 그런지 일단 이슬이 내리기 시작하자 가랑비처럼 내렸다. 솔숲 아래라 해도 벌써 찬휘의 옷도, 다은의 옷도 모두 축축하게 젖었다. 머리카락에서도 물이 뚝뚝 흘러내렸다.

간단한 티셔츠에 얇은 바지를 달랑 입고 있는 찬휘는 팬티까지도 축축하게 젖었다. 조금 더 있으면 중부지방에서 개울물이 흐를 터였다.

다은도 그럴까?

그만하면 어디론가 따뜻하고 건조한 곳으로 가야 했는데 다은의 호기심이 그들을 그곳에 그대로 묶어 놓았다.

"삼고초려라는 말은 뭘 의미하는 건가요?"

그 말을 하며 다은은 찬휘의 표정을 살폈다. 찬휘는 표정을 드러내지 않고 희미하게 웃었다.

"그건 말해 줄 수 없습니다."

"왜요?"

"뭐든지 비밀이니까요."

다은이 입을 삐죽하게 내밀었다. 찬휘가 그렇게까지 말하면 더 이상 물을 순 없다. 그럴수록 더 궁금증이 일었지만 아무리 물어본다고 해도 찬휘가 속 시원하게 털어놓을 것 같지 않았다.

갑자기 추위가 느껴졌다.

"어디 가서 해장이나 해요. 포장마차라도 좋고……."

우라질이었다. 새벽 네 시가 넘은 이 시간에 문을 활짝 연 포장마차 발견은 쉬운 일이 아닐 거였다. 그런데도 이 여자는 바닷가에서 조개껍데기 발견하듯 아주 쉬운 일로 여기고 예사로 내뱉었다.

정말 그런 생각을 하는 것 같았다. 다은이 앞장서 걷기 시작했다. 여전히 솔밭 속이었다. 솔밭 밖은 아스팔트 도로가 주욱 이어져 있었지만 다은은 솔잎을 밟고 걷는 것이 낭만 같은 것에 포함되어 있다는, 이 상황에서 절대로 어울리지 않는 생각에 계속 솔잎을 밟으며 걸었다.

찬휘가 그녀를 뒤따르며 물었다.

"왜 하필 여기로 올 생각을 한 겁니까?"

모처럼 그녀가 웃었다.

"한 번 와본 적이 있는 곳이니까요. 아까는 경황중이어서 생각나는 곳이 여기밖에 없었어요."

주변은 적막강산이었다. 멀리 도로 주변에서조차 움직이는 차의 불빛 따위도 아예 없었다. 그런 건 아무 상관이 없다는 듯 다은이 계속 말했다.

"조금 전 내가 기대어 섰던 커다란 소나무 기억나요?"

"물론이지요. 유난히 크고 매끈한 소나무였으니까요."

"내가 여기 한 번 와본 적이 있다고 했죠?"

"그랬지요."

"바로 그 소나무 밑까지 왔었어요. 지금처럼 이런 새벽 무렵에. 그때도 오늘처럼 이슬비가 내렸었지요."

"……?"

"찬휘 씨는 가끔씩 멍청해질 때가 있는 것 같아요. 늘 똑똑해 보이다가 어느 순간에 갑자기 바보가 된다니까요."

"무슨 봉창인지 모르겠네요."

"찬휘 씨. 이런 새벽 무렵에 내가 누구랑 왔겠어요."

"형빈 씨……?"

"그래요."

조금 먼 곳에서 자동차 헤드라이트 불빛이 잠시 번쩍였다가 사라졌다. 이쪽으로 향해 오는 차는 아닌 듯했다.

그때 다은이 손으로 입을 가리고 웃었다.

"참 나. 아직도 내가 무슨 뜻으로 그 말을 했는지 분석 안 됐어요?"

"뭘요?"

"그 커다란 소나무 밑에까지 왔었다고 한 말……."

"글쎄요……."

"그땐 놀러 왔던 것이지만 전혀 새로운 경험을 했었어요. 서서 하는 섹스 말예요."

염병이다.

도대체 이 여자를 구성하고 있는 주성분은 어떤 것일까? 모조리 붉은 물감과 간간이 노란 물감이 섞여 온통 핑크빛 물감으로만 구성된 여자가 아닐까?

두 사람은 터덜터덜 걸었다. 걸을 수밖에 없어 걸었다. 다은이 찬휘의 팔짱을 꼈다.

아직도 솔밭 속이었다. 도로는 바로 옆에 있었지만 오고가는 차량들은 눈에 띄지 않았다. 다은은 차가 오든 말든 아무 생각이 없는 여자처럼 빨간색 운동화에서 타박거리는 소리를 내며 걸었다. 그래도 도망이랍시고 운동화를 챙겨 신은 게 기특하고 용했다.

다은이 아무 말 없이 걸었으므로 찬휘는 잠시 생각에 잠길 수 있었다. 그가 하고 있는 생각은 형빈이 남긴 마지막 말이었다.

삼고초려…….

그 말이 주는 의미는 대단했다. 찬휘에게 남긴 최고의 선물이었다. 그 말은 그들만이 알 수 있는 은어였다.

군대 시절 찬휘가 속했던 부대는 자체의 성격상 누구나 목숨을 걸어야 하는 위험한 임무를 맡아야 했다. 부대원들은 누구를 막론하고 일단 명령이 떨어지면 목숨도 상관하지 않고 무모하다고 여겨지는 위험 속으로 뛰어들었다.

부대의 책임자급들은 부대원 누구에게든 세 번 이상은 그런 위험한 임무를 맡기지 않았다.

세 번씩이나 목숨을 보장받지 못하는 위험한 임무를 무사히 수행한 사람은 하늘이 목숨을 돌보아 주는 사람이라며 다시는 위험한 곳으로 보내지 않았던 것이다.

그럴 경우 부대원들은 삼고초려를 겪었다고 했다.

삼고초려라는 고사(古事)를 해석하면 전혀 뜻이 맞지 않지만, '세 번 죽을 고비를 방문하고 나면 목숨 보장 증명서(제대할 수 있는 자격)를 얻는다'라며 억지로 갖다 붙인 것이다.

자대에서는 '삼고초려가 끝난 사람'과 그렇지 않은 사람으로, 신참과 갈참을 구분했다.

찬휘는 형빈이 말한 삼고초려를 다은을 통해 들음으로 형빈이 전하려는 메시지를 분명하게 전달받았다.

찬휘가 받은 암시는 이랬다.

— 앞으로 세 번의 살인 명령이 떨어질 것이다. 형빈처럼. 세 번의 살인을 완벽하게 완수하면 그땐 자대에서 목숨 보장 증명서를 주는 것과 달리 조직에서는 찬휘를 죽일 것이다. 자신처럼.

왜냐하면 누구나 세 번쯤 살인을 감행하고 나면 살인에 대해 회의를 느끼게 될 것이고 또다시 살인 명령이 떨어지는 것을 두려워해 잠수하게 될 확률이 높기 때문이다.

　그땐 살인조직 윗선이 골치 아파진다. 살인조직이 있다는 것을 알고 있는 자가 잠수 상태에서 비밀을 까발릴지도 모르기에 아예 용도 폐기할 것이다.

　정확하게 그런 의미였는지는 좀더 생각해 보아야겠지만 어쨌든 지금 찬휘가 유추해낼 수 있는 형빈의 암시는 바로 그것이었다.

　다은이 찬휘의 옆구리로 바짝 파고들었다. 찬휘는 그녀의 팔딱거리는 심장 소리를 들었다. 이럴 때의 다은은 꼭 어린 참새새끼 같았다.

　"춥네요."

　찬휘가 안 듯이 그녀의 어깨에 손을 둘렀다. 다은의 어깨는 연체동물의 살처럼 부드러웠다. 그녀의 머리에서 방금 머리를 감은 사람처럼 물방울들이 흘러내렸다. 찬휘의 머리도 그런 꼴일 것이다.

　그동안 솔밭 옆의 도로로 두 대의 차들이 지나갔다. 다은이 찬휘의 가슴에서 얼굴을 뺐다. 도로로 팔짝팔짝 뛰어나갔다. 멀리서 달려오는 헤드라이트 불빛을 보았기 때문이다.

　차가 다은 앞으로 가까이 다가왔다. 승용차였다. 다은이 차를 향해 손을 흔들었다. 다은의 손은 '서!' 그렇게 말하고 있었지만 차는 서지 않았다.

　이후로도 몇 대의 차가 더 달려오긴 했다. 다은은 똑같은 동작으로 차를 세우려 했지만 그런 몰골을 지닌 남녀를 선뜻 태워 줄 태평양처럼 넓은 도량을 지닌 사람은 없었다. 다은 혼자라면 모르겠지만. 그래도 그게 재미있는지 다은은 차가 올 때마다 그런 동작을 했다. 그렇게 네 대가 휑 하니 지나가 버리자 그 짓거리도 지친 것 같았다.

"엿 먹어라."

드디어 다은이 손길을 뿌리치고 도망하는 손님에게 뒤통수에 대고 외치는 창녀처럼 소리쳤다. 하지만 얼굴은 함빡 웃고 있었다.

다은이 다시 찬휘에게로 다가와 기댔다.

"날 샐 때까지 걸어야 하나 봐요."

휴대폰을 이용해 콜택시를 부르면 이 사태는 금방 해결된다. 그걸 모르는 다은이 아니었지만 그녀는 추억 하나를 더 만들어 두고 싶은 가 보다. 미친 년놈들처럼 이슬비를 홀딱 맞아 가며 솔숲과 새벽길을 헤매보는 재미.

찬휘는 콜택시를 부를까 하는 생각을 했지만 그는 어떤 한 가지 이유로 인해 과감하게 그 일을 생략했다.

조금 전 어떤 차량 한 대가 근처에서 갑자기 방향을 튼 적이 있었다. 그 차의 헤드라이트 불빛이 갑자기 사라진 것으로 미루어 분명 이곳으로 향하다 중앙선을 넘어 되돌아간 것이다.

무슨 일 때문이었을까? 어디를 가기 위해 집을 나섰다가 뭔가를 빠뜨리고 나와 되돌아간 것일까?

찬휘는 예민한 사람이다. 어떤 일이든 결코 호지부지 넘어가는 사람이 아니었다. 반드시 확인하고 분석하고 돌다리도 한번 두들겨 보고 난 다음에 안전하다고 생각되어야 조심스럽게 건넌다. 그게 마음에 걸렸다.

찬휘는 안 듯이 하여 다은을 솔밭 깊은 곳으로 밀었다. 갑작스러운 행동이었다. 다은은 솔밭 깊은 곳으로 밀려 들어갔다. 그들을 기다리고 있는 것은 웃자라 있는 커다란 소나무들이었다. 그 그늘 안에서 다은이 눈을 동그랗게 만들어 찬휘를 올려보았다.

"왜…… 요?"

"그냥."

다은의 눈빛이 날아왔다.

"찬휘 씨도 서서 해 보고 싶은 거예요?"

찬휘가 두 번째 엄지손가락으로 그녀의 도톰한 입술을 막았다.

"쉿."

"……?"

"다은 씨는 자객을 달고 왔어요."

"네?"

찬휘가 희미하게 웃었다. 웃음은 가식이었다. 찬휘의 눈가에 은은한 살기가 뻗쳤지만 다은으로서는 조금도 눈치챌 수 없는, 순간적인 일이었다.

〈2권에서 계속〉